EUGENIA RICO

Auch wenn wir Verdammte sind

ROMAN

Aus dem Spanischen
von Sybille Martin

| Hoffmann und Campe |

Die Originalausgabe erschien 2008 unter dem Titel
Aunque seamos malditos im Verlag Suma, Madrid.

1. Auflage 2010

www.hoca.de
Satz: Dörlemann Satz, Lemförde
Gesetzt aus der Garamond
Druck und Bindung: C. H. Beck, Nördlingen
Printed in Germany
ISBN 978-3-455-40281-0

HOFFMANN
UND CAMPE

Ein Unternehmen der
GANSKE VERLAGSGRUPPE

Für meine Eltern und alle, die unter der Hexenjagd leiden, für alle Verdammten.
Für Iris Alma Ainur, geboren am 7. des Siebten.
Und für Isis, Diana, Hekate, Demeter, Kali, Inanna …
Für alle Namen der Göttin und für all ihre Gesichter in den Menschen.
Für meinen Bruder Alfredo, der mir half, diesen Roman fertigzustellen, und für Pablo, Liebling der Göttin.

»Wenn es Hexen gibt, muss es auch gute Feen geben.«
»Sind sie etwa nicht ein und dasselbe?«

Aus Ainurs Manuskript: *Auch wenn wir Verdammte sind*

Hoher Ruhm verherrlicht auch der Fraun Geschlecht;
Schmähend belastet der Ruf nicht mehr des Weibes Namen.
Medea, EURIPIDES

Für mich ist es nur logisch, dass Gott eine Frau ist.
Brief JIM MORRISONS an seine Frau PATRICIA KENNEALY

Die einzigen Teufel der Welt sind die in unseren Herzen.
GANDHI

Schon als ich die Rothaarige eintreffen sah, wusste ich, dass das nichts Gutes bedeutete. Sie kam an einem Gewittertag ins Dorf. Es hatte wochenlang nicht geregnet, doch als Gagos Wagen in die Kurve beim Bramadoiro einbog, brach ein Höllenspektakel aus Blitzen los, und es wollte nicht mehr aufhören zu regnen. So musste die Rothaarige im strömenden Regen aussteigen, doch an dem Tag sahen wir nicht, wie dürr sie war, obwohl sie uns schon bald hager und gereizt vorkam und wir alle wünschten, dass sie nur kurze Zeit bliebe.

Ich hätte nie zurückkommen dürfen. Man kehrt zurück in der Hoffnung, etwas zu finden, etwas, das man vergessen zu haben glaubt, um dann festzustellen, dass man es an einem anderen Ort zurückgelassen hat oder dass man nie wusste, wo es sich befand. Man darf nicht an Orte zurückkehren, wo man glücklich war, und noch viel weniger an Orte, wo man sehr gelitten hat.

Jetzt weiß ich, dass die Wespen notwendig waren.

Ich hätte nie zurückkommen dürfen. Das Meer hat nicht auf mich gewartet. Auch die vier noch stehenden Häuser mit ihren vermoosten Schieferdächern und von Eichenwurzeln durchzogenen Dielen nicht. Meine Großmutter hatte nicht einmal auf dem Friedhof auf mich gewartet. Schon vor langem waren ihre Knochen ausgegraben und in ein Massengrab geworfen worden. Damals war ich noch zu klein, um es zu verhindern. Alle, die ich geliebt habe, sind vor langer Zeit gestorben. Der Landtourismus ist nicht bis zu diesem Ort vorgedrungen, und niemand repariert die Schlaglöcher der Landstraße. Der Wind bläst zum alten Leuchtturm, der nicht mehr leuchtet. Nur die Hühner spazieren noch durchs Dorf, aber selbst sie scheinen sich verirrt zu haben.

Auch ich habe mich verirrt.

»Hast du dich schon einmal verirrt?«

Das fragte die Frau mit dem schwarzen Kopftuch, als sie mir den großen Schlüssel zu meinem alten Haus aushändigte, als gehörte er zu einer geheimen Arche. Und ich wusste, dass sie den Wind kannte.

Sie musterte mich von oben bis unten, und ich hatte Angst, sie könnte es bemerken. Doch falls sie es bemerkt hatte, sagte sie nichts.

»Es heißt, deine Großmutter sei eine Hexe gewesen.«

Ich antwortete ihr nicht.

»Bist du auch eine Hexe?«

»Es gibt keine Hexen«, sagte ich mit Blick auf ihre Adlernase und die schwarz-grünen Augen. Ihr Goldzahn blitzte mir entgegen. Wenn es Hexen gäbe, würden sie ihr ähneln, dachte ich. Aber das stimmt nicht, denn wenn eine Frau über gewisse Mächte verfügte, würde sie als Erstes sich selbst zur schönsten machen.

Es gibt keine Hexen. Sie waren arme, getäuschte und gefolterte Frauen, die Pilze aßen, um im Traum fliegen zu können, und vielleicht mit einem Besen masturbierten. Sie begingen unbeschreibliche Sünden, wie zu arm, zu hässlich, zu schön zu sein. Alle Frauen sagen irgendwann einmal, dass sie etwas von einer Hexe haben, und alle Frauen beschimpfen irgendwann eine andere als Hexe.

Mit anderen Worten, es ist der Wunsch vieler Frauen, eine Hexe zu sein. Ein geheimer Stolz. Eine Beleidigung. Eine Verleumdung.

Vielleicht bin ich deshalb in das Dorf meiner Kindheit zurückgekehrt, auf der Suche nach einer Hexe aus der Vergangenheit.

Ich bin hergekommen, um meine Doktorarbeit fertig zu schreiben«, sagte ich noch, aber die Frau in Schwarz hörte mir nicht mehr zu.

Sie starrte auf das offene Fenster, als hätte sie etwas gesehen. Das Einzige, was ich durch die kaputten Scheiben erkennen konnte, waren die Zweige der alten Eiche, auf die ich so oft geklettert war. Sie rochen nach Regen und verbranntem Holz.

Ich will euch von der Hexe erzählen.

Ich will euch von dem Tag erzählen, als ich zum Hexenhaus hochging.

Damals konnte ich noch nicht wissen, dass auch ich auf dem Scheiterhaufen enden werde. Es war der Tag, an dem ich über die Hexe alle Tränen vergossen habe, die ihre Feinde nicht weinten, alle Tränen, die ihre Freunde nicht weinten. Es war der Tag der Hexe.

Ich bin das ganze Nest abgelaufen auf der Suche nach einem Stück Leinen, das den Todeskampf auf dem Scheiterhaufen linderte. Es kostete mich drei Dukaten.

Es war der Tag der Hexe. Der Hexe, die ich sein würde. Der Hexe, die ich bin.

Selene wurde in der Johannisnacht geboren, in der die größten Feuer brannten. Das Feuer vor dem Feuer. Vor dem Scheiterhaufen, die Johannisfeuer. Sie brennen an allen vier Ecken des Dorfes, um die Sonnenwende zu feiern.

Ihre Mutter schrie seit über drei Tagen. Am vierten stößt sie einen übermenschlichen Schrei aus, einen Schrei, der ihrer gerade niedergekommenen Schwester die Milch versiegen lässt und die Tänze zum Johannisfest auf dem Dorfplatz zum Erliegen bringt. Schließlich kommt der Kopf des Mädchens zum Vorschein, und im selben Augenblick bricht ein Gewitter los. Es fiel so viel Wasser vom Himmel, dass die Johannisfeuer erloschen, und Blitz und Donner waren so schrecklich, dass das ganze Dorf verängstigt davonlief, es war die fürchterlichste Johannisnacht, an die sich die Menschheit erinnern sollte. Ihre Tante erzählte ihr später, dass unter dem Fenster des ärmlichen Steinhauses, in dem sie geboren wurde, dreizehn Katzen miauten. Als Selenes Mutter sie hörte, begann sie zu weinen. Ihr Schluchzen erstickte das des Neugeborenen. Ihr Wehklagen verjagte die Katzen und erschreckte ihre Kleine, die ihr so heftig in die Brustwarze biss, dass sie blutete. Daraufhin wollte sie nichts mehr von dem Kind wissen, obwohl es ihre Tochter war. Da ihr die Milch aus den prallen Brüsten tropfte, verlangte sie nach dem Baby ihrer Schwester und begann es zu stillen. Das kleine Wesen war erst eine Woche auf der Welt und schien im Begriff, in die andere zu wechseln, denn es wurde mit jedem Tag kleiner, als würde es innerlich verdorren. Aber es war ein Junge, Selene dagegen die siebte Tochter ihrer Eltern. Ihre Mutter ordnete an, Selene so lange weinen zu lassen, bis sie es müde wurde. Doch ihre Tante Milagros erbarmte sich ihrer, niemand weiß, warum. Da ihre Milch versiegt war, gab sie der Kleinen einen in Ziegenmilch getränkten Lappen zu trinken. Ihre Mutter zog den Sohn von Tante Milagros auf und ihre Tante Milagros sie, die Geburt war lediglich ein Irrtum des Schicksals. Und tatsächlich war Selene ebenso rothaarig und knochig wie ihre Tante. Schon bald glaubte das Dorf, sie sei ihre einzige Tochter.

Tante Milagros hatte keinen Ehemann, aber sie war Hebamme, die beste im Tal, und niemand wagte es, ihr Vorwürfe zu machen. Selenes leibliche Mutter hingegen war mit einem Schmied verheiratet, einem Mann, der kaum mehr als drei zusammenhängende Worte sagte. Man hörte von ihm nur: »Und mein Essen?«

Als er erfuhr, dass seine Frau in den Wehen lag, kümmerte er sich nicht um das Gerede im Dorf über die Katzen und das Gewitter. Er ging direkt in die Dorfschenke und redete zum ersten Mal in seinem Leben die ganze Nacht mit diesem und jenem und erzählte allen, sollte es wieder ein Mädchen werden, dann würde er es ersäufen, bevor es noch die Augen öffnen konnte. Er tat nichts dergleichen mit Selene. Er beschränkte sich darauf, sie zu ignorieren. Er entwickelte Zuneigung für seinen Neffen und zog ihn auf wie den eigenen Sohn. Böse Zungen behaupteten gar, dass er es wirklich sei.

Mit der Zeit schien er vergessen zu haben, dass er Selenes Vater war. Auch sie vergaß es oder hat es vielleicht nie erfahren, denn an dem Tag, als ihr die Dorfjungen gewaltsam den Milchkrug entrissen und Selene sie mit Steinen bewarf, um ihn wiederzubekommen, rief einer von ihnen, der Sohn des Amtsdieners, um sie zum Weinen zu bringen, dass ihr Onkel, der Schmied, ihr Vater sei. Selene lachte nur laut auf und sagte die unheilvollen Worte, an die sich ihre Feinde vor dem Ketzergericht erinnern sollten:

»Dann bin ich lieber die Tochter des Teufels.«

Sie behaupten, dass ich schuld am Tod all dieser Leute sei. Sie behaupten das, und ich weiß nicht, was ich tun soll, damit sie mir glauben. Jetzt sind alle tot. Es ist niemand mehr da, der die Wahrheit sagen könnte. Nicht einmal ich. Denn ich habe niemanden, der mir zuhört. Aber es steht geschrieben: Wer Ohren hat zu hören, der höre. Deshalb erzähle ich es dir. Der einzige Freund, der mir auf der Welt bleibt. Ein Freund, der mehr als menschlich ist.

Frauen, die man Hexen nannte, wurden immer verbrannt. Es hat mich viel Mühe gekostet, herauszufinden, warum … Sie lügen immer. Sie verbreiten über alles Lügen, doch am liebsten verbreiten sie Lügen über uns Frauen. Einige behaupten, alles hätte an dem Tag begonnen, als ich dich fand. Das ist der leibhaftige Teufel, sagten sie damals. Du warst nur ein großer schwarzer Hund, der zu jener Zeit klein und verängstigt war. Ich habe dir das Leben gerettet. Später solltest du meines retten. An jenem Novembertag, als der Meteorit herabfiel, bot sich vielen die große Gelegenheit. Die Ebene war voller Fremder. Du warst nur ein Fremder mehr.

Zuerst war sie allein. Später kam der Krüppel. Seit Eintreffen des Krüppels war nichts mehr wie vorher. Eines Tages war der Krüppel verschwunden, und wir sahen sie öfter mit dem schwarzen Hund. Manche hatten Mitleid mit ihr. Ich habe mich nicht täuschen lassen. Ich mochte sie nicht. Ich könnte nicht sagen, warum, aber ich mochte sie überhaupt nicht. Ich weiß nicht, ob ich es als Erste ausgesprochen habe. Jedenfalls war ich die Erste, die es wusste. Das Mädchen war eine Hexe. Genau wie ihre Mutter, genau wie ihre Großmutter. Ihre Mutter war eine Mulattin. Sie betrog den Jungen der Galáns, ein guter Junge wie sein Vater. Sie ähnelte ihrer Mutter nicht im Geringsten, die bis zu ihrem Todestag Hexenmeisterin gewesen war und es bestimmt auch noch im anderen Leben ist. Die Mutter unterwies sie in der Magie der Afrikaner, der Magie, die sie selbst angewandt hatte, denn das Mädchen hatte eine weiße Haut: eine weiße Haut, aber eine schwarze Seele. Es gibt Dinge, die ändern sich nie. Dinge, die wir nicht ändern können, sosehr wir es auch wollen.

Es war der schlimmste Winter meines Lebens. Ich war im strömenden Regen auf dem Weg in das Dorf an den Klippen. Wasser tropfte von meinen Wimpern, das Meer tobte, und der prasselnde Regen wirbelte um mich herum wie ein Haufen entfesselter Hexen. Das Wasser brannte wie Feuer. Als ich auf den Abgrund zuging, wirkte das Gras wie Moos. Ich blieb am Rand des Abgrunds stehen. Am Himmel und auf der Erde waren seltsame Kräfte in Gang gekommen, in der einzigen Absicht, mich zu zerstören. Ich durfte jetzt nicht den Kopf verlieren. Auf der Wiese lagen die Reste des Mittagessens, das ich erbrochen hatte. Und das war nicht das Schlimmste. Männer, die ich noch nie gesehen hatte, suchten mich, um mich zu töten. Und ich hatte keine Ahnung, was ich mit meinem Leben anfangen sollte.

Ich war in Asturien, stand an den Klippen des Schicksals und wurde mit jeder Minute, die verging, älter. Ich war ein Meter fünfundsechzig groß, und obwohl ich im Schwimmbad von Raval viele Bahnen geschwommen war, war es mir nicht gelungen, über mich hinauszuwachsen. Als Kind wollte ich Pilot werden, aber ich war nicht nur eine Frau, sondern, schlimmer noch, kurzsichtig. Mein Gesicht war übersät mit Sommersprossen wie eine Giraffe mit Flecken. Meine Größe reichte nicht einmal aus, um Stewardess zu werden, und ich würde keinen Zentimeter mehr wachsen, zumindest nicht, bis ich im Grab läge. Trotz meiner Kindheitsträume gelang es mir erst später, ein Flugzeug zu betreten. Vorher betrat ich als Beste meines Jahrgangs an der Fakultät für Geschichte das Podium. Das nützte etwas, aber nicht viel und auch nicht lange. Sie haben mich hinausgeworfen. Ich habe den ersten Prozess wegen sexueller Gewalt am Arbeitsplatz in diesem Land gewonnen. Es stand in allen Zeitungen. Ein Präzedenzfall. Es hat mir nichts genützt. Sosehr ich auch versuchte, eine neue Stelle zu finden, sobald mein Name fiel, fand man eine Ausrede. Und jetzt war ich dabei, ihnen die entscheidende Ausrede zu liefern.

Hör auf, sagte ich mir, was ist eigentlich los mit dir?

Warum bist du zurückgekommen? Hast du geglaubt, etwas Neues vorzufinden? Etwas anderes? Eine Antwort? Denn in Wahrheit gibt es keine Antworten. Gewiss ist einzig, dass du mit jeder Minute, die vergeht, älter wirst. Du bist noch nicht mal vierzig, und für dich ist es schon zu spät.

Du bist in dieses Dorf zurückgekehrt, in das du nicht hättest zurückkehren dürfen, wo sie dich nicht mögen und nie gemocht haben. Ein Dorf, das nah am Abgrund liegt wie dein eigenes Leben, mit dem Geld der Entschädigung und dem fadenscheinigen Vorwand, von einer Hexe aus der Vergangenheit fasziniert zu sein. Du tust mir fast leid. Was glaubst du, wie weit du kommen wirst? Was du herausfinden wirst? Hast du keine Angst vor der Wahrheit über Hexen? Dass sie arme Frauen waren wie du, dass sie geliebt werden wollten wie du. Und dass am Ende nur das Feuer auf sie wartete.

Am Pfingsttag, als man gerade den Sarg der verstorbenen Luz Cifer Fuentes durch den Haupteingang in die Kirche von Priorio tragen wollte, schlug ein Blitz in die Kirchenkuppel ein. Drei Menschen starben. Luz Cifers Leiche wurde nie in der Kirche aufgebahrt, sondern auf ausdrücklichen Wunsch des Herrn Priesters ohne Messe oder Segen an einer ungeweihten Stelle in der Nähe des Friedhofs begraben. Alle hatten behauptet, sie sei eine Hexe gewesen.

Als ich die Notiz in der Zeitung las, glaubte ich an einen Scherz, den eher einfallsreiche als gutbezahlte Volontäre ihren ergebenen Zeitungslesern gern mal als Ente auftischen. Es war kein Scherz, sondern der Beginn der makabersten Geschichte, die ich je erlebt hatte.

Am Anfang war das Wort. Und das Wort wurde zum Notizbuch. Und weilte unter uns.

Vor einem Buch gibt es immer eine Tasse Tee. Ich schlug das Notizbuch auf und schrieb: Auch wenn wir Verdammte sind.

Drei Jahre lang arbeitete ich an der Geschichte von Selene, der Hebamme, die mit den Wölfen sprach. Zu Unrecht angeklagt und gepeinigt und schließlich als Hexe auf dem Scheiterhaufen verbrannt.

Das war der Sinn meines Lebens gewesen. Wie bei den meisten Menschen ein sinnloser Sinn, mit dem ich eine Weile mein Dasein fristete.

Später vergaß ich es. Durch den Prozess, die vor meiner Tür lauernden Reporter, die dunklen Sonnenbrillen und die Fernsehprogramme gehörte die Hexenjagd nicht mehr der Vergangenheit an, sondern wurde Teil meiner Gegenwart.

Das Telefon klingelte ununterbrochen. Ich glaubte, es würde nie wieder aufhören zu klingeln.

Und eines Tages hörte es auf zu klingeln. Sie vergaßen mich. Die Freunde und die Feinde. Ich war wieder ich selbst. Ich war wieder allein. Für die einen war ich das Opfer, für die anderen eine Betrügerin. Ich hatte so viel über mich gelesen, dass ich selbst nicht mehr wusste, wer ich war.

Ich las jeden Tag diese Zeitungen, die nicht mehr über mich schrieben, als könnten sie kraft ihres Denkens Macht über die Dinge ausüben. Ich glaubte an das gedruckte Wort, an den Wahrheitsgehalt dessen, was geschrieben stand. Worte werden vom Winde verweht. Bücher werden vom Vergessen verweht. Ich glaubte, dass irgendwo in der Tinte, die an meinen Händen klebte, der Schlüssel oder der verlorene Sinn meines Lebens zu finden wäre.

»Dann bin ich lieber die Tochter des Teufels«, schrieb ich, und als ich es aufschrieb, wusste ich, dass Selene das gesagt hatte. Ich tastete mich im Dunkeln voran, manchmal entdeckte ich ein altes Schriftstück, irgendein Dokument, in der Landesbibliothek, eine Erwähnung in einer Doktorarbeit, und konnte Selene einen Augenblick sehen. Die alten Schriftstücke waren wie Streichhölzer, die einen Moment lang ein Altargemälde erhellten. Die Personen aus dem Leben der Hebamme wurden für ein paar Sekunden lebendig und verloren sich sogleich wieder in der Dunkelheit. Es war wie ein Geheimnis, das sie mir im Dunkeln ins Ohr flüsterten. Jemand zündete ein Streichholz an und erhellte Teile der Geschichte, als wären sie Ausschnitte eines Altarbildes, aber das Licht währte nur einen Augenblick. Ich suchte weiter nach der Quelle, die alle meine Zweifel zerstreute. Eine Kerze, eine Lampe, einen Taufschein, der genügend Licht ins Dunkel werfen würde. Ich wusste, dass mir dann die ganze Geschichte, das große Bild, das immer da gewesen war, plötzlich ins Auge fiele. Bislang hatte ich nur Fragmente. »Dann bin ich lieber die Tochter des Teufels«, hatte Selene, die Tochter des Schmieds, gesagt.

Ich glaubte allmählich, dass diese Aufgabe unmöglich zu bewältigen wäre, dass der Beruf der Historikerin noch schlimmer wäre als der einer Geschichtenerfinderin. Dass es nie etwas Neues unter der Sonne gegeben hatte, auch niemanden, der es hätte finden können.

Und da stieß ich auf die Geschichte von Luz Cifer. Ein unmöglicher Name für eine unmögliche Geschichte. Hexen sind eine europäische Erfindung, die wir später exportiert haben. In der restlichen Welt kennt man die Zauberei, aber keine Hexen.

Auch wenn wir es nicht glauben wollen, ganz Europa ist ein und dasselbe. Zumindest, was die Dörfer angeht. An den Sonntagen wird herumgewerkelt und der Nachbar beneidet. An den Wochentagen wird gearbeitet und gespart, um sich ein größeres Auto als der Nachbar kaufen zu können. Nur samstags gehen die Leute auf die Straße oder fahren aufs Land, in der Absicht, etwas anderes zu tun und einen Tag, ein paar Stunden lang ein anderer zu sein. Das kann Bier, Fußball oder Pilzesammeln sein. Die Männer fahren aufs Land, um anders zu sein.

Und manche Frauen kehren aufs Land zurück, um sich zu verstecken, um wie die anderen zu sein oder um zu vertuschen, dass sie anders sind. Denn manche Frauen wollten schon immer wie alle anderen sein, und es ist ihnen nie gelungen.

Am Tag bevor ihre Tante Milagros verbrannt werden sollte, stand Selene noch vor dem Morgengrauen auf. Es war dunkel, ein Hahn krähte, und sie fürchtete einen Moment, es könnte plötzlich hell und sie entdeckt werden, doch sie wusste, dass die Hähne die ganze Nacht krähten. Sie huschte zum Stall, vorbei am Hühnerhof, immer darauf bedacht, dass sich die Geräusche, die sie verursachte, nicht von denen der Tiere unterschieden, die sich um diese Uhrzeit bereits im Schlaf bewegten, fürchtend, dass eine Hand sie melken, ihnen die Eier wegnehmen, ihnen das entwenden würde, was sie mühsam in ihrem Schoß ausbrüteten. Sie wollte für zwei Dukaten Leinen kaufen, aber jemand hatte ihr gesagt, dass Wolle besser brenne. Auch musste ein wenig Geld für die Bestechung des Henkers übrig bleiben, damit er trockenes und knisterndes Holz benutzte. Sie hatte es eigenhändig gesammelt und auf dem Rücken zum Kerker getragen, obwohl das Inquisitionsgefängnis, in dem ihre Tante eingesperrt war, einen halben Tagesmarsch entfernt lag. Die alte Spinnerin, ihre einzige Freundin, hatte ihr gesagt, das wäre zwecklos. Wenn sie den Henker nicht bestäche, würde man das trockene Feuerholz verkaufen und ihre Tante auf jungen, saftigen Ästen verbrennen, die nur glommen und sie mit ihrem schwarzen Qualm erstickten. Möglich, dass Gebete nichts halfen, aber

Gold schon. Selene hatte kein Geld. Zum Glück hatte die Frau des Steinmetzes am Tag zuvor über schreckliche Zahnschmerzen geklagt. Ihre Tante Milagros war die Einzige im Dorf, die ihr hätte helfen können. Selene verfügte jetzt über ihr Instrumentarium. Es fiel ihr schwer, den Backenzahn zu ziehen, und noch schwerer, die Schimpftiraden und Schreie zu ertragen. Doch schon am selben Nachmittag fühlte sich die Frau viel besser und ließ sie rufen, um ihr zwei Dukaten zu zahlen. Einen für das Zahnziehen und den anderen, um ihrer Tante zu helfen. Da wurde ihr bewusst, dass die Frau des Steinmetzes eine gute Frau war. Ihre Tante Milagros hatte der Frau bei ihren Geburten beigestanden. Mit Schmalz und großer Geschicklichkeit hatte sie deren einzigen Sohn aus der Steißlage befreit. Ihrer Tante Milagros war keine einzige Wöchnerin im Dorf gestorben. Dass jetzt behauptet wurde, das sei das Verdienst des Teufels, interessierte die gute Frau nicht. Ihre Mutter sei im Wochenbett gestorben, sagte die Frau des Steinmetzes, ihr sei es egal, wem sie ihr Überleben zu verdanken hätte, sie hoffe nur, es käme der Tag, an dem dank des Göttlichen oder des Teuflischen keine Frau mehr bei einer Geburt sterben müsste.

Selene, die erst dreizehn Jahre alt war, befühlte ihr die Stirn, um herauszufinden, ob das Zahngeschwür das Fieber weiter hochgetrieben hatte, und sagte dann, sie solle schweigen, das könne in die falschen Ohren gelangen, die es wiederum dem Ketzergericht zutrügen, aber die Frau des Steinmetzes drückte ihr das Geld in die Hand und schloss, sich bekreuzigend, die Tür hinter ihr.

Ainur

Ihr könnt mich Ainur nennen. Es ist ein Name wie jeder andere. Auch könnte ich aus jedem anderen Ort stammen, obwohl ich früher glaubte, ich käme von hier. Ich habe an vielen Orten gelebt, an zu vielen. Vor vierunddreißig Tagen habe ich Barcelona für immer – oder für eine Zeitspanne, die so lang ist, dass sie von Menschen »immer« genannt wird – verlassen und bin in dieses Küstendorf zurückgekehrt. In meiner Erinnerung war es das Paradies. Man darf seinen Kindheitserinnerungen nie trauen.

Die Klippen sind dunkel, aber noch dunkler sind die schwarzen Sandstrände. Die Felsen sind weiß, sie leuchten über dem weichen Boden, dessen Gras wie Moos wirkt. Der Wind weht, und die Häuser scheinen sich zu neigen, um ihn vorüberziehen zu lassen. Oder zumindest glaubt man das auf den ersten Blick. Dann wird man gewahr, dass sie sich wegen der Feuchtigkeit, wegen der großen Langeweile schon seit Jahrhunderten neigen. Alles ist von solcher Schönheit, dass es wehtut. Beim Gehen bilden sich Wölkchen vor meinem Mund. Manchmal kann ich im Dunst meines Atems Bilder der Apokalypse erkennen. Und als ich fast beim Leuchtturm angekommen bin, sehe ich sie plötzlich. Es sind Kuhlen in der Erde, durch die das weiße Meer Fontänen ausstößt. Der Schaum brodelt. Das Meer kocht. Es sind Salzwassergeysire.

Man hatte mir von ihnen erzählt, aber ich hatte noch nie einen gesehen. Es heißt, sie hätten einen Mann über hundert Meter in die Luft getragen. Es heißt, er sei in so vielen Einzelteilen auf die Erde zurückgefallen, dass man Tage brauchte, um sie einzusammeln, und sie am Ende ins Meer warf. Schließlich ist das Meer heilig.

In der Heimat meiner Großmutter wurden sie Faucher genannt. Weil sie fauchen. Weil sie tosen. Ich finde, sie schreien. In dieser Erde hat sich ein Monster versteckt, das schreit, damit man es herauslässt. Sekunden später legt sich der Wind, und das Meer beruhigt sich. Und ich vermisse etwas. Mit den Fauchern flößt mir die Landschaft Angst ein, aber ohne sie stimmt sie mich traurig. In dem Moment lichtet sich der Nebel, und aus dem Leuchtturm fällt Licht. Ich laufe auf ihn zu. Auf den Leuchtturm.

Und der Mann mit den roten Handschuhen kommt mir entgegen.

Ich schreibe an dasselbe Wesen, an das Verliebte schreiben, wenn sie am Strand ihre Namen in den Sand schreiben. Nur dass ich vielleicht in den Sand einer Wüste schreibe.

Und das ist die Wüste meines Lebens.

NORDANZEIGER

PANORAMA

Kein Lebenszeichen von Ainur

Seit dem Verschwinden von Ainur, der Frau, die in der spanischen Arbeitswelt Geschichte schrieb, weil sie den ersten Prozess wegen sexueller Gewalt am Arbeitsplatz gewann, sind bereits drei Wochen vergangen, und noch immer gibt es keinerlei Hinweis auf ihren Aufenthaltsort.

Quellen aus nahen Kreisen behaupten, die Untergetauchte habe Morddrohungen erhalten. Der wegen sexueller Gewalt am Arbeitsplatz verurteilte Bürgermeister von Idumea hat jeglichen Zusammenhang seiner Person mit besagten Drohungen entschieden zurückgewiesen und betont, bevor kein rechtskräftiges Urteil vorliege, werde er nicht zurücktreten. Er zeigte sich hingegen davon überzeugt, die Berufung zu gewinnen. »Ich bin zu allem bereit. Wenn es sein muss, gehe ich bis zum Obersten Gerichtshof und zum Verfassungsgericht, und ich werde alles tun, damit mein guter Ruf wiederhergestellt und meine Gemeinde und meine Familie für den erlittenen Schaden entschädigt werden.«

Gestern haben sich in Idumea, einem Ort mit fünftausend Einwohnern, erneut zirka fünfhundert Personen vor dem Rathaus versammelt und gerufen: »Bürgermeister! Bürgermeister!«, »Nutte! Nutte! Nutte!« und »Hexe! Hexe! Hexe!«. Die nicht genehmigte Demonstration wurde ohne Zwischenfälle aufgelöst.

Sie hatte erwartet, dass sich das Dorf verändert hätte, dass es größer oder kleiner wäre; sie war nicht darauf vorbereitet gewesen, dass es genauso aussah wie früher. Lediglich die Farben hatten sich verändert. Jetzt wirkten sie diffuser, gespenstischer, als würde der Nebel, der jeden Morgen von den Bergen herabzog, sie langsam auslöschen. So empfand sie sich selbst: ausgelöscht.

Sie hatte den Prozess gewonnen, doch wenn sie sich im Spiegel betrachtete, war ihr, als hätte das Verfahren jeglichen Glanz aus ihren Augen vertrieben, dieses Funkeln, das ihre kleinen, hässlichen Augen in Leuchttürme verwandelte, damit man sich nicht in der Dunkelheit verirrte.

Jetzt war ihr Gesicht ein Gesicht ohne Augen. Sie blickten nach innen, wie die Augen von Blinden.

Ich war arm gewesen, und als ich Geld hatte, entdeckte ich, dass ich immer noch arm war. Du bist dein Leben lang so arm oder so reich, wie du es als Kind warst.
Sie haben mir Geld gegeben.
Um mir das Maul zu stopfen.

Wenn man Geld hat, ist das Geld wie eine Matratze aus Federn. Es verändert die Wirklichkeit nicht, es unterfüttert sie. Manchmal dämmt die Matratze aus Federn die Wände, was zwar nicht verhindert, dass wir die Wirklichkeit hören, aber bewirkt, dass die Stimmen von weit her zu kommen scheinen.
Und nicht einmal Geld kann die Erinnerungen auslöschen.

Sie zwingen mich ständig, Dinge zu tun, die ich nicht tun möchte.«

»Ich?«

»Widersprechen Sie mir nicht, ich möchte Sie nicht zurechtweisen, ich will Sie nicht ausfragen, aber Sie zwingen mich ja dazu.«

»Es ist nichts passiert, was Sie mir vorwerfen könnten.«

»Das habe ich aber anders verstanden.«

»Darf ich erfahren, was man mir vorwirft?«

»Ihre Kollegen haben mir versichert …«

»Welche Kollegen?«

»Ich habe versprochen, ihre Identität nicht preiszugeben.«

»Wie soll ich mich verteidigen, wenn ich nicht weiß, was sie gesagt haben oder wer was gesagt hat?«

»Wie es scheint, haben Sie im Büro eine Orgie gefeiert.«

»Eine Orgie?«

»Ja, unter dem Vorwand, Ihren Studienabschluss zu feiern.«

»Ich habe nur ein paar Coca-Colas spendiert.«

»Das wurde mir aber anders berichtet. Mir wurde versichert, dass Alkohol aller Art getrunken wurde. Dass die Feier sich nicht nur auf Ihr Büro beschränkte, sondern sich bis in die Chefetage erstreckte. Mir wurde gesagt, dass eine junge Frau, nach deren Namen ich mich erkundigt habe, auf meinem Schreibtisch ihren Slip auszog und einige Kollegen ihre niederen Instinkte befriedigen ließ.«

»Das glauben Sie doch nicht im Ernst, Sie haben doch nicht einmal genug Phantasie, sich so etwas auszudenken.«

Mein Chef dreht seine Zigarre im Mund, als wäre sie ein Schraubenzieher. Sie dreht sich in seinem Mund, der die Schraubenmutter ist, in der sich mein Verstand verhakt. Ich glaube, gleich wird sich sein Mund lösen und zu Boden fallen.

Er wird vom Boden aus weiterreden.

»Sie zwingen mich, das alles zu glauben, Sie zwingen mich, ein Disziplinarverfahren einzuleiten, obwohl Sie und ich wissen, dass alles ganz anders sein könnte. Und noch immer ganz anders sein kann.«

»Zauberer und Hexen sind Sklaven des Teufels. Während die Zauberer zur Einsamkeit neigen und sich durch ihr düsteres Wesen und gelassenes Gemüt auszeichnen, sind die Frauen im Allgemeinen schön sowie geneigte Expertinnen der legitimen wie illegitimen Lustbarkeiten.«

Alle Texte, in denen diese These vertreten wird, enthalten übereinstimmende Hinweise über die Charakteristiken einer Hexe. Zu den auffälligsten gehören ihre Unfähigkeit, zu weinen, das Unvermögen, aus einer Wunde zu bluten, und große Widerstandskraft gegen das Ertrinken. In allen Hexenprozessen Europas wurden die der Hexerei beschuldigten Frauen gefoltert und gestanden nur unter Schreien, Heulen und Wehklagen, doch das schien bei den Inquisitoren keinerlei Zweifel aufkommen zu lassen.

Die Anschuldigungen basierten auf der Teilnahme am Sabbat oder Hexensabbat und nicht so sehr auf ihrer Fähigkeit, Zaubertränke herzustellen. Vielerorts wurden umfangreiche Schlachtungen von Katzen veranstaltet, weil man glaubte, Hexen könnten sich in Katzen oder andere katzenartige Tiere verwandeln.

Der Sabbat wurde auf einer Anhöhe abgehalten. Es war unerlässlich, dass ein Wald die Hochebene begrenzte. Der

Wald repräsentierte den Chor und die Ebene das Kirchenschiff. Im Wald stand ein steinerner Altar mit einer Holzfigur, die mit einem menschlichen Körper, aber dem Kopf und den Extremitäten eines Ziegenbocks Satan symbolisierte. Die Statue war schwarz angemalt, hatte ein ziemlich großes männliches Geschlechtsorgan, und zwischen seinen Hörnern steckte eine Fackel.

Das Eintreffen der Hexen und Zauberer, *Introitus* genannt, war Anlass für den Beginn des Sabbats. Zuerst wurde eine junge jungfräuliche Hohepriesterin gewählt. Sie wurde *Prinzessin des Altertums* genannt.

Die Prinzessin befahl ihren Untertanen, die Fackeln anzuzünden, auch die zwischen den Hörnern der Statue. Anschließend beschwor die Hohepriesterin mit lauter Stimme voller Inbrunst die Hilfe Satans und den Schutz der Verdammten.

Mit den brennenden Fackeln gingen die Hexen und Zauberer der Reihe nach zu ihrem Götzen, um seine unteren Extremitäten zu küssen, während die Prinzessin den Phallus umarmte und vorgab, sich dem Götzen hinzugeben.

Anschließend wurde aus dem Ritual ein Festmahl. Die Teilnehmer aßen, aufgeteilt in Paare, was sie mitgebracht hatten, und tranken Wein, Sidra oder Bier, Gebräue, die man schon im XII. Jahrhundert kannte. Die Speisen würzte man mit angeblich verzauberten Kräutern, die bei den Tischgästen zügellose Erregung hervorriefen.

Das ist bereits der Höhepunkt des Sabbats: der Tanz. Hexen und Zauberer tanzten Rücken an Rücken, sie fassten sich an den Händen und drehten die Köpfe zur Seite, um den Nachbarn zu sehen. Dieser Tanz machte schwindlig. In einem bestimmten Moment lösten sich die Tänzer aus dem Kreis, tanzten und hüpften aber weiter und wechselten ständig den Partner. Dabei entstand beträchtlicher Trubel. Wenn man bedenkt, dass der Tanz immer ausgelassener und schneller wurde, ist leicht zu verstehen, dass die Teilnehmer schon bald in einen Zustand der entfesselten Ekstase gerieten, dann begann die sexuelle Orgie.

Auf dem Höhepunkt der Entfesselung machte ein Befehl der Hohepriesterin dem Fest ein Ende. Jetzt verwandelte sie sich selbst in einen Altar. Sie legte sich nackt auf den Altarstein, und einer der Zauberer hielt in seiner Funktion als Inkarnation Satans die Messe. Er zelebrierte die Opfergaben auf dem Körper der Hohepriesterin. Diesem Zauberer folgten andere und auch Hexen, während die übrigen Anwesenden inmitten der Raserei untereinander Opfergaben austauschten. In den finsteren Texten über die Hexerei liest man, dass die Hohepriesterin lange Zeit auf grausamste Weise gefoltert wurde.

Der Satz ist nebulös, doch wenn man in Betracht zieht, dass keine Folter im Sinne von Auspeitschen durchgeführt wurde, und vor allem berücksichtigt, dass der Begriff »Opfergaben« möglicherweise auf den Sexualakt anspielt, ist offensichtlich, dass die wiederholte Ausführung dieses Akts für eine Jungfrau Folter gewesen sein muss.

Die Orgie fand unter ständiger Anrufung Satans sowie blutigen Taten wie dem Köpfen von (als giftig betrachteten) Igeln und anderen Kleintieren statt.

Der Sabbat begann zu fortgeschrittener Nachtstunde und endete im Morgengrauen. Das Aufgehen des Morgensterns verkündete das Ende des Festes. Das Ritual endete mit einem großen Chor von Verwünschungen. Danach gingen alle Teilnehmer ihres Weges.*

* Ainur Méndez: Zauberer und Hexen im Spanien der Renaissance. Der Fall der Hebamme. Universität Oviedo, 2008

Ich wusste immer, dass es Dinge gibt, die man niemandem erzählen kann. Geheime Dinge. Verborgene Dinge. Ich wusste immer, dass Wünsche Wirklichkeit werden können, wenn sie auf bestimmte Weise, sorgfältig und scharfsinnig, gedacht werden. In deinem Innern stellst du dir vor, was du möchtest. Als würdest du es auf dem Grund eines Brunnens sehen.

Und ich wusste immer, dass das niemand erfahren, niemand hören darf, denn sonst würde man womöglich denken, du wärst verrückt oder wolltest nur Aufmerksamkeit erregen; trotzdem würdest du ihnen manchmal gern helfen, ihnen erklären, wie die Dinge sind, damit sich das Leben nicht so lang und so schwierig gestaltet.

Und du versuchst es und weißt im selben Moment, in dem du es versuchst, dass du dich wieder geirrt hast.

Selene

Das Schlimmste am Leben im Kerker war der Durst. Der Kerker war eine Art Stall, der Boden voller Pfützen, Exkremente,s Schreie. Aber das Schlimmste war der Durst. Der Durst füllte alles aus. Er füllte selbst ihre Erinnerungen aus. Ihr schien es, als hätte sie immer Durst gehabt. Dass sie als Kind Durst hatte, wenn die Leute sich davor fürchteten, dass sie die Kirche betrat. Dass sie schrecklichen Durst hatte, als sie auf ihrem Weg durch Nordspanien Zahnschmerzen, Veitstanz, Unfruchtbarkeit und Koliken heilte. Es kam ihr so vor, als wäre ihr ganzes Leben ein Leben ohne Wasser gewesen, eine trockene Kehle. Vielleicht hatte sie deshalb nie weinen können, es fehlte ihr schlicht an Wasser. Jetzt reichte ihr das Wasser bis zu den Knöcheln: schmutziges, trübes Wasser. Sie kratzte sich an den Wänden die Finger wund, um der Versuchung zu widerstehen, es zu trinken. Manche tranken es und starben an schrecklichen Koliken. Dann wurde nur ein Ebenbild von ihnen verbrannt. Sie hatte oft Fieber. Zweimal war sie so krank, dass der Inquisitor Juan de Requesens die Anfertigung eines hölzernen Ebenbildes von ihr in Auftrag gab, denn man wollte das Volk nicht um das Vergnügen bringen, sie scheinbar lebend auf dem Scheiterhaufen zu sehen, und alle Welt wusste, dass die von einer Leiche angefertigten Ebenbilder unmöglich wiederzuerkennen waren. Kerker und

Tod entstellten noch die schönsten Gesichter. Viele Mütter erkannten ihre Töchter nicht wieder. Viele Kinder erkannten ihre Mütter nicht wieder.

Der Inquisitor wollte, dass alle Welt sie erkennen konnte, dass alle die Gelegenheit hätten, sie anzuspucken. Für den Inquisitor war das Feuer wollüstig und hungrig. Nichts gefiel dem Feuer so sehr wie eine schöne Frau.

Es ist nicht einfach, hierher zu gelangen. Um hierher zu gelangen, muss man immer den falschen Weg eingeschlagen haben. Nicht ein Mal. Viele Male. Man muss Menschen vertrauen, die einen verraten werden. Denjenigen lieben, der einen nicht liebt. Nicht wissen, welche Wirkung der Klang des eigenen Namens auf einen anderen hat. Verdammt sein.

Ich habe Verrätern vertraut und Feinden zugehört. Nur ich trage die Schuld an meinen Tränen. Und nur ich werde für sie bezahlen. Ich glaube nicht, dass die Hitze des Scheiterhaufens die gefrorene Fläche meines Herzens auch nur wärmen kann. Ich weiß, dass das Licht der Flammen die Dunkelheit meiner Seele nicht erhellen kann. Denn ich weiß nicht, ob ich eine Hexe bin. Aber ich weiß, dass ich verdammt bin.

Weinen nützt nichts. Hexen weinen nicht.

Nicht einmal, wenn sie mich weinen sähen, würden sie mir glauben, dass ich keine Hexe bin.

Ich habe für die Menschen gelebt, für das, was die Menschen von mir wollten. Und jetzt fühle ich mich wie eine Müllhalde für den Unrat der Menschen, deren Müll eines Tages zu keimen begann, wie es manchmal auf dem Misthaufen geschieht. Aus der Scheiße wurde eine spindeldürre und zarte Pflanze geboren: meine eigene Tochter.

Für sie tue ich das, wessen man mich beschuldigt und was ich nie getan habe: Ich vergifte die Brunnen. Ich schreibe meine Geschichte auf.

Ainur

Alle Frauen sagen irgendwann in ihrem Leben, dass sie etwas von einer Hexe haben. Sie sagen es lachend oder lächelnd, mit überheblichem Gesichtsausdruck. Und alle Frauen sagen irgendwann in ihrem Leben über eine andere Frau, dass sie eine Hexe sei. Sie sagen es geringschätzig, bekümmert, wohl wissend, dass sie sie des schrecklichsten Verbrechens beschuldigen. Wie kommt es, dass Hexe zu sein für eine Frau zugleich Auszeichnung und Beleidigung ist? Der höchste Ausdruck für das Frausein und seine Leugnung.

Consuelo

Als ich die Rothaarige hier ankommen sah, wusste ich, dass es Probleme geben würde. Die Rothaarige ist nicht ganz koscher. Das waren auch ihre Mutter und ihre Großmutter nicht. Die Tochter einer ledigen Mutter, Enkelin einer ledigen Mutter. Der Teufel muss sie geschwängert haben, was denn sonst … Denn die Töchter sahen immer aus wie ihre Mütter, die Großmütter hatten dasselbe Gesicht wie ihre Enkelinnen.

Ainur

Mit dem Leben geht es mir wie mit Büchern. Ich würde gern die Seiten umblättern und erfahren, wie alles ausgeht. Ich würde gern das Ende meiner Geschichte kennen. Ob der Held kommen wird. Ob die Hexe verbrannt wird. Aber das Leben ist kein Buch. Wenn du im Leben, wie bei einem Buch, zu schnell die Seiten umblätterst, bist du vorzeitig am Ende, und im Unterschied zu Büchern ist das Ende des Lebens der Tod, und du kannst nicht zurück, um die Seiten, die du zu schnell gelesen hast, noch einmal zu lesen. Die Zukunft kennen zu wollen bedeutet, die Zeit auflösen zu wollen, es bedeutet, einen verfrühten Tod mit zu vielen leeren Seiten zu sterben.

Selene

Wer nicht genug Eitelkeit aufbringt, begnügt sich eben mit dem Neid.«

Als er das hörte, schlug der Scherge auf sie ein und stieß sie zu Boden, aber sie konnte aufstehen und sagen:

»Señor, ich bin vom vielen Stehen und Fasten und der Anstrengung so müde, und ich flehe Sie an, lassen Sie mich ausruhen und mir was zu essen bringen, dann sage ich wahrheitsgetreu alles, was ich weiß.«

Du weißt Dinge, die du nicht weißt. Du weißt Dinge, die du nicht wissen willst. Du siehst Dinge, die du nicht gesehen hast. Du hörst Dinge, die du nicht gehört hast, die niemand gehört hat. Und die ganze Zeit fragst du dich: War es das?

Ist es das?

Du schließt die Augen, weil du weißt, dass die Stimme da ist und dir antworten wird: Ja, so musste es sein. So war es immer.

Ainur

Er ist tot.

Meine Nachbarin hatte ein zerkratztes Gesicht und gerötete Augen, als hätte sie eine Woche lang nicht geschlafen. Ihr Haar war zerzaust und verworren, und sie trug verschiedenfarbige Schuhe; abgesehen davon ließ nichts darauf schließen, dass sie im Begriff war, verrückt zu werden.

»Du hast mir gesagt, dass er sterben wird.«

Das stimmte. Manchmal rede ich zu viel.

Ich hätte erwidern können, dass es Zufall war, stattdessen fragte ich:

»Was ist passiert? Gestern Abend ging es ihm noch gut, er ist mir auf der Treppe über den Weg gelaufen und hat, wie üblich, meinen Gruß nicht erwidert.«

»So ist er eben«, antwortete meine Nachbarin, die für einen Augenblick vergessen hatte, dass sie zu mir gekommen war, um mir eine schreckliche Nachricht zu überbringen, und nicht, um die Taktlosigkeit ihres Mannes zu entschuldigen.

»Er hat dich geschlagen«, fügte ich hinzu.

»Du weißt, dass er mich nicht geschlagen hat, er ist nur manchmal wütend geworden und hat mich heftig geschubst, und dann bin ich hingefallen, aber er hat mich nicht geschlagen.« In dem Moment fiel es meiner armen Nachbarin wieder ein. »Mein Gott! Er ist tot! Jetzt wird er mich nicht mehr schubsen«, klagte sie und raufte sich die Haare.

»Was ist passiert?«, wiederholte ich sanft, als spräche ich mit einem Kind.

»Als ich heute Morgen aufstand, habe ich ihn gerüttelt, aber er rührte sich nicht. Ich dachte, er wäre zu träge. Ich habe mich angezogen und ihm Kaffee und Toast gemacht, sogar einen Orangensaft, den ich durchgesiebt habe, weil er das Fruchtfleisch nicht mag, und brachte ihm alles ans Bett. Manchmal bekommt er dann gute Laune. Ich habe ihn angefasst und festgestellt, dass er kalt war wie ein Bier aus dem Kühlschrank … O mein Gott!«, schluchzte sie. Und dann wieder: »Du hast es mir gesagt, du hast es gesagt.«

»Hör mal, ich habe nichts damit zu tun, und außerdem kann er dich jetzt nicht mehr schlagen.«

»Ich kann nicht ohne ihn leben«, schluchzte sie und begann mir das Gesicht zu zerkratzen, wobei sie schrie: »Du hast ihn umgebracht, du Hexe, du verdammte Hexe …«

An dem Tag musste ich feststellen, dass es zum ernsten Problem werden konnte, Visionen von Begebenheiten zu haben, die sich kurz darauf einstellen. Damals hatte ich noch keine Vorstellung davon, wie ernst.

Anfangs war es lustig. Ich war davon überzeugt, dass es aller Welt so ging. Es kam mir nicht in den Sinn, dass ich anders sein könnte.

Das ist euch bestimmt auch schon passiert. Du denkst an jemand, und kurz darauf ruft dich derjenige an oder du triffst ihn auf der Straße. Ich dachte an einen Bekannten, und er rief mich an. Oder ich traf ihn in der Metro. Ich wusste ein paar Minuten vorher, dass gleich das Telefon klingeln würde. Und dann, als wäre diese neue Fähigkeit wie Autofahren, klingelte das Telefon, und noch bevor ich abnahm, wusste ich, wer anrief. Einmal träumte ich von den Prüfungsfragen. Ich bestand die Prüfung in Anthropologischer Geschichte, nachdem ich mich auf nur eine Frage vorbereitet hatte, denn genau diese Frage wurde gestellt.

Ich war davon überzeugt, dass das aller Welt passierte, denn tatsächlich kannte ich nur Leute, die behaupteten, es ginge ihnen ebenso. Alles hatte mit ein paar Übungen gegen meine Kurzsichtigkeit begonnen. Später wurde mir gesagt, dass ich mittels dieser Übungen meditierte. Ich habe nie erfahren, ob es stimmte, denn als ich spürte, dass ich über meinem Körper schwebte und das Zimmer verließ, hatte ich jedes Mal das schmerzliche Gefühl, meinen Körper verwaist zurückzulassen, wenn ich auf Astralreise ging. Ich fürchtete, nach einem dieser Ausflüge nicht mehr in meinen Körper zurückzukönnen, und war fest davon überzeugt, dass mich das umbringen würde. Also hörte ich auf zu meditieren, unterließ die Übungen zur Verbesserung meiner Kurzsichtigkeit, machte kein Yoga mehr und rauchte auch nie wieder Marihuana. Ihr hättet es genauso gemacht.

Ich habe meinen Körper nie wieder verlassen, obwohl es seither viele Situationen gab, in denen ich es gern getan hätte.

Selene

»Dein Mann wird sterben«, sagt Selene.

Und die Frau des Steinmetzes fasst das nicht als Scherz auf. Sie fragt nicht: »Und woher weißt du das?« Sie sagt nicht: »Sei still!!!«

»Wann?«

»Schlägt er dich?«

»Nicht oft, manchmal, wie alle Ehemänner.« Sie bekreuzigt sich. »Es ist eine Sünde, dem eigenen Mann den Tod zu wünschen, und ich wünsche ihn ihm nicht.« Und sie bekreuzigt sich wieder.

»Es ist kein Wunsch, er wird sterben, ich habe es geträumt.«

»Aha!«

»Ich sage es dir, damit du darauf vorbereitet bist.«

»Du kannst bewirken, dass er stirbt«, sagt sie und senkt die Stimme.

»Ich habe nichts damit zu tun, ich habe es nur geträumt.«

Drei Tage später ist die Frau des Steinmetzes die Witwe des Steinmetzes. Sie hat das Haus geerbt und den Kindern neue Kleidung gekauft. Sie läuft durchs Dorf und sucht Selene.

»Er ist im Bach ertrunken, in einer Wasserpfütze, er kam aus der Taverne und war betrunken.«

»Ich weiß«, sagt Selene, und es ist nicht klar, ob man es ihr erzählt hat oder ob sie es vorhergesehen hatte.

»Ich möchte dich bezahlen.«

»Wofür?«

»Für deine Dienste.«

»Ich habe ihn nicht sterben lassen. Ich wusste nur, dass er sterben wird.«

»Das ist dasselbe«, sagt die Frau des Steinmetzes. »Du hast mir das Leben zurückgegeben.«

»Gott hat es dir zurückgegeben, gute Frau.«

»Du bist eine Heilige«, sagt die Frau des Steinmetzes und küsst ihr die Hand.

Doch Selene weiß, dass sie nichts hätte sagen dürfen. Noch nicht.

Ainur

Von Hexen wusste ich damals fast nichts. Sie waren Frauen, die auf Besen ritten, sie waren Geliebte des Teufels, der sie manchmal nachts vögelte und sich ein andermal damit zufriedengab, sich von ihnen das Hinterteil küssen zu lassen: ein Hinterteil, so kalt wie die Toten, wie eine lässliche Sünde. Hexen hatten nichts mit mir zu tun.

In Büchern wurden Hexen hässlich, schrecklich, mit Warzen und immer dunkelhaarig dargestellt, blonde Hexen habe ich nie gesehen, rothaarige hingegen schon. Als hätte man ihnen die Haare mit Karottenblut gefärbt. Diese Hexen machten keine Angst, sie erregten höchstens Mitleid.

Für mich gab es keinen Zweifel daran, dass eine Frau, die über außergewöhnliche Mächte verfügte, auch außergewöhnlich schön sein musste. Hexen, sollten sie denn existieren, konnten nicht hässlich sein. Das funktionierte auch umgekehrt. Hässliche Frauen konnten keine Hexen sein.

Ich bin hässlich. Ihr wisst nicht, was es bedeutet, tagtäglich hässlich zu sein.

Ich bin nicht mehr so hässlich wie früher. Aber ich bin hässlich. Es hat Jahre gedauert, bis ich das laut aussprechen konnte. Ich war hässlich. Nicht die Hässlichste, aber hässlich genug. Ich trug eine Brille, deren Gläser so dick waren wie ein Flaschenboden und die mit der Zeit und dem nötigen Geld aus besonders feinem Kunststoff hergestellt wurden. Eine Brille, die schließlich auch meinen Nasenhöcker kaschierte. Über die Farbe meiner Augen ließe sich viel schreiben, aber es gibt keine zwei Personen, die in ihrer Beurteilung übereinstimmten. Nicht einmal ich selbst wusste es. Wenn es bewölkt war, sahen sie aus wie das Fell von Laborratten. An Sonnentagen waren sie grünschwarz. Wenn Licht darauffiel, wirkten sie plötzlich blau, und einen Augenblick lang war ich nicht mehr hässlich. Unter bestimmtem Lichteinfall wirkte ich wie ein anderer Mensch. Meine wenigen Freunde wussten das ganz genau. Ich verwandelte mich, oder vielleicht fühlte ich mich nur verwandelt. Das reichte, um die Welt zu einem anderen Ort werden zu lassen.

Aber diese Augenblicke hielten nicht lange vor. Das letzte Mal geschah es an einem Sonntag in einer Bar. Es regnete seit Tagen ununterbrochen. Ich stellte das Fahrrad im Schlamm ab und ging hinein, um einen Kaffee mit Weinbrand zu trinken. Ich mag es, wenn der Alkohol ein wenig in der Kehle brennt, während ich meine kalte Nase an die heiße Steinguttasse drücke. Das war der Tag, an dem ich Satán traf.

Selene

Das Jahr, in dem ihre Tante Milagros starb, war ein stürmisches Jahr, voller Unheil. Schon im Januar hatten die Frömmlerinnen gesagt, diese Zeiten seien des Teufels. Überall war Krieg, und die königlichen Einberufungen bescherten dem Dorf viele Tränen. Es gab katastrophale Wolkenbrüche, der Himmel brach auf, und das Wasser riss alles mit sich. Die Flüsse traten über die Ufer und verschlangen die alte Mühle und die römische Brücke. Im Herbst war es so kalt, dass der Raureif die Ernte vernichtete. Vom dunklen und ungastlichen Himmel fielen die Sterne herab, und die Schäfer behaupteten, eine Feuerzunge gesehen zu haben, vielleicht war es ein Komet. Die Erde bebte, und vor dem Kirchenaltar ragten die Knochen der Toten aus dem Boden. Ein Blitz schlug in das Kreuz auf der Kirchturmspitze ein. Die Frömmlerinnen bekreuzigten sich. Sie behaupteten, Gott und die Heiligen schliefen und jetzt beherrsche der Teufel die Welt. Sie sagten, aus der Jungfrauenquelle sei drei Tage lang Blut geronnen und ein paar Reisende hätten im Wald Bergnymphen gesehen. Ihre Tante glaubte nichts von alledem, hielt Selene jedoch dazu an, sich immer zu bekreuzigen, wenn ihr davon erzählt wurde.

»Die Leute haben Hunger«, sagte ihre Tante, wobei sie mit ihren runzligen Händen die Kräuter sortierte, die sie an jenem

Nachmittag in den Sümpfen gesammelt hatten. »Schlimmer noch, sie haben Angst. Sie haben vor allem Angst und wissen nicht, warum. Schon bald werden sie anfangen, nach den Gründen ihrer Angst zu suchen. Wenn sie keine finden, werden sie überall Feinde sehen. Sie brauchen einen Sündenbock für das viele Leid. Und Gott kann das nicht sein, denn dann bliebe ihnen nichts, woran sie sich klammern könnten. Dann beginnen die Verfolgungen. Sie werden alle, die anders sind, verfolgen. Die Ärmsten und die Reichsten. Sie werden die Juden, die Mauren, die Ketzer verfolgen. Und vorher werden sie die Frauen verfolgen, vor allem Frauen wie uns, die weder Witwen noch Ehefrauen, weder Nonnen noch Junggesellinnen sind. Die Lage ist zu schlecht. Solange sie ihren Zorn nicht an einem armen Pechvogel abreagiert haben, sind weder Gott noch der König außer Gefahr.«

Selene wusste, dass ihre Tante Milagros fast immer recht hatte, aber an jenem Tag maß sie ihren Worten keine Bedeutung bei. Erst als sie kamen, um ihre Tante zu verbrennen, wurde ihr bewusst, dass sie Grabschrift und Prophezeiung zugleich gewesen waren.

Ainur

Für mich war es der Tag, an dem ich Satán traf, der Tag, an dem ich nicht mehr hässlich war, doch für die anderen war es der Tag der Sonnenfinsternis.

Seit dem frühen Morgen fuhren Frauen mit Kopftüchern auf Ochsenkarren, Omnibusse voller Arbeiter im Blaumann, Kinder auf Fährrädern und junge Burschen auf ihren Mopeds zum Ort der Sonnenfinsternis.

Es hieß, dies sei die einzige totale Eklipse, die wir in unserem Leben zu sehen bekämen. Erst in hundertfünfzig Jahren gäbe es die nächste Finsternis in diesem Teil Europas, aber dann wären wir schon längst tot.

Vermutlich sind wir deshalb hingegangen. Deshalb kamen sie von überall her. Ganz unterschiedliche Menschen, die nichts gemein hatten. Es wurden bunte Zelte aufgestellt, und auf dem Gelände am Meer erhob sich plötzlich eine neue Stadt, die nach gebratener Chorizo, nach saurer Sidra und Schweiß roch, auch nach Pfannkuchen und Churros. Alle redeten von der Sonnenfinsternis, weil sie uns zusammengeführt hatte. Plötzlich waren wir ein Volk, das nur ein Ziel hatte. An einer Ecke stand ein bunter Heißluftballon, der sogleich von einer Reihe Schaulustiger umringt wurde. Schon bald fanden wir heraus, dass er für die Würdenträger aufgestellt worden war, wir anderen mussten die Sonnenfinsternis vom Boden aus verfolgen, damit wir nicht vergaßen, dass wir sterblich waren.

Das ausgewählte Gelände lag neben dem alten Friedhof. Manche (auch ich) dachten, dies sei der geeignete Ort, um das Verschwinden der Sonne zu beobachten, an der Grenze zwischen Leben und Tod.

Außerhalb des Friedhofs hatte sich der Tag in einen Festtag verwandelt. Gaitaklänge waren zu vernehmen, außerdem das anhaltende Raunen unbekannter Menschen, die sich begrüßten, und der Freunde, die sich trafen. Als der Augenblick der Sonnenfinsternis näher rückte, wurden die Menschen lauter, als würden sie sich sicherer fühlen, wenn sie Lärm machten, als könnten sie mit Geschrei ihre Schatten verlängern. Denn plötzlich zeichneten sich die Schatten auf der Erde immer schwächer ab, und das Licht änderte sich. Mein Schatten zitterte einen Augenblick lang wie eine erlöschende Kerze und verschwand. Die Sonne stahl unsere Schatten. Wir wurden zu Gespenstern. Es war Mittag, und plötzlich war es dämmrig wie am Abend. Aus den Lautsprechern, die das Rathaus bezahlt hatte, drang etwas schrill Bachmusik. Das Licht wurde weiß wie das einer Glühbirne im Keller. Es zuckte und flackerte, und dann fiel ewige Dämmerung auf die Erde herab. In dem Moment liefen die zwei oder drei Personen, die mit mir auf dem Friedhof standen, schnell hinaus und suchten Zuflucht in der Menge. Als es vollkommen dunkel wurde, verharrten die Menschen stumm. Aus dem Heißluftballon der Würdenträger drang hysterisches Geschrei zu uns herüber. Als würde über unseren Köpfen eine Katze miauen. Ich glaube, wir alle waren froh, festen Boden unter den Füßen zu haben. Ihn spüren zu können.

Es war eine Nacht, wie wir sie noch nie erlebt hatten. Die Erde war so kalt, als wäre sie tot. Mir war kalt.

Eisige Kälte, eine Kälte, die ich nie zuvor verspürt hatte. Kälte, weil die Sonne erloschen war.

Dann spürte ich Panik in mir aufsteigen und begriff, dass so die Weltreligionen entstanden waren. Ich begriff, dass jemand, der in einem solchen Augenblick hätte versprechen können, dass die Sonne wiederkäme, dass die Erde nicht tot wäre, dass die Kälte nicht in mein Herz dringen würde, zum König und Hohepriester aufgestiegen wäre. Auch wenn wir alle wussten, dass die Sonnenfinsternis nur kurz vorhalten würde, konnte ich das Klagen meines Körpers, der erschauderte und zweifelte, nicht verhindern.

Die Menschenmenge brach in Jubelschreie aus und begann zu singen und zu tanzen.

Mir wurde klar, dass sich die Menschen zusammenfanden, weil es zu schrecklich war, eine Sonnenfinsternis allein zu erleben. Sie mussten die Wärme der anderen spüren. Sie mussten Lärm machen. Die Menschenmenge brüllte mit einer Stimme. Und da kehrte das Licht des Morgengrauens zurück. Es folgte ein tiefes Seufzen, und die folkloristische Musik hob erneut an, während alles andere langsam wieder zum Leben erwachte. Das Licht war schwach und gelblich, und die Schatten kehrten zurück, noch unvollständig, aber immerhin Schatten. Ich fürchtete, dass sich nach der Sonnenfinsternis mein Schatten für immer verändert haben könnte. Noch bevor die Sonne wieder ganz am Himmel erschien, verließ ich den Friedhof. Ich stolperte über das Grab eines sechzehnjährigen Jungen und fiel der Länge nach hin. Als ich aufstand, entdeckte ich Satán neben mir.

Selene

Im lehmigen Hinterhof des Hauses, geschützt durch den Lattenverschlag, hinter dem die Schweine behaglich auf dem Weg lagerten, zog Tante Milagros ihre Pflanzen. Dort wuchsen Heilkräuter wie Schierling, Fünffingerkraut, Tollkirsche oder Schlafmohn. Ihre Lieblingspflanze war jedoch ein Rautenbusch, den sie in einen zerbrochenen Krug gesetzt hatte. Jeden Tag stellte Tante Milagros ihn von der Sonne in den Schatten und dann wieder vom Schatten in die Sonnenhitze. Denn Raute versengte in der Sonne und drohte im Schatten einzugehen, weshalb sie immer verkümmert aussah und nie gedieh. Tante Milagros probierte an ihrer Lieblingspflanze Vogeldung, Hühnerbalsam, Stiersamen und andere wundertätige Düngemittel aus, doch vergeblich, denn die Raute verharrte mit zwei traurigen Blättern im Schwebezustand zwischen Leben und Tod. So machte sie weder den Krug für eine neue, kräftige Pflanze frei, noch landete sie ihm Kräuterschrank der Tante, wo im Frühling die Heilpflanzen zum Trocknen und Zuordnen ihrer wunderschönen Namen in Büscheln aufgehängt wurden. Diese Raute lebte nicht, noch starb sie, sie war einfach da, um für ihr Überleben geliebt zu werden. Selene dachte oft, sie sei wie diese Pflanze und ihre Tante würde sie deshalb lieben.

Ainur

Satán zu treffen war allemal das Wichtigste, was mir in jenem Jahr widerfuhr. Wichtiger, als ohne Arbeit zu sein, und noch wichtiger, als von diesem erbärmlichen Politikaster vergewaltigt und gedemütigt worden zu sein.

Als kleines Mädchen hatte ich in dieser Landschaft gelebt, ohne zu ahnen, dass es Städte gab. Ich glaubte, die ganze Welt wäre so und dass höchstens zweihundert Menschen sie bevölkerten. Eine Welt der Umzäunungen und Gehege, der Büsche und Obstbäume. An jeder Wegkrümmung konntest du einen Heidelbeerstrauch oder eine Schlange finden. Nach beidem suchten wir Kinder gleichermaßen verzweifelt.

Die einzigen Wolkenkratzer, die ich kannte, waren die Berge. Sie wirkten wie gezackte Türme, die unser kleines Dorf beschützten und den unermesslichen Ozean in Schach hielten. Im Sommer waren sie ein paar Tage lang nicht mehr schwarz, sondern blau, anhaltend in Dunst gehüllt, der sich wie ein Hut über sie legte. Im Winter waren sie weiß wie Zucker, aber viel bitterer, denn es verging fast kein Winter, ohne dass da oben jemand starb, gefangen in einer Schlucht, begraben unter einer Lawine oder zertrümmert im Abgrund.

Sie verirrten sich im Nebel.

Sie wanderten in dem Glauben, dass der Boden ihnen Sicherheit böte, dass sie wüssten, wo sie sich befanden und wer sie waren, dass man der Erde vertrauen konnte, und dann kam der Nebel.

Anfangs waren es feine Nebelschwaden, die über deine Stirn zu streicheln schienen wie eine kühle Hand, wenn du Fieber hast, die sich aber schon bald in ein unsichtbares Monster verwandelten, das um dich herumtobte. Der Nebel verschlang dich, und es blieb wenig von dir übrig. Die Ortsansässigen wussten, dass sie sich vor dem Nebel nur schützen konnten, wenn sie die Augen schlossen und stehen blieben. Doch die Fremden versuchten vor dem Monster zu fliehen, sie gingen weiter, obwohl sie nicht einmal ihre Schnürsenkel sehen konnten. Sie glaubten, den Weg zu kennen, sie glaubten, sich retten zu können. Der Pfad führt ganz bestimmt hier entlang, sagte einer und stolperte. Und der Abgrund verschluckte ihn für immer.

Bei Tauwetter, im Frühjahr, im darauffolgenden Jahr oder dreißig Jahre später, tauchten sie wieder auf. Mit dem gleichen Aussehen, unbeschadet von der Zeit, eingefroren in der Ewigkeit, in die sich der Nebel am Ende verwandelte.

1967 verschwand ein Mann aus dem Dorf, der Vater meines besten Freundes, der damals ein Jahr alt war. Vierzig Jahre später tauchte der Vater wieder auf. Sie erkannten ihn sofort, weil sie glaubten, sie hätten meinen Freund gefunden. Mein Freund hat das nicht verkraftet. Sie holten ihn und zeigten ihm in der Tiefe eines Gletschers seinen eigenen Körper, eingefroren mit demselben Ausdruck, mit dem er ihn nun betrachtete. Der Körper seines Vaters, im selben Alter gestorben, in dem er jetzt war: sein Spiegelbild im Eis, mit demselben Ausdruck, das angedeutete Lächeln für immer erstarrt. Wir erfahren nie, wie sehr wir unseren Eltern ähneln, weil wir mit der Gnade des Alters rechnen können, das uns trennt. Mein Freund erblickte sich selbst, er erblickte seinen Vater, wie er damals aussah, wie er selbst jetzt aussah. Sein Ebenbild im Eis erwartete ihn. Der Eindruck war so gewaltig, dass der Junge von einem Herzinfarkt niedergestreckt wurde. Doch seine Mutter wollte die beiden nicht auf dem Friedhof begraben, sondern sie zusammen im ewigen Eis ruhen lassen, eingefroren in der Tiefe des Gletschers, wo sie darauf warteten, dass sie jemand, ein Dritter (wer?), rettete.

Denn so waren die Menschen, unter denen ich aufgewachsen bin, Menschen, die nicht fluchten, um Gott zu leugnen, sondern um ihn zu ärgern. Menschen, die eingeklemmt zwischen den schwarzen Bergen und dem dunklen Meer lebten, obwohl sich beide durch Schnee und Schaum manchmal weiß färbten. Sie wussten nicht, was von beiden sie mehr fürchteten, auch nicht, was sie mehr liebten. Denn in den Tausenden von Jahren, die sie dort verbrachten, waren die Berge und das Meer Teil ihrer selbst geworden, auch wenn sie Feinde blieben.

Und dann gab es noch die, die in den Bergen vom Nebelmonster überfallen wurden und überlebt hatten. Solche wie ich. Sie waren in der Lage gewesen, stehen zu bleiben, und hatten versucht, sich an etwas zu klammern, ohne den Boden unter den Füßen zu verlieren. Die Augen so fest zu schließen, dass die Tränen zu Blut werden konnten, und den Atem anzuhalten, damit das Monster vorüberzöge. Und später haben sie, wie ich, die Augen geöffnet und gesehen, wie sich der Nebel entfernte. Sie hatten ihre Füße, wie ich, wenige Millimeter vor dem Abgrund gesehen und es geschafft, durchzuhalten und sich in Stein zu verwandeln, und deshalb waren sie am Leben, wie ich.

Selene

Seit sie laufen konnte, nahm ihre Tante sie mit in die Heide und die Kastanienwälder, wo die Blätter einen Teppich für die Bergnymphen webten. Sie suchten Portulak gegen das Fieber und rote Rosenblätter für heiße Breiumschläge. Oft fanden sie Thymian und Eicheln, die, gemahlen und mit Schweinefett vermengt, auf Furunkel und Pusteln geschmiert wurden. Was spielerisch begann, entwickelte sich später zu Lehrjahren. Bei diesen Spaziergängen wies die alte Heilerin sie in die verborgenen Heilkräfte der Kräuter ein. Die ganze Welt war ein Garten voller Heilmittel. Die Medizin lag nicht in den Apotheken der Weisen, sondern wuchs überall. Im Wald und im Unterholz. Oben auf den Bäumen und unter der Erde.

Die Eibenwurzel auszureißen war mühsam, doch sie zeigte große Wirkung, wenn man Fehlgeburten verhindern und den Fötus im Schoß seiner Mutter einbetten wollte. Die Lupine eignete sich zur Herstellung von heißen Auflagen und zum Öffnen von Abszessen. Die Magenwurz aus den Sümpfen verströmte ein starkes Aroma, das eine Verschlechterung des Gedächtnisses aufgrund von feuchten und kalten Körperflüssigkeiten verhinderte. Wacholderbeeren konnten aufgekocht werden, um die Nasennebenhöhlen zu öffnen. Sie lernte, dass Myrthe und Malve juckende Hautauschläge und dass Zitronenkraut und Dill Blasenentzündungen linderten. Selene fürchtete, sich die vielen Namen nicht merken zu können, doch nie vergaß sie das Aroma einer Pflanze oder wie sie sich anfühlte oder wo sie zu finden war. Denn einige Heilkräuter gediehen im Schatten, und andere genossen die Sonne. Manche bestanden aus Blättern, andere aus Beeren, wieder andere aus Wurzeln. Manchmal nutzte man die ganze Pflanze und dann wieder nur einen kleinen Teil. Je nachdem, ob sie gekocht, als Tee oder als Umschlag zum Einsatz kamen, war auch ihre Wirkung verschieden. Selene wollte sich das Wissen ihrer Tante aneignen, das ihr übermenschlich erschien.

»Für jedes Übel, das Gott in die Welt gesetzt hat, hat er auch das Heilmittel mitgeliefert«, sagte ihre Tante Milagros. »Man muss nur herausfinden, welcher Teil welcher Pflanze den einzelnen Giften entgegenwirkt.«

»Und wie hast du das gelernt?«

»Ich habe es von meiner Mutter gelernt, und sie von ihrer Mutter. Von der ältesten Tochter an die älteste Tochter weitergegeben. Und jetzt bist du meine Tochter, und ich bringe es dir bei.«

»Und wie haben sie es gelernt?«

»Indem sie beobachteten, ausprobierten und mit den Händen und der Intuition, dem großen Auge der Seele, sahen. Jede von uns ist verpflichtet, etwas Neues zu lernen und es an jemanden weiterzugeben. Wenn wir uns alle daran halten, wird der Tag kommen, an dem wir wie Götter sein werden.«

»Wie Göttinnen«, korrigierte Selene sie.

Ainur

Ich dachte, dass alles vorbei wäre. Ich verließ wieder das Haus, trug keine dunklen Sonnenbrillen mehr und zuckte auch nicht mehr zusammen, wenn jemand hinter mir ging. Ich ging auf dem großen Wochenmarkt, mit seinen Blumen, dem Lärm und den zerteilten Hühnern, einkaufen, und die Welt war fast wieder in Ordnung. Ich glaubte, man hätte mich vergessen, schließlich war ich die große Verliererin.

Da traf der erste anonyme Brief ein.

Niemand wusste, dass ich in der Calle Martí Nummer 13 wohnte. Um keine Erklärungen abgeben zu müssen, war ich umgezogen. Auf der Flucht vor meinen Nachbarn und meinem Vorgesetzten und den Aussagen, die ich vor Gericht machen musste. Jahrelang hatte ich mich bemüht, zu leben, mir eine Wohnung zu kaufen, eine Hypothek aufzunehmen. Wir glauben, dass das, was wir kaufen, für immer ist, wir merken nicht, dass wir immer zur Miete wohnen. Zur Miete in unseren Häusern und in unseren Körpern. Wir kaufen zum Beispiel eine Wohnung, die uns nur zu Lebzeiten gehört, aber Eigentümer zu sein gibt uns das Gefühl von Ewigkeit. Wir haben etwas »für immer« gekauft, wie lange dieses Immer auch dauern mag. Jetzt war ich glücklich, zur Miete zu wohnen, ich war glücklich, endlich akzeptiert zu haben, dass die Dinge nicht für immer sind. Ich fühlte mich leichter. Jetzt war alles geliehen, alles war provisorisch, alles war gemietet, und die Welt war ein wenig größer geworden.

Ich lebte gern in Barcelona. Ich liebte es, auf den Markt La Boquería und auf die Rambla der Vögel zu gehen, wo ich jedes eingesperrte Mäuschen bedauerte und mit den Farben der Papageien flog. Ich habe oft davon geträumt, diese Rambla entlangzugehen und alle Käfige zu öffnen. Die Verkäufer würden wutentbrannt hinter mir herlaufen, und ein Zug aus Hamstern, Zwergkaninchen, Schildkröten, Papageien, Kanarienvögeln, Elstern, Hühnern und Pfauen würde in bunter Prozession zum Paseo de Gracia spazieren, als wären am Ende aller Zeiten Gaudís Glasfenster zum Leben erwacht.

Ich mochte den Geruch nach frittierten Calamares in Barceloneta und plauderte gern mit den Kartenlegerinnen auf der Plaza de Cataluña oder verlief mich bereitwillig nachts im Stadtteil El Borne, weit weg von allen und mir selbst.

Ich sprach mit aller Welt, sagte aber niemandem, wer ich war. Ich nannte meinen ersten Namen María, der Name vieler Spanierinnen.

Ich hatte die Stadt, die Freunde, die Sprache und fast die Religion gewechselt. Wahrscheinlich würde ich den Prozess in zweiter oder dritter Instanz verlieren, aber es hatte sich gelohnt.

Und da bekam ich den Brief. Summend ging ich die Treppe hinauf, weil ich gerade jemanden kennengelernt hatte, mir schien, als wäre ich ins Leben zurückgekehrt und als würde sich meine Liebesgeschichte mit Barcelona schnell von einem Idyll zu einer fast bürgerlichen Ehe entwickeln. Im Flur brannte bei mir immer eine Lampe, denn seit meiner Kindheit habe ich Angst vor der Dunkelheit und wünsche mir seither, beim Heimkommen von jemand erwartet zu werden. Deshalb ließ ich das Licht brennen, wie einen Leuchtturm. Es wirkte im Flur meiner Wohnung wie ein unsichtbarer Fußabtreter, der mich willkommen hieß. Der Tag war windig gewesen. Es war Oktober und noch nicht sehr kalt, doch als ich das dunkle Rechteck auf dem Rechteck des Lichts entdeckte, lief mir ein Schauer über den Rücken. Ein Umschlag ohne Briefmarke und ohne Absender. Er war nicht in den Briefkasten geworfen, sondern unter der Tür durchgeschoben worden, wo ich ihn notgedrungen sofort sehen musste. Niemand konnte mir schreiben, niemand wusste, dass ich hier wohnte. Ich versuchte, bewusst zu atmen und meine Hände zu beruhigen, die hektisch eine Zigarette anzünden wollten. Es ist bestimmt nur Blödsinn, eine Nachricht von einem der Nachbarn, Werbung.

Aber das war es nicht. Ich riss den Umschlag auf, und kaum hatte ich die ersten drei Zeilen gelesen, stürzte ich ins Schlafzimmer. In weniger als einer halben Stunde hatte ich zusammengerafft, was in einen Koffer passte, in der Küche eine Notiz hinterlegt und das erste Taxi angehalten, das die Travesera de Gracia entlangkam. Da wurde ich gewahr, dass ich den anonymen Brief keinen Augenblick weggelegt hatte, er brannte in meiner Hand. Kaum hatten wir den Bahnhof verlassen, warf ich ihn aus dem Zugfenster wie einen Toten, den man ins Meer wirft.

Selene

Sonntags weckte mich meine Tante um fünf Uhr morgens, um zur Messe zu gehen. In einer besseren und sehr fernen Welt spürte ich, wie sie mich schüttelte, und ich versuchte, so lange wie möglich in dieser Welt zu bleiben. Ich mochte die fünf- oder sechsstündigen Gottesdienste nicht, die wir im Stehen hinten in der Kirche ausharrten, bis die Füße und die Ohren schmerzten, denn der Priester war ein derber Kerl, dessen einzige Tugend darin bestand, mit einer schönen, jungen Konkubine zusammenzuleben, die intelligenter war als er. Tante Milagros sagte, wir müssten hingehen, damit nicht das Gerücht aufkäme, wir seien nicht gläubig.

»Du bist zu ängstlich, Tante Milagros, und ich zu müde.«

Wie üblich konnte ich meiner Tante nichts abschlagen, die jetzt, im Alter, sichtlich schrumpfte. Sie wirkte wie ein Mädchen mit ihren weißen Zöpfen, bevor sie sie zum Knoten hochsteckte. Ihre blauen Vogelaugen waren das Einzige, das sich in all der Zeit, in der ich sie kannte, nicht verändert hatte.

Ich spürte meine plattgedrückten Brüste unter dem Leibchen und dem Unterrock, den ich von meiner Tante geerbt hatte. Ich war zur Frau gereift und fand, das sei eine große Tragödie, obwohl ich nicht genau wusste, für wen.

Ich fand es eklig, meine Finger ins Weihwasser zu stecken, denn meist war es schmutzig von den vielen Händen, mit denen es in Berührung gekommen war, und es widersprach jeder Wissenschaft, die meine Tante mich lehrte, es mir an die Lippen zu führen. Doch als an jenem Johannistag der Junge im roten Überrock auf mich zukam und mir das Weihwasser hinhielt, war ich im ersten Moment glücklich, dass es so sauber und kristallklar war, als wäre es in dem Moment vom Himmel gefallen. Im nächsten Moment dachte ich an seine grünen Augen. Der Junge sah aus wie einer der Engel an den Kirchenwänden. Hinterher konnte ich lange Zeit an nichts anderes mehr denken als an die flüchtige Berührung seiner Haut mit meiner. Ich spürte, wie mein Bauch zu Öl zerfloss und wie mein Geist auf etwas Weiches fiel, das mich am ganzen Körper kitzelte. Er blieb die ganze Messe neben mir stehen, obwohl er wie ein Herr gekleidet war und ihm ein Sitzplatz zustand. Hin und wieder streifte er mit seiner Hand die meine, und wie zuvor durchfuhr mich ein elektrisierendes Gefühl. Ich wagte nicht, aufzusehen, aus Angst, er könnte erkennen, wie klein und hässlich ich war. Also stand ich reglos und mit so entrücktem Gesichtsausdruck da, dass alle glaubten, ich würde beten.

»Du wirkst sehr fromm.«

Ich konnte nicht glauben, dass diese kräftige Stimme von einem so zarten Jungen stammte. Aber es war er gewesen, der gesprochen hatte. Er hielt mir erneut das Weihwasser hin, und ich bekreuzigte mich nicht einmal. Wir verließen bereits die Kirche, ich hatte gar nicht bemerkt, dass die stundenlange Messe zu Ende war und dass die Leute mich hinausschoben.

Gleich darauf umgab mich der Geruch der Bauern. Der Junge war verschwunden, und wenn meine Tante mir nicht eine Standpauke gehalten hätte, weil ich mit einem Fremden gesprochen hatte und wegen einer anderen Sache, hätte ich geglaubt, ihn mir nur eingebildet zu haben. Aus meiner Hand sprießte etwas einer Pflanze gleich. Als ich allein war und es mir ansehen konnte, erkannte ich, dass es ein Stück Pergament war. Ein Billett.

Von Samuel.

Ainur

Der Schaffner des 19.30-Uhr-Schnellzugs von Barcelona nach Asturien erschrak fast zu Tode. Einen Moment lang hatte er geglaubt, die Reisende auf Platz 6A sei tot.

Sie war blass und starr, als wäre sie aus Wachs. Er trat näher und konnte sie nicht atmen sehen. Bemüht, die anderen Fahrgäste nicht zu beunruhigen, wollte er die Leiche behutsam Richtung Fenster schieben. Der Körper zuckte zusammen, und die Hand der Toten berührte eine kaum sichtbare Narbe am Kinn. In dem Moment kam wieder Licht in ihre Augen, die sich grün färbten und ihn anblickten.

»Geht es Ihnen gut?«, fragte er.

»Ja, natürlich«, antwortete ich.

Und ich strich wieder über die Narbe, die ich mir vor langem oder kurzem, je nach Blickwinkel, beim Aufschlagen meines Kopfes auf das Waschbecken im Badezimmer des Hotels Amigo zugezogen hatte. Ich war damals eine junge Akademikerin und machte meine erste Reise nach Brüssel. Mein erstes Gehalt hatte ich noch nicht, freute mich aber über die Reise. Ich freute mich über alles, was ich später anstrengend fand: den Flughafen mit seinen endlosen Metallbändern, die Reisende und Koffer transportierten, die Delegation der spanischen Bürgermeister, uniformiert gekleidet mit ihren italienischen Krawatten und dunkelblauen Anzügen, aufgeregt wie Kinder mit neuen Schuhen, umgeben von fremden Sprachen, Frauen in langen, dunklen Gewändern, die sie bis auf die Augen verhüllten, und Männer im Anzug mit Turban auf dem Kopf, das bunte, exotische Menschengewimmel des Flughafens, der wie ein eigenes Land wirkte, ein Land, von dem ich später glaubte, ich hätte mein ganzes Leben dort verbracht. Aber an jenem Tag stand ich zum ersten Mal in der Schlange vor der Passkontrolle. Ich lächelte den Zollbeamten an, der meine Identität dreimal überprüfte, und den Taxifahrer, der mich vor dem Hotel Amigo in der Nähe des Grand Place absetzte. Ich lächelte sogar meinen neuen Vorgesetzten an, einen ziemlich dicken Mann, dessen großer Bauch mir im trüben Licht Brüssels als bester Beweis für seine Gutmütigkeit erschien.

Mit zunehmender Erinnerung beginnt die Narbe wieder zu schmerzen, und ich selbst werde zur Narbe, denn ganz offensichtlich bin ich nicht mehr der Mensch, der ich war, wenn auch mit derselben Narbe: diese junge Frau von vierundzwanzig Jahren am Abend ihrer ersten Dienstreise. Nach einem üppigen Abendessen im Hotel klingelte zu gegebenem Zeitpunkt, um Viertel nach Elf, das Telefon in ihrem Zimmer. Sie hatte gerade geduscht und sah CNN, um ihr Englisch aufzufrischen, das sie sich durch die Serie *Verliebt in eine Hexe* angeeignet hatte, was ihr aber bisher kaum von Nutzen war, weil in der Kommission lauter freundliche Menschen saßen, die immer spanisch sprachen. Ihr Haar war nass, und sie hatte noch Seife in den Augen.

Es war die Stimme ihres Chefs, des dicken und sympathischen Bürgermeisters. Er bat sie darum, ihm Handtücher ins Zimmer zu bringen.

»Können Sie nicht die Rezeption anrufen?«

»Nein, komm sofort rüber, das ist ein Befehl«, sagte die Stimme. Und er legte auf.

Man hatte ihr nicht gesagt, dass sie gehorchen müsste, aber sie wollte, dass alles gut lief, dass sie sich von Anfang an gut verstünden; in dem Glauben, ihr Vorgesetzter könne kein Englisch, bat sie ein Zimmermädchen um frische Handtücher und klopfte an die gepolsterte Tür mit der Zimmernummer 513. Sie hatte vieles vergessen, aber diese Nummer würde sie nie vergessen.

Ihr Chef öffnete ihr im Bademantel. Mit noch feuchtem Haar war sie wieder in ihren Hosenanzug geschlüpft. Sie legte die Handtücher auf einen Sessel, aber noch bevor sie kehrtmachen konnte, packte er sie am Arm.

»Blas mir einen.«

»Was?«

»Du sollst mir einen blasen, oder du bist gekündigt.«

Sie konnte nicht glauben, dass ihr das passierte, und dachte sofort, sie hätte etwas falsch gemacht, vielleicht einen zu gewagten Ausschnitt getragen oder zu viel gelächelt. Sie versuchte, die Tür zu öffnen und zu entkommen mit der Entschuldigung:

»Ich, nein, ich doch nicht!«

Er gab die Beute nicht frei. Sie versuchte, sich ihm zu entwinden, und spürte, wie seine Hände zu Schraubstöcken wurden. Sie sah, wie sich seine Fingernägel in ihren Arm gruben. Sie hatten Trauerränder, und ihr wurde speiübel.

»Lassen Sie mich los«, sagte sie, »Sie können mir kündigen.«

»Das will ich aber nicht«, erwiderte er und packte sie am Haar, um sie auf den Marmorboden des Badezimmers zu zerren.

Sie schlug mit dem Kinn auf das Waschbecken und hinterließ eine rote Spur auf den weißen Fliesen.

Die Narbe schmerzte immer, wenn es regnete oder wenn sie, wie heute, nervös war, und das andere … Das andere schmerzte noch mehr. Sie glaubte, es vergessen zu haben, doch wenn sie nicht aufpasste, trieb die ekelhafte Erinnerung wie eine Wasserleiche immer wieder an die Oberfläche.

Jahrelang hatte sie alle Register ihres Verstandes gezogen, um diese Erinnerung zu ertränken. Als sie den Prozess gewonnen hatte, glaubte sie, es geschafft zu haben.

Ich seufzte, und während die kastilische Landschaft durch die hohe Geschwindigkeit zu grünen Streifen verzerrt wurde, spürte ich, dass ich wieder ich sein würde.

Das war der Zug, der mich zu Satán brachte. Obwohl er mich zuerst hierher brachte.

Meine Lehrer sagten, die Welt sei von Eros und Thanatos erschaffen worden. Der Liebe und dem Tod. Dem Roten und dem Schwarzen. Meine Lehrer haben die Angst unterschätzt. Denn auch die Angst hat die Welt erschaffen.

Die Angst hatte mich hierher geführt, in das Dorf meiner Großmutter als reales Versteck in den Bergen im Norden und in ein seelisches Versteck, das aus der Geschichte einer Hebamme bestand, die, wie ich, zu Unrecht verfolgt und brutal ermordet wurde, was am Ende auch mir blühen könnte. Aber nicht einmal hier verschwand meine Angst. Aus diesem Grund, um mich meiner Angst zu stellen, war ich zur Sonnenfinsternis auf den Friedhof gegangen und hatte darum gebeten, dass etwas geschehen möge.

Und ich hatte Satán getroffen.

Ich hatte ihn nicht zum ersten Mal gesehen. Er streunte schon wochenlang durchs Dorf. Wie ein Schatten tauchte er auf und verschwand wieder. Es war die glatzköpfige Alte aus dem Laden, die mit dem schwarzen Kopftuch und dem Glasauge, die mir sagte, dass er Satán heiße.

»Teufelsköter, mit Blindheit sollst du geschlagen sein«, sagte sie.

Seitdem mochte ich den streunenden Hund. Er gehörte zu den Meinen, zu denen, die nirgendwo gemocht werden, die aber weitermachen und nicht ausschließen, dass sie eines schönen Tages ihren Willen durchsetzen.

Es hieß, der Hund stamme von einem Wolf und einer Hündin aus dem Dorf ab. Es hieß, er tauche auf und verschwinde im Nebel, es gäbe ihn nicht wirklich, er sei aus Nebelschwaden gemacht. Es hieß, er sei verdammt. Er ließe sich von niemandem anfassen und hätte zwei Kinder gebissen.

»Gut, auch ich bin verdammt.«

Und da lag der Hund zu meinen Füßen, groß, wehrlos, er zitterte, auf den Boden gekauert, unter der Sonnenfinsternis. So groß wie ein Bär, so schutzlos wie ein Welpe. Ich streichelte ihn, und er schnaubte. Ich hatte keine Angst vor ihm. Er hatte keine Angst vor mir.

Selene

Beim Sprung über den Zaun des Geheges hatte er sich den roten Überrock zerrissen, aber das war unwichtig, denn ich hatte noch nie einen so schönen, einen so gut gekleideten Menschen gesehen, seine Gewänder waren dermaßen reich verziert, dass sie wie die eines Mädchens wirkten. Er roch nach Veilchen und Moschus. Später erzählte er mir, dass er, um mir zu gefallen, den Parfümflakon seiner Mutter benutzt und etwas zu viel erwischt hätte. Nicht von dem süßlichen Duft war mir schwindlig, auch nicht von dem Übelkeit erregenden Gestank des Kuhmists um uns herum. In meinem Kopf drehte sich alles, seit ich, ohne nachzudenken, zu diesem Stelldichein in den Stall gekommen war – und seit er seine Hand auf meine gelegt hatte. In dem Billett hatte es deutlich gestanden. Wenn er dreimal die Glocke der ältesten Kuh läutete, sollte ich mich unter irgendeinem Vorwand, notfalls wegen eines unaussprechlichen Bedürfnisses, wegstehlen und so rasch wie möglich in unser Eden im Kuhmist kommen. Wortlos saßen wir da, denn keiner wusste, was er sagen sollte. Nach dem Kunstgriff mit dem Billett zu urteilen, zweifelte ich daran, dass er so wenig Erfahrung mit Frauen hatte wie ich mit Männern, aber jetzt hatte ihn sein Mut verlassen. Er gestand mir, die Künste meiner Tante zu fürchten, denn man habe ihm erzählt, sie sei eine berüchtigte Zauberin. Das ließ mich auflachen.

»Sie ist nicht mehr Zauberin als du und ich.«

»Du bist wirklich eine Zauberin, Selene, jeder Mann würde der Magie deiner Augen erliegen.«

Ich wusste nicht, dass Männer so reden konnten wie in Büchern, doch es wäre nicht nötig gewesen, mir zu sagen, dass er ein Schriftgelehrter war.

»Weil ich ihr jüngster Sohn bin, wollen meine Eltern, dass ich Priester werde.«

»Willst du das auch?«

»Ach wo! Wie sollte ich das wollen, wenn es solche Brüste wie deine auf der Welt gibt.«

Und er streckte die Hand nach meinem Busen aus. Ich ergriff sie energisch und führte sie an meinen Mund.

»Autsch, aua, du hast mich gebissen!«

»Und du hast mich berührt.

»Das war nicht meine Absicht.«

»Meine aber schon.«

Das war das erste Mal, von da an folgte ich fast jeden Nachmittag und oft im Morgengrauen dem Ruf von Galanas Glocke, als würde ich dem Ruf der Engel folgen.

Beim zweiten Treffen entschuldigte sich Samuel für sein Verhalten und schenkte mir zur Entschädigung seinen wertvollsten Schatz, eine 1554 in Flandern gedruckte Ausgabe des Schelmenromans *Das Leben des Lazarillo de Tormes*. Obwohl mir meine Tante das Lesen beigebracht hatte, hatte ich noch nie ein Buch besessen. Ich drückte es an meine Brust.

Es war, wie ein Stück Himmel in Händen zu halten.

»Sei vorsichtig, denn das Buch ist verboten.«

»Hat es jemandem geschadet?«

»Wie kann ein Buch jemandem schaden!«

»Warum ist es dann verboten?«

»Weil alles Gute verboten ist, Bücher und Frauen sind verboten.«

Man hätte die Männer verbieten sollen, denn eines Tages ertönte die Kuhglocke nicht mehr. Ich verlor den Appetit, die Gesichtsfarbe, die Kräfte und verließ nicht einmal mehr das Bett. Meine Tante probierte all ihre Heilmittel an mir aus, und dann flößte sie mir Rautetee ein.

»Falls es Liebeskummer ist.«

»Kann Raute einen von der Liebe heilen, Tante Milagros?«

»Die Liebe ist eine unheilbare Krankheit. Selbst für mich. Die Raute kann bei einem jungen Mädchen im heiratsfähigen Alter wie dir ihre schädlichsten und hartnäckigsten Auswirkungen lindern.«

Ich erwiderte nichts, denn auch ich kannte die Vorzüge der Raute, das einzige Kraut, das verhindern konnte, dass der Samen im Körper der Frau aufging, nicht umsonst war ich die beste und einzige Schülerin meiner Tante.

Die Raute heilte mich nicht, ich verdorrte wie eine Pflanze, die nicht gegossen wird, und ich glaube, ich wäre nie wieder von meinem Strohsack aufgestanden, wären da nicht die Worte meiner Tante gewesen, die sie mir eines Nachmittags, als es heiß wurde, wie Steine an den Kopf warf.

»Man sagt, dass die Familie aus dem großen Haus das Dorf verlassen hat, ohne sich zu verabschieden, man sagt, dass der jüngste Sohn, der ins Priesterseminar eintreten soll, sich verliebt und geplant hätte, durchzubrennen, und man sagt auch, das stimme nicht, es wäre so, dass der Vater Spielschulden hätte und sich aus dem Staub gemacht habe, statt sie zu begleichen. Ich weiß es nicht und will es auch gar nicht wissen, ich will nur, dass du wieder aufstehst und lernst, wie man andere dazu bringt, wieder aufzustehen.«

Consuelo

Die junge Frau kehrte ins Dorf zurück und erzählte das mit der Doktorarbeit und der Hexe und dies und das. Ich traute ihr nicht, obwohl man mir Zeitungen mit Berichten über diesen Prozess gezeigt hatte und ich von ihrem Verschwinden aus dem Fernsehen weiß. Abgesehen davon, was soll ich Ihnen sagen, Herr Reporter, ich weiß schon, dass Ainur ein seltener Name ist, aber man kann sich eben nicht vorstellen, dass jemand, den man von klein auf kennt, plötzlich in der Zeitung steht, nicht einmal bei ihr, auch wenn sie es tatsächlich ist.

Im Grunde glaubt man doch, dass niemand, der bei einem einkauft, es zu etwas bringen kann oder gar bedroht wird, denn um bedroht zu werden, muss man jemand sein oder etwas getan haben. Mir zu drohen hat noch niemand gewagt. Ich hätte es auch nicht zugelassen, das können Sie mir glauben. Wenn man ihr auf den Fersen ist, dann wird sie schon etwas angestellt haben, Sie wissen ja, wie das ist.

Und ich hatte keinen Verdacht, Herr Reporter. Das liegt wohl daran, dass ich geistig nachlasse, ich habe sie nicht damit in Verbindung gebracht, ich bin nicht darauf gekommen. Keiner im Dorf hatte einen Verdacht, wie sollten wir so eine auch verdächtigen.

Ach, hätten wir es nur gewusst, aber wir wussten es nicht,

wir waren wie Kinder, Herr Reporter, Kinder, die man mit einer List zum Zahnarzt bringt. Und mir hat das gar nicht gefallen, denn als ich sie mit dem Hund sah, habe ich mich ordentlich aufgeregt, und als ich sie mit dem Krüppel zusammen sah, bin ich richtig misstrauisch geworden. Da war es aber schon zu spät.

Ainur

Ich wollte das Haus nicht verlassen. Der Hunger zwang mich dazu. Im Haus gab es nichts zu essen. Nicht einmal einen Kühlschrank. Ich hatte es versäumt, in der letzten Stadt einzukaufen, denn man glaubt immer, auf dem Land gäbe es Nahrungsmittel in Hülle und Fülle, aber heutzutage findet man nur in Geschäften Nahrungsmittel in Hülle und Fülle. Ich erinnerte mich an den Dorfladen mit seinem Verkaufstresen, an dem Wein und Kaffee serviert sowie Sensen und Kleiderhaken verkauft wurden. Ein paar Obstkisten, Knoblauchzöpfe, große Aluminiumtöpfe, Äxte, Schaufeln und Gerätschaften, von denen ich nie gewusst hatte, ob sie in der Landwirtschaft eingesetzt wurden, denn meiner Meinung nach dienten sie nur dazu, Leute zu begraben. Holzschuhe mit geometrischen Verzierungen, wie sie meine Großmutter angefertigt hatte, Zucker und Kaffee und manchmal ein kurzes Gespräch. Ich war überzeugt, von alldem sei nichts mehr da. Und musste überrascht feststellen, dass sich nichts verändert hatte. Derselbe Verkaufstresen für Kolonialwaren, der wirkte, als hätte er den kubanischen Unabhängigkeitskrieg überstanden, und zwei Dinge, an die ich mich nicht erinnerte: ein eingeheizter Kohleherd, obwohl schon die Mimosen blühten, und eine Alte, die aussah wie eine Hexe, mit einem Glasauge und einer karierten Kittelschürze. Ihrem Alter nach zu urteilen, schien sie schon immer da gewesen zu sein. Zunächst glaubte ich, sie zum ersten Mal zu sehen. Zu spät erkannte ich in ihr die Frau, die mir das Haus meiner Großmutter aufgeschlossen hatte.

Ich kaufte fast alles an Lebensmitteln, was mir ins Auge fiel. Sie schrieb die Preise auf einen linierten Zettel und lächelte kein einziges Mal. Ich glaubte schon, ihre einzige Kundin zu sein, als ein Mann und eine Frau den Laden betraten. Groß und blond wie Wikinger von einem Piratenschiff. Mit faltigen, glücklichen Gesichtern wie verschrumpelte Äpfel. Ihr fehlte das linke Bein, das Hosenbein hatte sie mit einer Sicherheitsnadel hochgesteckt. Ihm fehlte das rechte Bein, sein Hosenbein war hochgekrempelt und unter dem Stumpf zugenäht.

Ich grüßte sie. Wie um den Unterschied zu unterstreichen, lächelte die Krämerin sie an, packte meinen Einkauf in braune Papiertüten und sagte erst dann leise zu mir:

»Du musst von hier verschwinden, mein Kind, der Teufel geht um.«

Die beiden blonden Riesen, die wie Reiher auf einem Bein wirkten, kauften mehrere Kilo Katzenfutter und etliche Liter Bier. Ich fragte mich, was sie wohl aßen. Vielleicht war das Essen nicht so wichtig. Es schien, als wären sie von einem anderen Planeten, wo solche Lappalien wie Essen und Schlafen nur Nebensache waren. Ich kann auf meinem kleinen Stern nicht denken, wenn ich Hunger habe. Ich versuchte, mit ihnen ins Gespräch zu kommen. Vielleicht wäre es interessant, mehr von ihrem Planeten zu erfahren. Sie lächelten mich an, sagten aber nichts. Vielleicht waren sie Ausländer.

Die Tüten waren schwer. Gegen ein wenig Hilfe hätte ich nichts einzuwenden gehabt.

Wenn ich noch einen Krüppel in diesem Dorf sehe, werde ich in Sicherheit sein, dachte ich. Und mir fiel nicht einmal auf, dass ich in dem Augenblick wieder zum Mädchen wurde, wieder auf diese alte Gewohntheit zurückgriff, die mich in den Tagen meiner Kindheit geschützt hatte: mit mir selbst zu wetten, um das Schicksal zu besiegen.

Ich ging durch das Dorf – so steinig und so ausgestorben, wie ich es in Erinnerung hatte –, ohne jemanden zu treffen. Erst kurz vor meiner Haustür traf ich eine alte Frau in einer braunen Jacke, wie sie Nonnen manchmal tragen, das weiße Haar zu einem Pferdeschwanz gebunden und eine Dose Katzenfutter in der Hand. In der anderen hatte sie einen Stock.

Ihr fehlte das linke Bein.

Meine Beine sind schwer. Der Wind weht aus Nordost, und ich will nach Hause. In Sicherheit sein. Nicht dass ich das Gefühl hätte, das Haus gehöre mir. Das ist es nicht. Ebenso wenig, wie dieses Dorf mein Dorf ist. Wenn ich niemand treffe, bevor ich heimkomme, werde ich in Sicherheit sein, sage ich mir und halte mir die Daumen, weil ich mogle, weil ich immer wieder durchs Dorf spaziere und keine Menschenseele treffe. Ich biege um eine Ecke und stoße auf einen großen Mann, der einen schwarzen Ledermantel und eine Sonnenbrille trägt, obwohl es fast dunkel ist. Hinter ihm, als würde er ihm folgen, steht mein Hund. Satán. Der Hund der Sonnenfinsternis.

Der Mann kauert sich nieder und krault ihn. Er lächelt mich an.

»Ist das dein Hund?«, frage ich.

Er macht eine ausladende Handbewegung.

»Keineswegs, es ist deiner. Und du kümmerst dich nicht genug um ihn. Er ist krank«, sagt er und richtet sich wieder auf, in der Hocke wirkte er größer. Mir fällt auf, dass er ein wenig stottert.

»Wie heißt du?«, frage ich, aber er ist schon fort. Das war das erste Mal, dass ich den Herrn der Dunkelheit gesehen habe.

Ich nahm Satán mit nach Hause. Er war nass, obwohl es nicht geregnet hatte, sein Fell hatte sich aufgestellt, und sein Blick war so traurig wie bei Lebewesen, die lange, sehr lange nichts gegessen haben.

Ich gab ihm mein Abendessen: ein Filet ohne Salat. Er verschlang es mit einem Bissen und warf mir einen langmütigen Blick zu. Kurz darauf erbrach er sich. Ich verfluchte mich selbst, weil ich nicht bedacht hatte, dass er wohl seit Tagen, vielleicht Wochen nichts gefressen hatte. Nach so langem Hungern war jedes Futter pures Gift.

Satán war ein großer Hund, wirkte aber zu meinen Füßen zusammenkauert viel kleiner. Ich setzte mich neben ihn, und er kletterte auf meinen Schoß. Es war, wie einen Bären auf dem Schoß zu haben, aber Satán war nicht schwer. Er zitterte und war sehr heiß. Ich spürte sein Herz klopfen, als schlüge es in meinen Händen. Ich wusste, dass er im Sterben lag, und umarmte ihn. Ich umarmte ihn fest, ganz fest, und erst da wurde mir bewusst, wie allein ich mich bisher gefühlt hatte. Ich legte meine Wange auf seinen Kopf, und in meine Nase stieg der Geruch des Berges, der Freiheit und ein anderer Geruch, der langsam alle anderen Gerüche überlagerte: der Geruch der Angst. Trotzdem hätte ich nicht sagen können, ob es seine oder meine Angst war. Ich wiegte ihn hin und her und sang ihm ein Lied. Das einzige Wiegenlied, das ich kannte. Ich konnte mich nicht erinnern, wo und weshalb ich es gelernt hatte. Kinder habe ich nie gemocht. Ich hatte weder Geschwister noch Nichten oder Neffen, aber damals glaubte ich, dass mein Wiegenlied schön sei. Ich brauchte eine ganze Weile, bis ich gewahr wurde, dass ich immer wieder die folgenden Worte sang:

»Stirb nicht, stirb nicht.«

Darüber schlief ich ein, obwohl ich nicht hatte einschlafen wollen. Ich wollte bis zum Ende bei ihm bleiben. Ich wollte, dass der ausgesetzte Hund, der im Sterben lag, das Gefühl hatte, nicht allein zu sterben, denn ich wusste, dass wir alle allein sterben und niemand haben, dem wir davon erzählen können. Deshalb hatte ich gegen den Schlaf angekämpft, während die Kirchturmuhr auf dem Dorfplatz drei Uhr schlug.

Ich war eingeschlafen und träumte, dass Satán beim Aufwachen tot in meinen Armen läge.

Steif und zusammengekauert wachte ich auf dem alten zerschlissenen Sofa auf, das die Witwe Rius meiner Großmutter geschenkt hatte.

Die Mäuse hatten den Bezug angenagt und dann davon abgelassen, als würde er nicht mal zum Fressen taugen. Der Stoff war weiß mit großen brauen Flecken. Als Kind glaubte ich, die Flecken wären Blutflecken, jetzt wusste ich nicht, woher sie stammten. Sie schienen nicht zum Stoff zu gehören, aber auch nicht hinzugefügt worden zu sein. So wie die »Blutflecken« das Sofa darstellten, stellte der tropfende Wasserhahn in der Küche die Atmung des Hauses dar. Das Haus einer fremden Frau, die es einer anderen fremden Frau vererbt hatte. Meiner Großmutter.

Ich wachte auf und vermisste etwas, das ich nie gehabt hatte. Es fehlte etwas Grundlegendes, aber ich wusste nicht, was. Ich erinnerte mich wieder an den Prozess, an die anonymen Briefe, an die Todesdrohungen, an die Totschläger meines Chefs, an die Flucht, an die Sonnenfinsternis, an das Zusammentreffen mit dem Hund, der Satán genannt wurde.

Ich erinnerte mich an den sterbenden Satán in meinen Armen. Er war nicht mehr da. Ich stand auf und suchte ihn im ganzen Haus. Ich fürchtete, er hätte sich zum Sterben in einen schmutzigen Winkel zurückgezogen. Wenn es die Scham, zu leben, gibt, kann ein Hund auch Scham empfinden, zu sterben. Das Schlimmste für ein Haustier ist, in der Öffentlichkeit leben zu müssen, vielleicht hatte Satán allein sterben wollen.

Es gab keine Spur von ihm in dem mit alten Körben, Stöcken und kaputten Regenschirmen vollgestellten Flur, durch den ein Lichtstrahl fiel, in dem Tausende von Staubkörnern tanzten; ich fand ihn auch nicht in der leeren Bodenkammer, wo ein paar vertrocknete Kartoffeln und ein kaputter Schuh an die Vergangenheit erinnerten; ebenso wenig in der Galerie, durch die sich der Berg und das Meer ins Haus fraßen. Ich lief durch alle Räume und rief seinen diabolischen Namen. Nur der Eichenboden unter meinen Füßen antwortete mir mit einem schwachen Ächzen. In der Nähe der einstmaligen Ställe rutschte ich aus und stürzte fast in das große Loch in einem Brett. Es gehörte zu einer der Bodenklappen, durch die früher den Tieren das Heu hinuntergeworfen wurde. Ich fürchtete, er wäre dort hineingefallen, und beugte mich vor, entdeckte aber nur ein Paar kaputte Holzschuhe und einen verwaisten schrumpeligen Weinschlauch. Ich gelangte zur alten Küche, wo früher der Herd, der große Backofen zum Brotbacken und der Holztrog standen, in dem meine Großmutter mir beigebracht hatte, Empanada zu machen. Außer Spinnweben und Erinnerungen fand ich nichts, keine Spur von Satán.

Ich kehrte zum Sofa mit den Flecken zurück und steckte meinen Kopf zwischen die Beine. Auf seltsame Weise war ein haariges Wesen, das ich ein paar Stunden zuvor noch nicht einmal gekannt hatte, plötzlich das Wichtigste in meinem Leben. Und ich wusste nicht, wo es war.

Satán war verschwunden.

Selene

Tante Milagros ließ mich nicht mit den anderen Mädchen aus dem Dorf spielen.

»Von denen lernst du nichts«, sagte sie. »Außer Sklavin zu sein.«

Aber sie gab mir auch nicht von früh bis spät Aufgaben, wie es diese Mädchen von zu Hause kannten. Ich musste nicht jeden Tag Holz sammeln oder Wasser holen; es gab weder Tiere zu melken noch kleine Geschwister zu beaufsichtigen. Sie schickte mich nur manchmal los, um Heidekraut oder trockene Äste für das Feuer zu sammeln oder um bei den Nachbarn nach Eiern zu fragen. Bei diesen seltenen Gelegenheiten setzte sie allerdings hohe Erwartungen in mich, und es nützte überhaupt nichts, ihr zu sagen, dass ich nichts gefunden hätte oder dass man mir keine Eier hatte geben wollen. Meine eifrigen Bemühungen, sie nicht zu enttäuschen, waren die Qual meiner Kindheit.

»Du musst perfekt sein, weil du meine Tochter bist«, sagte sie.

Ich nannte sie Mama, und das gefiel ihr. Wir schliefen im selben Bett. In der Dunkelheit unterwies mich die Stimme meiner Tante in der wahren Kunst der Medizin, von der diese Scharlatane von Doktoren keine Ahnung hätten.

»Unser Geschäft ist ein anderes, wir heilen den Körper der

Menschen, und vor allem heilen wir ihren Geiz, ihr schlechtes Gewissen, ihre Erbärmlichkeit und ihr mangelndes Streben, wir geben ihnen die Gelegenheit, wieder gesund zu werden, sich zu verzeihen, was sie sich gegenseitig antun, und dafür muss man viel von Kräutern verstehen, aber noch viel mehr von der Seele.«

Tagsüber nahm mich Tante Milagros zum Kräutersammeln mit und brachte mir bei, den Fingerhut von der Kamille und die Tollkirsche vom Löwenzahn zu unterscheiden. Manche Heilkräuter ließen sich leicht finden, andere nur schwer. Die meisten pflückten wir auf den Feldern, die restlichen zog meine Tante im Garten hinterm Haus.

»Meine Mutter hat es mir beigebracht und meine Großmutter meiner Mutter. Immer haben wir Frauen uns um Kinder, Alte, Kranke und Sterbende gekümmert. Als wir damals mit den Arabern kämpften, zogen die Frauen mit ihren Männern in den Krieg, um sie zu versorgen. Heute heißt es, um Mediziner zu sein, muss man zur Universität gehen, in diese Steinhöhlen, die sie in Santiago, Salamanca und Oviedo gebaut haben, zu denen Frauen der Zugang verboten ist. Nur wer dort studiert hat, darf heilen. Uns Frauen lassen sie nicht einmal die Türschwelle betreten. Wir sollen nicht heilen. Wir werden geächtet. Und wenn wir nicht heilen dürfen, dürfen wir auch keine Kinder, keine Alten und keine Sterbenden mehr versorgen. Eins ist doch klar! Wenn sie uns das Heilen der Kranken und das Retten der Frauen vor dem Kindbettfieber verbieten, dann nur, damit alles, was Geld und Ansehen mit sich bringt, den Männern vorbehalten bleibt. Aber nein, solange die alte Milagros am Leben ist, wird das nicht geschehen.«

Ainur

Ich verließ das Haus. Das Dorf war wie ausgestorben. Als ich schlief, hatte es geregnet, und über die Straße liefen Bäche schmutzigen Wassers, die sich zu Pfützen voller Laub stauten. Vom anderen Ende der Straße zog dichter Nebel herauf. Er kam auf mich zu und hüllte alles ein. Wenige Minuten später konnte ich nicht einmal mehr die Kirche erkennen. Der Nebel hatte den schwarzen Hund verschlungen. Aber er hatte etwas zurückgelassen. Es war ein merkwürdiger, penetranter Geruch, der mich niesen ließ. Ein Geruch, der sich in die Nase setzte und einen Knoten im Hals verursachte. Der Geruch nach verfaultem Laub, nach verbranntem Holz, Geruch nach Feuer und Geruch nach Erde. Ich hatte so etwas noch nie gerochen. Ich wusste, ich würde es wieder riechen. Der Nebel hatte Satán mitgenommen und mir Gestank und Pfützen zurückgelassen.

Die Tischdecke war weiß, das Blut darauf skizzierte die Umrisse eines seltsamen Kontinents. Es konnte Afrika sein, ähnelte aber eher Amerika. Ich musste irgendeine Logik darin finden, irgendeine Parallele. Ich musste meinem Verstand eine Erklärung geben, damit mein Schrei nicht im ganzen Tal zu hören war.

Die Tischdecke hatte ich aus Barcelona mitgebracht, aber sie war viel älter, sie hatte mich schon in Zeiten der Vergewaltigung durch meinen Chef, in Zeiten des Prozesses und der Drohungen, der anonymen Briefe und Verunglimpfungen begleitet. Sie war ein Hochzeitsgeschenk meiner Mutter gewesen. Ihre Schwiegermutter hatte sie ihr geschenkt. Sie gehörte zu ihrer Aussteuer. Sie war von Braut zu Braut übergegangen, bis sie bei mir landete, die ich nie eine Braut gewesen war. Und jetzt war sie getränkt mit dickflüssigem Blut, das sich stellenweise schwarz färbte. Es ist nur ein Vogel, sagte ich. Ich sagte es laut, um mich vom Klang meiner Stimme trösten zu lassen, aber meine Stimme passte nicht zu mir, sie klang rau und guttural, als würde statt meiner jemand anders sprechen.

Und dabei sammelten sich das Salz und die Bitterkeit der aufsteigenden Tränen in meinem Mund.

Seit Ainurs Rückkehr in das abgelegene Dorf ihrer Kindheit waren genau sieben Tage, dreizehn Stunden und vierunddreißig Sekunden vergangen, als der erste tote Vogel auftauchte. Es war ein Rabe.

Der schwarze Hund.

Ständig und überall sehe ich den schwarzen Hund.

Ich suche Zuflucht in Selenes Geschichte, in ihrem Kampf gegen das Inquisitionsgericht, von dem es in den Chroniken jener Zeit zahlreiche Belege gibt, und ich sehe immer wieder den Hund; die Vergangenheit ist kein Spiegel meiner Ängste mehr. Sie hat sich in etwas Totes verwandelt, das nichts mit mir zu tun hat. Weil der Hund alles mit mir zu tun hat. Das weiß ich.

Es heißt, Selene hätte mit den Wölfen gesprochen, sie hätte sie beschwören können und wäre immer von einem großen schwarzen Hund begleitet worden. Manche behaupteten, es sei ein Wolf gewesen, andere, der leibhaftige Teufel.

Ein großer Hund mit dichtem Fell wie ein Belgischer Schäferhund. Ich bilde mir ein, ihn ständig zu sehen, im Nebel, im Rauch der Schornsteine. Ich höre, wie das Wasser durch die Regenrinne rauscht und auf die Steine prasselt, und dort, wo es in die Heide sickert, ist der schwarze Hund.

Mir scheint, es ist Satán, aber als ich mich nähere, sieht er anders aus. Ich laufe los, und der Hund läuft los. Ich bleibe stehen, und er bleibt stehen. Er taucht auf und verschwindet zwischen dem Dunst, der vom Meer aufzieht, und dem Nebel, der von den Bergen herabsinkt.

Ich versuche, ihm zu folgen, finde ihn aber nie, bis ich eines Tages auf meiner Suche nach ihm den Ruderer kennenlerne.

Ich laufe den Weg entlang. Wenn es mir gelingt, den schwarzen Hund einzuholen, werden meine Verfolger mich nicht finden. Wenn ich den Hund wieder berühre, werden die Bösen nicht gewinnen. Sie werden mich nicht erwischen. Diesmal nicht. Nein.

Der Weg führt zu einem Meeresarm, ich sehe den Nebel, der wie der Dunst eines köstlichen Bratens in den grauen Himmel aufsteigt. Und ich sehe den Ruderer.

Ich mag den Meeresarm, ich mag die Insel mit dem Friedhof und das Salzwasser, das zum Fluss wird. Ich komme hierher, wenn die Sonne an Kraft verliert, und treffe jetzt jeden Nachmittag zur selben Stunde den Ruderer. Er trägt einen blauen Pullover. Ich bin mir sicher, dass seine Augen blau sind. Er kommt mir bekannt vor, ich glaube ihn von irgendwoher zu kennen. Er erinnert mich an meinen Freund aus der Kindheit, der als Neunjähriger mit seinen Eltern nach Bilbao gezogen ist. Als er fort war, haben die schwarzen Berge die Sonne nicht mehr ins Tal scheinen lassen. Damals kannte ich den Namen des Meeresarms noch nicht. Damals lebten in diesen Bergen Wölfe, man hörte sie nachts und konnte unmöglich wissen, ob sie heulten oder winselten. Es gibt keine Wölfe mehr, und ich kann mir den Namen des Meeresarms noch immer nicht merken. Ich weiß, dass es der Name einer Göttin ist, die hier weilte, solange die Menschen an sie glaubten. Ich glaube nicht mehr an Götter oder Göttinnen. (Es glaubt niemand mehr an Götter oder Göttinnen.) Am Meeresarm sind wir allein. Er und ich.

Unversehens rudert er näher und lächelt mich an, auch ich lächle. Er nähert sich dem Ufer und entfernt sich wieder, ich nähere mich dem Ufer, und er entfernt sich. Er wirkt wie eine Fata Morgana, aber eine lächelnde Fata Morgana.

Die Brust des Ruderers hebt und senkt sich. Seine Muskeln treten hervor. Obwohl er zu weit entfernt ist, weiß ich, dass er die Stirn runzelt. Ich sehe es nicht, ich ahne es.

Die Raben kreisen über dem alten Haus der Witwe Rius, die wortlos gestorben ist. Sie sind Buchstaben in der Luft. Schwarze Buchstaben, die zögern, sie wollen am Himmel ein Wort bilden, aber sie wagen es nicht.

Wie Musiknoten über einem Pentagramm aus dunklen Wolken wirken diese Raben, die sich plötzlich formieren, als wären sie Felsen. Der Rabe ist ein Einzelgänger. Er hat Edgar Allen Poe gute Dienste erwiesen. Doch in der realen Welt sieht man Raben nur noch selten. Hier waren stets Möwen die Herrscherinnen. Raben hatten immer einen schlechten Ruf, und Möwen waren immer beliebt. Ich kann Möwen nicht ausstehen. Diese Ratten der Lüfte, die den hilflosen Fischen in der Bucht den Garaus machen. Raben hingegen mag ich. Sie tun niemandem etwas zuleide. Aber sie sind unbeliebt. Sie werden nicht gemocht. Wie ich.

Selene

Wir sahen die Raben, bevor wir das Haus sahen. Sie zogen weite Kreise und wimmerten wie bedauernswerte Babys. Es gab weder einen Baum noch eine Quelle, weder einen Tropfen Wasser noch eine Menschenseele. Die Luft war heiß und trieb den Gestank vom anderen Ufer des jetzt so fernen Flusses herüber. Ich konnte nicht glauben, dass es in dieser trostlosen Gegend Leben geben sollte, und doch kreisten dort die Raben.

»Ein gutes Zeichen«, sagte meine Tante. »Die Vögel ziehen solche Kreise nur über einem Ort mit großer Macht.«

»Ist es noch weit?«, fragte ich.

»Ich weiß es nicht«, erwiderte meine Tante. »Ich weiß nur, dass wir auf dem richtigen Weg sind.«

Ich verstand nicht, warum wir diesen langen Fußmarsch auf uns genommen hatten, wenn wir doch bis zur nächsten Kirchweih hätten ausruhen können. Wir hatten weder die Ausrüstung noch das Geld für eine Reise, aber meine Tante dürstete es nach Wissen.

»Es heißt, dass die Alte die Luft schneiden kann.«

Die einzig schneidende Luft war die der Steppe, die wir durchquert hatten. Es war uns schwergefallen, zur Stätte der Toten Frauen hinaufzusteigen, wie dieser trostlose Landstrich genannt wurde. Dort war die Erde nackt, und der Raureif nahm einem den Atem. Wir schliefen unter einem Felsvorsprung und hatten ein schwaches Feuer mit blauen, fast durchsichtigen Flammen entfacht. Im weißlichen Feuerschein entdeckten wir die Skelette von drei Eseln. Später, als ich mich an das flackernde Licht gewöhnt hatte, sah ich, dass es sich bei dem Felsvorsprung eigentlich um einen Höhleneingang handelte; am Ende der Schwärze, wo sich die Höhle im Erdinnern verlor, war die Dunkelheit noch schwärzer. Sie wirkte wie ein Mund und hatte sogar Zähne, denn weiter hinten schimmerten weiße Flecken. Als sich meine Augen endlich an die Dunkelheit gewöhnt hatten, verbündeten sie sich mit der Finsternis, und ich erkannte, dass die weißen Flecken menschliche Skelette waren. Eines davon ein Kinderskelett.

Wir schliefen wenig und wachten noch im Dunkeln wieder auf. Es war besser, im Morgengrauen weiterzuziehen, während sich der Nebel lichtete. Von oben erblickten wir eine weite Ebene, die wie Salz aussah. Auf der anderen Seite des Berges war die Welt nicht mehr grün. Sie hatte sich in eine Einöde ohne Wasser oder Gras verwandelt. Mir war nicht klar gewesen, dass der Horizont so fern sein konnte. In unserer Heimat ist der Horizont freundlich und nah. Die Berge scheinen sich an den Händen zu halten, und das Meer dringt in alle Körperritzen. Hier auf der Ebene zitterte die Luft in der Ferne. Ich wusste damals noch nicht, dass die Welt so groß ist.

Als wir beim Haus der Raben angelangten, waren meine Füße voller Blasen. Es war eine runde Hütte mit einem Strohdach. Drinnen gab es einen Holzofen, und vor dem Feuer saß eine sehr gepflegte Frau mit dem weißesten Haar, das ich je gesehen hatte. Sie trug ein weißes Gewand ohne einen einzigen Fleck oder auch nur ein Staubkörnchen. Ich fragte mich, wie sie es anstellte, sich nicht schmutzig zu machen, wenn sie auf dem Boden saß.

»Ich freue mich, dich zu sehen, Milagros, die Geister haben mir zwar dein Kommen angekündigt, aber nicht die Zeit deines Eintreffens.«

Meine Tante und sie umarmten sich. Die Frau hatte eine zarte Haut, und ihre Augen wirkten wie blaue Schlitze.

»Ich bin weder Magierin noch Totenbeschwörerin, weder Wahrsagerin noch Zauberin, weder Baummagierin noch Rutengängerin, weder Augurin noch Prophetin, weder Astrologin noch Hexe oder Knochenleserin.«

»Was?«, fragte ich.

»Du bist all das und noch viel mehr«, sagte meine Tante Milagros und küsste ihr die Hand.

»Aber ich bin ein wenig Heilerin und kann mit meinen Beschwörungsformeln der Fallsucht, der Spinne, dem Hund, dem Fuchs, dem Ochsen und der Kuh die Luft abschneiden, und mit Gottes Hilfe schneide ich auch dem Verurteilten, der Schlange, der Eidechse und dem Maulwurf die Luft ab. Ich kann einen Abwehrzauber sprechen, du brauchst das nicht, aber das Mädchen schon.«

»Ich möchte, dass du dem Kind beibringst, die Luft zu schneiden, einen Abwehrzauber zu sprechen und Krötengift anzuwenden.«

»Milagros, Milagros, du wolltest es nicht lernen. Warum willst du jetzt, dass sie weiter kommt, als du je gekommen bist? Man kann nicht mehr so hoch fliegen. Die Zeiten sind schlimm. Ich benutze keine Beschwörungsformeln mehr und wende auch keine Heilkräuter mehr an, und noch viel weniger unterweise ich andere darin. Jetzt fürchte ich nur noch die Inquisition, die mir das Büßerhemd auferlegt und mich hierher verbannt hat, damit ich hungers sterbe.«

»Du hattest noch nie vor irgendetwas oder irgendwem Angst«, sagte meine Tante und zog den Beutel hervor, den sie am Gürtel trug. Sie legte ihn auf den Hüttenboden, der aus Staub und Erdreich bestand.

»Habe ich auch nicht. Aber die Zeiten sind schlimm. Jetzt haben sie eine Zusammenkunft der Dämonen eingerichtet, die sie ›Universität‹ nennen, und heilen darf nur noch, wer dort war, aber die heilen nur die Reichen. Die Armen können das nicht bezahlen und kommen zu uns, aber die Inquisition nennt uns Hexen, sie gibt dem Teufel die Schuld und verfolgt uns.« »Was hat es mit diesen Universitäten auf sich?«

»Das ist eine Erfindung der Reichen, denn nur dort kann man Medizin studieren, wir Frauen dürfen sie nicht einmal betreten, weshalb wir keine Medizinerinnen sind noch je sein werden, und wenn wir keine Medizinerinnen sind, ist uns das Heilen verboten.«

»Du hast so vielen Leuten geholfen. Ich möchte, dass du meiner Tochter deine Künste beibringst.«

»Weil sie deine Tochter ist, werde ich sie besprechen, um diesen traurigen Ausdruck aus ihren Augen zu vertreiben, aber ich kann sie nicht unterweisen. Ich habe zu große Angst.«

Die Frau in Weiß wiederholte neunmal ein geheimes Gebet, wobei sie mit einem Holunderzweig über meine Stirn rieb.

Dann bückte sie sich, nahm ein paar trockene Kräuter aus einer Schatulle und erhitzte sie über einem Stück Eibenholz. Sie ließ mich den Rauch einatmen, und kurz darauf verlor ich das Bewusstsein.

Ich hörte von fern, wie die Alte mit Tante Milagros redete.

»Die Armen werden immer zu uns kommen. Sie haben nur die Heilerinnen, die guten Frauen, die man jetzt Hexen nennt. Ich werde für deine Tochter tun, was ich kann. Wenn du Mutterkorn vom Roggen findest, kann ich sie sogar fliegen lassen.«

Da wurde mir klar, dass diese Frau verrückt war, dass sie zweifelsohne eine Hexe war, dass wir verloren waren.

Ainur

Die Witwe Rius hatte eines Morgens beschlossen, kein Wort mehr zu sprechen. Am diesem Morgen war sie noch nicht die Witwe Rius, sie war noch Señora Rius. Niemand weiß, weshalb sie diesen Entschluss fasste, und noch viel weniger, ob der Tod ihres Mannes Ursache oder Folge davon war, sicher wissen wir nur, dass sie, nachdem sie einen Monat später ihren Mann begraben hatte, noch immer kein Wort sprach. Das ganze Dorf glaubte, das würde schon vorübergehen, das glaubten auch ihre beiden Töchter, die das Schweigen im Haus noch ein Jahr ertrugen. Dann gingen sie fort und weigerten sich ihrerseits, mit ihrer Mutter zu sprechen. So werden wir nie erfahren, ob die Witwe Rius vor ihrem Tod wieder mit ihnen gesprochen hätte, denn sie gaben ihr keine Gelegenheit dazu, wir wissen aber sehr wohl, dass der Priester und ich ihr so manchen Nachmittag und oft auch vormittags lange Besuche abstatteten, ohne ihr auch nur ein Wort oder den Grund ihres Schweigens entlocken zu können. (Schlimmer noch: Sie war eine so unsympathische Frau, dass sie nicht mal den Mund aufmachte, um uns etwas anzubieten.) Als sie schließlich starb, brauchte es eine Zeit lang, bis wir es bemerkten, denn wenn du in einem so kleinen Dorf nichts sagst, dann hast du eben nichts zu sagen. Und wenn du nichts zu sagen und keine Geschichten zu erzählen hast, ist es, als wärst du bereits tot.

Selene

Möchtest du fliegen, Kindchen?«, fragte die Frau. Mit geschlossenen Augen hörte ich ihre Stimme. Guttural, heiser, die Stimme einer Person, die nicht daran gewöhnt ist, mit anderen zu reden. Als ich die Augen öffnete, konnte ich meine Tante nirgendwo sehen und glaubte, sie sei Wasser oder Feuerholz holen gegangen. Ich fragte mich, ob ich womöglich eingeschlafen oder ohnmächtig geworden war. Tante Milagros konnte nicht weit sein. Sie hätte mich nie bei einer verrückten Einsiedlerin zurückgelassen, so weise diese auch sein mochte.

»Wir sind allein«, sagte sie, als könnte sie meine Gedanken lesen. »Du brauchst nicht zu fliehen. Das würde nichts nützen.«

Ich verbrachte ein Jahr bei der Alten, ich war ihre Magd, ihre Sklavin, ihre Tochter und ihre Freundin, je nachdem, in welcher Stimmung sie morgens erwachte. Denn nach ihren nächtlichen Flügen hatte sie entweder schlechte Laune, oder sie küsste mich ab. Sie sagte, dass sie nachts fliege. In Wirklichkeit saß sie immer in ihrem Ohrensessel, bestrich sich mit merkwürdigen Salben und schlief ein, wobei sie im Schlaf murmelte. Manchmal lachte sie, manchmal schnarchte sie. Die Hütte verließ sie nie.

In der ganzen Zeit tat sie nicht einem einzigen Menschen

etwas zuleide, dafür heilte sie die Bauchschmerzen zweier Fuhrmeister und trieb einer jungen Frau, die man aus einem benachbarten Dorf zu ihr brachte, den Teufel aus. Sie lehrte mich viel, doch ich lernte wenig. Ungeachtet dessen warf ich mich meiner Tante Milagros in die Arme, als sie mich abholen kam.

»Möchtest du noch ein Jahr hierbleiben und mehr lernen?«

»Nein, Tante Milagros, ich habe genug gelernt.«

»Einverstanden. Aber denke daran, mein Kind, dass ich schon bald zu alt sein werde, um so weite Wege zurückzulegen. Dann müssen wir von deinem Können leben.«

»So soll es sein, Tante Milagros«, erwiderte ich.

Von allem, was ich bei der verrückten Greisin gelernt hatte, gab es nur eines, das ich nie vergaß. Sie brachte mir bei, ein freier Geist zu sein: eine Frau, die weder verheiratet noch einsam war, die weder Nonne noch Begine war, die weder Wirtin noch Hure war, die aber trotzdem ihr eigenes Geld verdiente. Und sie lehrte mich, meine Tante zu bewundern.

»Sie kennt sich besser aus mit Kräutern und Krankheiten als sonst irgendjemand. Sie hat ein gutes Herz und ist eine weise Frau«, sagte sie einmal zu mir, als ich für den Eintopf Kartoffeln schälte.

All das nützte meiner Tante nichts an dem Tag, als sie ins Feuer ging.

Und über meine Meisterin erfuhr ich vor einem Jahr von einem Kutscher, sie sei von den Wölfen gefressen worden.

Doch in dem Landstrich gab es gar keine Wölfe.

Sie wären verhungert.

Consuelo

Das Haus der Witwe Rius blieb über viele Jahre verschlossen, und wir alle glaubten, dass es verflucht sei. Es war genau das Haus, das aufgrund einer undurchsichtigen Erbschaft Ainur zustand. Wie die Witwe Rius es geschafft hatte, ohne ein Wort zu sprechen, ihre Töchter zu enterben, wissen wir nicht, und auch nicht, was es für eine Verbindung zu Ainur gab, aber es muss ja eine gegeben haben, denn als die Rothaarige nach so vielen Jahren in unser Dorf zurückkehrte und den ganzen Dreck und die angehäufte Einsamkeit aus diesen vier Wänden kehrte, behauptete jemand, sie hätte es von ihrer Großmutter, der Hexe, geerbt. Niemand glaubte das, aber wir forschten nach, und im Austausch gegen einen guten Anis und Dörrfleisch bestätigte uns Don Cosme, der Notar, dass es stimmte. Die Wege des Herrn sind unergründlich. Die verrückte Alte hatte das Haus der Witwe Rius geerbt, und Ainur, die einzige Tochter ihrer einzigen Tochter, war auch die einzige Erbin ihrer Großmutter.

Selene

Sie hatte entzündete Augen und konnte nicht weinen. Seit dem Morgengrauen, als auf dem Marktplatz die Pfähle brannten, hatte sie nicht mehr geweint. Auch kein Wort gesagt. Sie hatte nichts essen können, sie hatte nichts zu essen, sie hatte seit drei Tagen nicht geschlafen. Sie durchlebte einen Albtraum, überall glaubte sie brennende Pfähle zu sehen, und dann war es ein Eichhörnchen oder ein Sonnenstrahl oder ein rothaariger Bettler. Sie hatte sich an das Steinkreuz außerhalb des Dorfes gesetzt. Das Zeichen des Kreuzes sollte die bösen Geister verjagen, die auf den Scheidewegen Versteck spielten. Das waren die vier Himmelsrichtungen. Sie musste weg aus dem Dorf, aus dieser Welt, wie auch immer. Sie würde gehen, bis ihre leichten Schuhe durchgelaufen wären, sie würde ans Ende der Welt gelangen, wo sich, laut ihrer Tante, die Styxlagune befand und sie den Fährmann des Todes träfe, sie würde ihn nach ihrer Tante fragen, die ihre Mutter gewesen war und von der sie die einzige Güte in ihrem Leben erfahren hatte. Sie war zu allen gut gewesen, sie hatte von den Armen kein Geld genommen, deshalb hatte man sie getötet. Es lohnte nicht mehr, zu leben, einzig ungewiss war nur, wie sie sterben sollte. Sie könnte nach Norden gehen, das kurze Stück zu den Klippen: die spitzen Felsen, der stechende Tod, das tobende Wasser. Oder nach Westen, auf der Suche nach Finisterrae, dem

Ende der Welt. Nach Osten, wo die Heiden lebten, oder nach Süden in die Schneeberge, die noch keiner lebend überwunden hatte. Der Tod lauerte allerorten über kurz oder lang. Sie brauchte nur zu wählen. Das war ihr schon immer schwergefallen. Weil wählen bedeutet, zu verlieren, und weil sie noch sehr jung war und immer noch auf etwas wartete, das rechtfertigen würde, nicht zu sterben. Etwas, das ihr Weiterleben nicht zum Verrat am Gedenken der Toten machte, das ihr Überleben nicht als Feigheit abstempelte, etwas, das ihr ermöglichte, wieder achtzehn Jahre alt zu sein und sich auf die Suche nach einem Grund für das Leben zu machen. Jetzt fühlte sie sich vom langen Fasten und vom Schlafmangel geschwächt. Sie lehnte sich an das kalte Steinkreuz und schloss die Augen. Sie hätte für immer hier sitzen bleiben können. Einfach in der Sonne vertrocknen, zu einem leeren Gehäuse werden, ein paar Monate ausharren und eines Tages zu Straßenstaub zerfallen, den die Reisenden an ihren Schuhen überallhin tragen würden.

Da schlug sie die Augen auf. In die Sonne zu schauen war, wie durch ein Schlüsselloch in eine andere Welt zu blicken. Jenseits der violetten Wolken. Auf die andere Seite der Tür. Der Sonnenkahn erlitt im Meer der Abenddämmerung Schiffbruch. Sie sah eine Feuerwand, als blickte sie durch den Scheiterhaufen ihrer Tante hindurch. Im rötlichen Nebel sah sie den großen schwarzen Hund.

Er kam näher.

Consuelo

Kaum eine Woche nach dem Auftauchen der Rothaarigen begannen Schwärme von Raben über dem alten Haus zu kreisen, das früher der Witwe Rius gehörte. Sie flogen auf und schossen im Sturzflug auf das Dach herunter. Es sah so aus, als würden sie daran zerschellen, aber im letzten Augenblick stiegen sie wieder auf.

»Wie du, Ainur. Du bist wie ein Vogel, es sieht so aus, als würdest du zerschellen, aber du setzt nur erneut zum Flug an.«

So war der Leuchtturmbewohner, er machte nur selten den Mund auf, aber wenn er etwas sagte, konnte man es nicht mehr vergessen.

Ich habe es deutlich gehört, nicht weil ich gelauscht hätte, das hätte ich gerne, aber ich höre immer schlechter, und es kostet mich Mühe, zu verstehen, was die Leute sagen.

Das habe ich gehört, weil der Leuchtturmbewohner es mir praktisch ins Ohr gebrüllt hat.

Wir alle mochten den Leuchtturmbewohner, andernfalls hätte ich ihm das nicht erlaubt. Und die Rothaarige war viel schlimmer, als wir uns vorgestellt hatten, sonst wäre nicht passiert, was später passierte.

Es war so, dass ich es, wie fast immer, als Erste bemerkte, mir aber schon bald alle recht gaben.

Es ist nicht normal, dass die Raben in Schwärmen unterwegs sind, und noch viel weniger, dass sie ständig über ein und demselben Haus kreisen. Einem verlassenen Haus. Immer wieder. Mal höher, mal tiefer. Wie betrunken. Wie verliebt. Wie verrückt.

Immer wieder darüber kreisen.

Ainur

Er war es. Natürlich war er es, derselbe, mit dem ich als kleines Mädchen gespielt hatte, bis man es mir verbot, er zeigt mir den *Lazarillo*, den ich ihm schenkte, als sie uns für immer trennten. Meine Mutter wollte nicht, dass ich so unglücklich werde wie sie, meine Großmutter wollte nicht, dass ich so unglücklich werde wie meine Mutter, man sagte mir, es gäbe etwas in meinem Kopf, das nicht funktionierte, und ich hörte die Quellen, Bächlein und Vögel meinen Namen singen und meiner Mutter und meiner Großmutter recht geben. Ich hielt nicht inne, bis sie verstummten, ich ruhte nicht, bis ich das Verstummen der Quellen ausgehandelt hatte, am selben Nachmittag bekam ich meine erste Blutung und wusste, dass es mit dem Zauber und der Kindheit vorbei war. Vielleicht waren sie ein und dasselbe.

Der Leuchtturmbewohner

Bevor ich Bewohner eines Leuchtturms wurde, der nicht leuchtet, wusste ich fast nichts außer zwei oder drei Dingen: Ich wusste, dass man allen vertrauen soll und keinem trauen kann, ich wusste, dass ich nicht fähig bin, einer rothaarigen Frau in die Augen zu schauen, und ich wusste, dass der Mensch nicht auf dem Mond gelandet war.

Wir glauben an die Mondlandung des Menschen, wie unsere Vorfahren an Hexen glaubten. Sie haben nie eine fliegen sehen, ich hingegen war in Cap Canaveral und habe die lächerliche Raumkapsel gesehen, mit der die Astronauten angeblich aus dem Weltall zurückgekehrt sind. Wäre sie nicht eine so genial ausgestattete Requisite gewesen, hätte sie wie ein Kinderspielzeug ausgesehen. Nicht nur, weil ich mir als Astroingenieur sicher war, dass sie dem Eindringen in die Erdatmosphäre nicht standgehalten hätte, sondern weil ich mit meinem gesunden Menschenverstand wusste, dass sie nicht einmal der Glut im Ofen meiner Oma standgehalten hätte.

Wir wurden getäuscht. Und die wissenschaftliche Gemeinschaft hat sich täuschen lassen. Warum?

Ich habe eine ganze Woche in Cap Canaveral verbracht und mir immer wieder die Aufnahme vom angeblichen Mondspaziergang des Menschen angesehen. Ein kleiner Schritt für den Menschen, ein großer Schritt für die Menschheit.

Das Problem bestand nicht darin, dass es unmöglich wäre, den Menschen auf den Mond zu schicken, das Problem war, dass man ihn unmöglich zurückholen konnte, und wenn der Mensch nicht zurückkehrte, adiós Fernsehübertragung, adiós Pressenkonferenzen, adiós Medienspektakel, adiós Talkshows. Wenn der Mensch nicht zurückkehrte, würden die Amerikaner das Raumfahrtrennen weiter verlieren. Und wenn dieser Mensch stürbe, adiós Wahlen, und vor allem, adiós westliche Zivilisation.

Wenn der Mensch nicht vom Mond zurückkehrte, hätte die Wissenschaft nur dazu gedient, die Atombombe zu bauen, und dann gäbe es lediglich zwei Möglichkeiten: die Wissenschaftler zu verbrennen oder mit ihnen in den Krieg zu ziehen.

Und noch heute wird untersucht, ob das Raumfahrtrennen die Russen gewonnen haben, die Einzigen, die leiden können, die in der Lage sind, einen Mann in den Weltraum zu schießen, ohne dass er sich umbringt oder der Welt ein Ende macht. Weil die Russen leidensfähig sind, ihnen wurde beigebracht zu leiden, aber die Amerikaner … den Amerikanern wurde beigebracht zu gewinnen.

Und gewinnen ist nicht dasselbe wie leiden. Wäre die Expedition auf den Mond gescheitert, wären die Männer nicht zurückgekehrt, hätte der Präsident der Vereinigten Staaten zurücktreten müssen.

Und ein Präsident der Vereinigten Staaten tritt nicht zurück. Kann sein, dass er ermordet wird, aber er tritt nicht zurück.

Deshalb hätte ich das mit der Mondlandung des Menschen geglaubt, wenn es sich um Russen gehandelt hätte.

Denn der Oberste Sowjet hätte selbst dann nicht zurücktreten müssen, wenn statt einer einzigen sieben Expeditionen zum Mond gescheitert wären. Es ist allerdings auch möglich, dass die Russen versucht haben, auf dem Mond zu landen, und dabei gescheitert sind. Neben ihrer Leidensfähigkeit ist Geheimhaltung eine ihrer großen Stärken.

Hätten die Russen behauptet, sie seien auf dem Mond gelandet, hätte ich es geglaubt.

Denn die Russen haben keine Phantasie.

Oder zumindest ihre Regierung nicht.

Denn die Russen haben kein Hollywood, sie haben nicht *Krieg der Sterne* gedreht. Die Schatten im *Krieg der Sterne* sind tausendmal glaubwürdiger als die im Film vom Menschen auf dem Mond.

Die angeblichen Steine vom Mond enthalten Spuren, die von Menschenhand stammen.

Ich habe den Film von Cap Canaveral siebenmal hintereinander gesehen und wusste es.

Ich wusste, dass es unmöglich war.

Der Mensch ist nicht auf dem Mond gelandet, nicht 1969. Deshalb wollen sie wieder hin. Vielleicht gelingt es ihnen ja jetzt. Aber 1969 war es unmöglich und doch notwendig, es der Welt weiszumachen.

So entstand der erfolgreichste Film der Geschichte, und so kam es, dass ich nicht mehr Astroingenieur war.

Herauszufinden, dass der Mensch nicht auf dem Mond gelandet sein konnte, war für mich, wie nicht mehr an Gott zu glauben. Mein Gott, der Gott der Astronauten, hatte mich verlassen.

Trotzdem glauben alle meine Landsleute, ja die meisten Menschen auf der Welt, dass der Mensch auf dem Mond gelandet ist.

Ebenso wie Galileos Zeitgenossen glaubten, die Erde wäre eine Scheibe, ebenso wie vom Mittelalter bis zum XVII. Jahrhundert Reiche wie Arme, Gebildete wie Ungebildete, Männer wie Frauen an Hexen und ihre Verschwörungen glaubten. Heutzutage eine Frau zu treffen, die an sie glaubt, erscheint mir einigermaßen lächerlich, aber nicht annähernd so lächerlich, wie zu erfahren, dass mein Doktorvater weiterhin behauptet, der Mensch sei auf dem Mond gelandet. 1969 verspürte die Menschheit das Bedürfnis, zu glauben, dass sie auf dem Mond gelandet sei, um sich vor einem Nuklearkrieg und der Selbstzerstörung zu retten. Im Mittelalter glaubten die von Pest, Hunger und Ratten gegeißelten und verängstigten Bauern an Hexen. Das Wichtigste ist schließlich, dass man jemandem die Schuld geben kann.

Auch wenn es Hexen sind.

Auch wenn es Russen sind.

Und davon war ich überzeugt, als ich Ainur kennenlernte.

Mir wurde gesagt, dass im Haus der Witwe Rius eine Frau wohne. Mir wurde gesagt, sie sei rothaarig und hager. Mir wurde gesagt, sie sei verrückt. Mir wurde erzählt, dass sie die Raben anziehe. Ich nahm mir vor, sie kennenzulernen.

Ainur

Ich habe dich gestern und vor ein paar Wochen gesehen. Ich habe dich jeden Nachmittag hier gesehen, aber jedes Mal, wenn ich näher kam, hast du dich entfernt.

»Das ist unmöglich, denn ich war seit Jahren nicht mehr hier.« Der Leuchtturmbewohner streicht sich über die roten Handschuhe, als würden sie böse Erinnerungen in ihm wecken. »Ich habe eine Zeit lang in Norwegen gelebt, dort spricht man von einem *vardögr*, einer Erscheinung, die kurz vor der wirklichen Person auftaucht.«

»Es ist ein Echo in der Zeit.«

»Glaubst du an das andere Ich? Glaubst du, dass wir alle ein magisches Ebenbild haben? Ein Alter Ego, das unabhängig vom Körper lebt, während dieser vom Schlaf betäubt, von der Trance paralysiert, von Krankheit beeinträchtigt oder im Koma erstarrt ist?«

»Ich glaube an dich«, erwiderte ich und führte seine Hand an meine Brust.

Der Leuchtturmbewohner

Spanien ist weder rassistisch noch machistisch. Es ist nicht einmal klassenbewusst. Es ist viel schlimmer: Es ist eine Ständegesellschaft der großen Familiennamen, der bedeutenden Familien, hier kann man mit Geld nicht alles kaufen. Es gibt vieles, das man mit Geld nicht kaufen kann: Geld kann keine Beziehungen, Freunde oder Bekannte von Salesianern kaufen, die einem später bei den Geschäften helfen. Es kann dir nicht die Zugehörigkeit zu einer Elite erkaufen, aber es kann dich sehr wohl von ihr ausschließen. Geld kann keine Liebe kaufen, aber es kann eine Geliebte kaufen. Geld kann dir keine Freunde kaufen, aber keins zu haben führt unweigerlich dazu, sie zu verlieren. Wäre doch das Geld in Spanien wichtiger als der Familienname. Denn Geld kann man verdienen, aber seine Eltern kann man nicht austauschen. Und wenn du in diesem Land ein anderes Leben führen willst, musst du von vorn anfangen, deine Eltern austauschen, deinen Geburtsort, die Berge, die dich verdammten, das Meer, das dich verfluchte. Könntest du all das austauschen, dann könntest du dein Leben auch wirklich verändern, dann hättest du nie einen Menschen getötet, dann wärst du nicht im Gefängnis gewesen, dann würdest du dich nicht in einem verlassenen Leuchtturm einrichten, um mit einer Frau zu reden, die alle eine Hexe nennen.

Ihr könnt mich Magic nennen, das ist nicht mein richtiger Name. So, wie Toreros, Schriftsteller und Geistliche auf der Suche nach einer neuen Welt sind, habe ich einen neuen Namen gefunden. Einen Namen, so verlassen wie der Leuchtturm, in dem ich wohne.

Man gibt uns einen Namen und sagt, es sei unserer. Und es ist der Name von anderen. Der Vorname ist der Name vieler. Als würde man uns sagen, dass wir anders sein können, aber nur, um einem anderen zu ähneln.

Deshalb habe ich die Rothaarige nicht nach ihrem Namen gefragt, ich erinnerte mich daran, wie sie als Kind hieß, und hoffte, sie hätte jetzt einen anderen Namen. Sie fragte mich, was ich hier mache. Am Ende des Weges.

»Ich heiße Magic und bin Profispinner.«

»Gibt es etwa auch Amateurspinner?«

»Ja, ich habe als Amateur angefangen und bin jetzt Profi, ich lebe davon. Ich war im Irrenhaus.«

»War es da wie in diesem Dorf?«

Die Augen geschlossen. Seine Hand auf meinem Mund. Die Augen geschlossen. Sein Mund in meiner Hand. Seine Lippen auf meinen Lippen. Seine Hand in meiner Hand. Die Augen geschlossen. Sein Geschlecht in meinem Mund, sein Mund in meiner Hand, sein Geschlecht in meinem Geschlecht, die Lippen geschlossen. Sein Schrei in meinem Schrei, seine Lippen auf meinen Lippen, seine Hand auf meinen Augen, die Augen geschlossen.

Und es riecht nach einer anderen Welt, fremdartig und salzig.

Seine Hand auf meinem Mund, mein Mund in seiner Hand. Meine Lippen auf seinen Augen, seine Hand in meinen Händen, sein Geschlecht tief drinnen, die Augen geschlossen. Ich kann von dort aus, wo wir sind, die Welt sehen. Etwas Bleihaltiges explodiert auf meinen Lippen. Sein Blut in meinem Mund, sein Blut in meiner Hand, sein Elixier in meinem Gefäß, sein Regen auf meinen Lippen und alles langsam, die Augen geschlossen. Ich bin die Herrin der Welt, und alles hat sich verändert. Sein Schrei in meinem Schrei, der nach meinen Lippen schmeckt. Immer wieder. Die Augen geschlossen.

Ich bin neben ihm aufgewacht, wir waren zusammen. Klebrig, feucht, umarmt. Es war noch hell oder schon wieder hell. Ich weiß es nicht. Wie oft? Ich weiß es nicht.
Und wer ist er wirklich? Ich weiß es nicht. Er hat schwarzes Haar und zieht seine roten Handschuhe nie aus, wenn er mich berührt.

Mein Körper ist ganz Auge, nach vorn und nach hinten. In jeder Pore Blasen der Lust. Sie gehen auf. Sie explodieren. Ich spüre Teile meines Körpers, von denen ich nicht wusste, dass sie existieren. Ich wusste nicht, dass ich so tief bin und so leer war. Mein Gefäß lechzte nach deinem Wasser. Immer und immer wieder. Immer und immer wieder. Die Augen geschlossen. Meine Leere ist unermesslich, du aber auch.

Ich habe den Leuchtturmbewohner gefunden. Sein Blick ist noch merkwürdiger als seine Augen. Augen, die weder grün noch blau sind, sondern die Farbe des Himmels bei einem Gewitter oder in einem Albtraum haben. Er trägt immer rote Handschuhe. Selbst wenn er nackt ist. Er wohnt in einem Leuchtturm, der nicht funktioniert. Er arbeitet nicht, er lebt. Wir sind jetzt immer zusammen. Satáns Schatten, der Leuchtturmbewohner und ich. Wir sind unzertrennlich. Jetzt sind mir die toten Raben, das Dorf voller Krüppel, die Alte mit dem Glasauge und mein Chef egal, es ist mir sogar egal, dass plötzlich überall tote Tiere auftauchen.

Ich erzähle ihm von Selene, von ihrem Prozess. Dass sie starb, weil sie die Menschen geheilt hat. Weil sie sie vor ihrer Unwissenheit gerettet hat. Ich zeige ihm die Unterlagen, die ich zusammengetragen habe. Ich erzähle ihm von ihr, als würde ich sie kennen. Es ist einfacher, von ihr zu erzählen als von mir. Ich erzähle ihm nichts vom Bürgermeister, von der Verfolgung, von den toten Kleintieren, die ich jeden Tag finde. Ich erzähle ihm nichts von den Männern, die jetzt in irgendeiner Pension schlafen, vielleicht nicht weit von hier, Männer, die mein Foto in der Brieftasche tragen, aber mich selbst noch nie gesehen haben. Männer, die mich frei von Hass oder Wut töten werden mit der bürokratischen Präzision eines Inquisitors, der seine Arbeit verrichtet (Männer, die mich suchen, um mich zu töten). Ich erzähle ihm von ihr, denn sie kann nicht mehr gerettet werden, ich aber schon. Ihm von ihr zu erzählen ist meine Art, ihn zu bitten, mich zu retten.

Er redet vom Müll. Ich denke, dass er verrückt ist, aber er meint es ernst. »Als ich meine Arbeit verlor«, sagt er, »habe ich mir vom Sperrmüll Möbel besorgt, sie restauriert und verkauft.«

»Die Qualität einer Gesellschaft spiegelt sich in ihrem Müll. Ich habe in der Stadt Müll gesammelt. Ich habe mir aus Baustellenabfällen ein Haus gebaut. In der Calle Claudio Coello habe ich sogar gotische Glasfenster gefunden.«

»Eine Gesellschaft lässt sich an ihrem Müll erkennen, in Istanbul ließe sich unmöglich etwas finden, das man noch verwenden könnte. In Afrika werden die Gummiriemchen von Sandalen repariert, und es wird alles Mögliche aus Autoreifen hergestellt. Du bist das, was du recycelst.«

»Ich bin das, was ich aus den Versatzstücken, die von mir geblieben sind, gemacht habe. Ich habe sie zusammengeklebt und einen anderen Mann geschaffen, der noch zu etwas nützlich sein kann.«

Eines Morgens traf ich die Alte aus dem Laden, sie trug ihren vorsintflutlichen karierten Kittel, der ihr etwas Schulmädchenhaftes verlieh. Sie strahlte eine perverse Macht aus, vielleicht weil sie, wie die wahren Mächtigen, nie die Stimme erhob. Sie sprach so leise, dass man sich zu ihr hinunterbeugen und ihren nach Knoblauch und Medikamenten stinkenden Mundgeruch einatmen musste.

Bei Tageslicht funkelte ihr Glasauge nicht so stark wie in dem düsteren Laden. Da war ein weiterer Aspekt, der mir den Atem verschlug. Ihr fehlte ein Fuß und ein kleines Stück des linken Beines. Stattdessen trug sie eine Plastikprothese mit einem weißen Strumpf, die sie durch den Schlamm zog.

Auch sie war ein Krüppel.

Ich sprach den Leuchtturmbewohner darauf an.

»Seid ihr in diesem Dorf alle Krüppel?«

»Allen in diesem Dorf fehlt etwas.«

Consuelo

Balbina, sie hieß Balbina.

Ich war aus dem Bett gefallen und hatte mir bestimmt die Hüfte gebrochen, obwohl mein Arzt Trinitario meinte, dass man nicht stürzt und sich die Hüfte bricht, sondern dass man sich die Hüfte bricht und deshalb stürzt. Ich bin davon überzeugt, dass mein Arzt noch nie aus dem Bett gefallen ist. Das Schlimmste ist der Sturz selbst. Denn wie Sie sehen, bin ich aus dem Bett gefallen und jetzt hier, um es zu erzählen, ich habe leichte Schmerzen und rieche nach einem Öl zum Einreiben, aber eigentlich ist mir fast nichts passiert. Vielleicht weil die heilige Barbara mich im letzten Moment beschützte, vielleicht weil ich endlich das Geheimnis von Ainurs Erbschaft herausgefunden habe, das Geheimnis des Hexenhauses und vielleicht auch das Geheimnis der toten Raben.

»Balbina, die Witwe Rius hieß Balbina.«

»Aha!«

»Das erklärt alles.«

»So.«

»Balbina vererbte das Haus der Alten im Austausch dafür, dass ihr Mann sterben würde und sie die Witwe Rius werden konnte.«

»Und was hat das damit zu tun, dass sie Balbina hieß?«

»Das ist mir im Traum gekommen, als ich mich daran erinnerte, dass sie Balbina hieß.«

Nun ja, manchmal merken sie im Dorf einfach nicht, wie sehr ich mich aufopfern und anstrengen muss, damit sie etwas mitbekommen. Wenn es mich nicht gäbe, hätten sie noch immer keinen blassen Schimmer.

Der Leuchtturmbewohner

Der Müll war mein Reich. Ich konnte eine Stadt an ihrem Müll erkennen. Der Müll erzählt viel mehr über die Menschen als Plakatwände, viel mehr als die Tag und Nacht eingeschalteten Leuchtreklamen auf den Straßen, mehr als die Neonlichter und die Einwanderer, die in den Müllcontainern der großen Supermärkte wühlen. Ich ging jede Nacht auf Streifzug. Ich kannte die besten Ecken. Ich wusste, wonach die Slips der Damen in der Calle Claudio Coello rochen, wo ich an einem Donnerstag die gotischen Glasfenster und an einem Freitag eine ganze Badezimmereinrichtung aus Carrara-Marmor fand. Ich kannte die Secondhandkühlschränke, die man auf die Avenida de Oporto stellte, und die Glaslüster aus Bohemia-Kristall, die nach dem Tod einer alten Dame gelegentlich in den Mülleimern von Legazpi landeten.

Ich hatte meinen Palast aus dem gebaut, was andere wegwarfen.

Ich war ein recycelter Mann.

Mit den Tugenden, die andere für Laster hielten, hatte ich mich selbst geschaffen.

Ainur

Am Portal der Magdalenenkirche hing eine tote Ratte. Man hatte sie mit einer Glasscherbe festgenagelt. Ich dachte, dass derjenige, der das getan hatte, nicht nur ziemlich geschickt, sondern auch sehr kräftig sein müsste. Wenn man es wagte, näher heranzugehen, konnte man erkennen, dass die leblosen Pfoten der Ratte gespreizt und mit zwei Kleiderhaken befestigt waren. Man hatte das kleine, widerliche Tier regelrecht gekreuzigt.

Vermutlich war das der Grund, warum dieses Verbrechen schlimmer wirkte als jedes andere. Denn die tote Ratte entfesselte den Wahnsinn im ganzen Dorf.

Und ich sage bewusst »entfesselte«, denn der Wahnsinn war immer da, nur dass ein jeder ihn mit allen verfügbaren Mitteln in sich selbst verschlossen hielt. Einige verbargen ihn durch üble Nachrede, wie Consuelo, die Krämerin; andere durch Gewalt, wie der blonde Riese, der jeden Samstagnachmittag seine Frau schlug; wieder andere mit Hilfe von Alkohol, wie man es dem Herrn der Dunkelheit nachsagte, und die Schlimmsten waren diejenigen wie ich, die ihn unter Schweigen begruben. Doch in der Stille gedeiht der Wahnsinn wie Pilze in der Dunkelheit. Die Stille hat nur einen Feind. Den von allen gefürchteten Wind. Dieses Dorf kennt den Wind. Wenn der Wind pfeift, zerstört er etwas in den

Köpfen der Leute. Und die Stille ist nie mehr wie zuvor. Im Schweigen und im Wind gedeiht der Wahnsinn zart und schnell wie Blumen auf einem Misthaufen.

Selene

Es heißt, Selene folgte dem schwarzen Hund, der halb Hund und halb Wolf war. Er hatte sich zu ihren Füßen gelegt, und sie hatte ihn gestreichelt. Das besiegelte den Pakt. Der Hund machte sich auf den Weg in den Süden, und sie folgte ihm. Schon bald war der Boden verschneit und ihre Schuhe zerschlissen. Es war dunkel, und sie hatte Angst, aber der Hund schien zu wissen, wohin er wollte. Es heißt, er führte sie zu seinem Bau in einer Berghöhle, zu seinen Geschwistern, den Wölfen. Es heißt, dass sie dort Zuflucht fand und den ganzen Winter bei ihnen verbrachte. Die Wölfe jagten, und sie jagte mit ihnen. Sie hüllte sich in Felle und entzündete für ihre neuen Freunde ein Feuer. Mit Menschen wollte sie nichts mehr zu tun haben. An manchen Abenden versuchte sie, etwas zu sagen. Sie öffnete den Mund, aber aus ihrer Kehle drang kein Laut. Sie sah noch immer den roten Dunst. Sie ließ sich von ihrem neuen Freund die Hände lecken. Sie nannte ihn Satán. Und schwor ihm, nie wieder unter Menschen leben zu wollen. Als der Winter strenger wurde, starben sie fast vor Hunger, da legte Selene Fallen, wie es ihr die verrückte Alte in der Einöde beigebracht hatte. Sie erlegten Kleintiere, Kaninchen, Dachse, so überlebten sie. Eines Tages hörte sie das Gebrüll von Männern, nah, ganz in der Nähe ihrer Höhle. Sie waren auf Treibjagd, Selene konnte ihre speckigen Kleider riechen und ihr schreckliches Gebrüll hören. Die Männer töteten um des Tötens willen. Das Rudel drängte sich dicht an sie. Satán ging vor dem Höhleneingang auf und ab, als würde er sie bewachen. Sie zogen vorüber, auf der Jagd oder in den Krieg, und sie hatte nichts mit ihnen zu tun. Die Kälte wurde noch beißender, sie hatte Frostbeulen an den Füßen, und oft schmerzte ihr die Kehle. Sie lebte in einer weißen Welt, die ihr rein erschien, nicht beschmutzt von der Bosheit des Menschen und seinen dummen Vorurteilen. Sie hätte für immer dort bleiben können und schwor sich, es zu tun.

Es kam der Augenblick, als die Welt nicht kälter werden konnte. Es war Sonnenwende. Der Schnee begann zu schmelzen, hie und da sprossen grüne Inselchen, auf denen kleine, saftlose Pflanzen austrieben, als wären sie erbost darüber, an einem so ungastlichen Ort gedeihen zu müssen.

Eines Morgens schnappte Satán nach ihrem Ärmel, um sie zum Aufstehen zu nötigen. Vor der Höhle stieg weißer Dunst von der Erde auf, als würde sie gekocht. Als sich der Nebel lichtete, war die Welt nicht mehr weiß, sondern grün, und Selene sah in der klaren Luft Rauch in den Himmel aufsteigen. Der Rauch von Scheiterhaufen, die von so niederträchtigen Wesen wie den Menschen errichtet worden waren.

Sie öffnete den Mund, und zum ersten Mal nach langer Zeit drang ein Laut heraus. Es war ein schrecklicher Laut, ein tierischer Schrei, ein Rasseln aller Schreie, aller Schluchzer. Als die Welpen ihn hörten, begannen sie zu zittern, die läufigen Hündinnen liefen entsetzt davon, und die Mütter brachten ihre Jungen in Sicherheit. Satáns Rückenfell stellte sich auf, als sie schrie, aber er verließ sie nicht.

Sie war zurückgekehrt.

Aber sie kehrte nie ganz zurück.

Denn ein Teil von ihr blieb für immer in den Bergen.

Der Leuchtturmbewohner

Magic liest veraltete Tageszeitungen.

»Ich habe dir die Tageszeitung von heute gekauft, willst du sie?«

»Nein, ich lese nie die aktuelle Tageszeitung, ich lese lieber die Zeitung von gestern.«

»Die Zeitung von gestern?«

»Oder besser noch die von letzter Woche.«

Türme von vergilbtem Papier, ein Babel an Ausschnitten. Das lachsfarbene Papier des Wirtschaftsteils, die Druckbuchstaben der ausländischen Zeitungen *Financial Times* und *New York Times*, *The Guardian* oder *Le Monde* wie Botschafter einer anderen Welt, die hinter den Bergen vielleicht weiterexistierte. Der Tisch war voll mit aufgeschlagenen Zeitungen, die ihre blutigen Schlagzeilen darboten wie Huren dem letzten widerlichen Freier ihre Reize.

»Ich wette, du bist der Einzige, der auf dieser Seite der Picos de Europa die *Financial Times* liest.«

»Wer weiß, gut möglich. Ich habe mich daran gewöhnt, veraltete Presse zu lesen, zuerst aus Notwendigkeit, dann wurde es zu einer Marotte. Wenn ich die aktuelle Tageszeitung lese, fühle ich mich manipuliert, ich lese und empfinde das, was ich auf Geheiß anderer lesen und empfinden soll. Wenn ich in einem Zug die Zeitungen der letzten drei Monate lese und mir

Artikel ausschneide, sehe ich, dass die Nachrichten wie Sondierungsballons auf die öffentliche Meinung losgelassen wurden, ich sehe die Erwartungen, die geschürt und erfüllt wurden, die Wahlprognosen, die zutrafen und auf die Wahl Einfluss nahmen. Anstatt den Baum zu sehen, sehe ich den Wald der Lügen, aus denen stümperhaft die Geschichte zusammengezimmert wird.«

»Reicht dir deine eigene Geschichte nicht aus?«

»Ich habe keine Geschichte.«

»Dann suchst du sie also in den Zeitungen.«

»Ich würde sie lieber auf dem Grund deiner Augen suchen, aber deine Augen und manche Abgründe sind bodenlos.«

Selene

Die Stadt war aus Stein, größer und vermessener als alles, was Selene bisher gesehen hatte. Sie war weder von der Stadtmauer beeindruckt, welche baufällig und von Hütten zugebaut war, die wie Pilze aus dem Boden schossen, noch vom Schloss und der Kathedrale, die hoch oben in den Wolken miteinander um Luft rangen. Der Lärm erschreckte Selene, die Stimmen der öffentlichen Ausrufer, vermischt mit dem Gesang der Mönche aus den zahlreichen Klöstern, das Brüllen der Verurteilten am Pranger nahe dem Stadttor und das Jauchzen der spielenden Kinder in den engen Gassen, die ihr in der Nachmittagsluft noch enger vorkamen. Selene sagte vor Gericht aus, dass der Lärm und die Gerüche sie davon überzeugt hätten, sich in einer großen Stadt zu befinden. Sie roch den entsetzlich penetranten Gestank im Gerberviertel, vermischt mit dem Geruch von Edelhölzern, die im Viertel der Tischler verarbeitet wurden. Die Stadt war ein schmutziger Ort, wohl auch wegen der vielen Brunnen, die an jeder Ecke schmutzige Rinnsale und Bäche ausspuckten. Die Passanten stolperten in diesen verwinkelten Gassen mit den engen Passagen und Treppen über ihre zu langen Kleider. Überall stank es nach Urin und ranzigem Käse, saurer Milch, Schweiß und Stein. Tante Milagros hatte oft zu ihr gesagt, in der Stadt atme man Freiheit. Selene empfand die Luft anfangs als erstickend. Sie hatte weder gewusst, dass es so viele Menschen auf der Welt gab, noch dass sie auf so engem Raum leben konnten. Ihr schien, dass die Menschen, wie die Ratten, verrückt wurden, wenn sie derart zusammengepfercht lebten.

Sie hatte nie hierherkommen wollen, sie war noch nie so weit weg von zu Hause gewesen. Es gab einen gewichtigen Grund, der nicht ausgesprochen werden durfte, sie jetzt aber antrieb, am Dienstboteneingang dieses quadratischen und ein wenig ungestalten Bürgerhauses anzuklopfen. Es wirkte nicht wie das Haus eines berühmten Mediziners, dachte sie, doch darum handelte es sich. Dort, hatte man ihr gesagt, wohnte Meister Félix, der beste Mediziner in Kastilien, der sogar die Königin geheilt hatte. Ein so guter Mediziner, dass ihn die Muselmanen einmal entführt hatten, damit er eine Mätresse des Maurenkönigs behandelte. So berühmt, dass man sogar im Norden von ihm sprach, und, was für Selene das Wichtigste war, ein Mediziner, der auf der Universität studiert und den Hippokratischen Eid abgelegt hatte, einer, der die geheimen Künste beherrschte, die den Frauen strikt verboten waren.

In dem Moment wusch sich der berühmte Mediziner gerade die Hände, während sein Assistent den Aderlass beendete. Der Mediziner selbst war nicht fähig dazu gewesen. In Ausübung seines Berufs hatte er in unzählige Arme geschnitten, aber in diesem Fall war es ihm unmöglich gewesen. Auch das Geräusch und die Farbe des Bluts, wenn es dickflüssig in den Napf tropfte, ertrug er nicht. Denn es war sein Blut. Auf den Damastdecken eines prächtigen Betts lag ein Mädchen mit schwarzem Haar und Elfenbeinhaut. Ihre Augen waren geschlossen und ihr Mund halb geöffnet. Schweißperlen standen ihr auf den grauen Lippen. Als Mediziner wusste er, dass sie der Tau des Todes waren, doch als Vater konnte er das nicht hinnehmen. Trotz seines Ruhms war er mit seiner Wissenschaft gescheitert. Er griff mit müder Geste nach der Lanzette, die ihm sein Assistent Dámaso hinhielt. Ein schielender, rothaariger Bursche, der wegen Kinderlähmung das linke Beine nachzog und infolge von Scharlach taub war, ein Junge mit Zukunft, der noch lange zu leben hoffte, etwa fünf oder sechs Jahre, und sein Nachfolger werden wollte. Er hatte über eine Nachfolge seines Schwiegersohns nachgedacht, aber sein Schwiegersohn hatte den Kleinen gezeugt, der im Nebenraum plärrte, er war darüber hinaus verantwortlich für den bedauerlichen Zustand, in dem sich seine Tochter jetzt befand und für den er keine Abhilfe wusste, und nicht genug damit, war er in der Taverne del Moro bei einem ominösen Streit, in dem es ums Kartenspiel und um Frauen ging, umgebracht worden. Ohne die geringste Furcht, sich zu schneiden, führte der Mediziner die Lanzette an den Mund, er legte es sogar darauf an, sich zu schneiden, diesem Pantomimenspiel ein Ende zu machen und Blut zu lecken. Es schmeckte metallisch und bitter wie der Tod. Er öffnete das Fenster. Die Nachmittagssonne, die vom Fensterladen ausgesperrt gewesen war, tauchte seinen Körper vom weißen Bart bis zu den rheumatischen Knien in Licht und verwandelte ihn einen Moment lang in eine menschliche Fackel. Er sah den goldenen Schleier der Sonne, die jenseits der Stadtmauern die Weizenfelder in Flammen gesetzt hatte, und er sah sein Ende als Mediziner gekommen. Welche Wöchnerin würde sich ihm noch anvertrauen, nachdem er seine einzige Tochter hatte sterben lassen? Er spielte mit dem Gedanken, sich die Lanzette in die Kehle zu rammen. Er fragte sich, ob er noch immer über die unvergleichliche Fähigkeit verfügte, mit der er in jungen Jahren Schädelbohrungen durchgeführt hatte. Seine Kunstfertigkeit war so groß gewesen, dass die drei Patienten diese sogar ein paar Tage überlebt hatten. In diesem Moment war ihm die Erinnerung an seine Triumphe als Mediziner unerträglich. An Weiterleben war nicht zu denken, aber ebenso wenig daran, sich ehrlos das Leben zu nehmen. Mit geschlossenen Augen drückte er die Fensterflügel weit auf und warf die Lanzette mit dem Blut seiner Raquel hinaus. Er sah, wie sie pfeilschnell zischend hinabschoss, und hörte sie klirrend auf das Pflaster aufschlagen. Diese Lanzette hatte ihm sein Professor in Salamanca geschenkt. Mit ihr hatte er seine medizinische Laufbahn begonnen, und mit ihr würde er sie beenden. Gleich morgen würde er das Haus und die Praxis zum Verkauf anbieten und, ohne das fatale Ende abzuwarten, mit seiner sterbenden Tochter verschwinden, um ihnen beiden das größte Geschenk zu machen, etwas, was in einer Stadt des Klatsches und der Gerüchte, des Neids und der üblen Nachrede unmöglich war: weit weg von allen und allem in einem andalusischen Dorf, in ihrem Geburtsort, im engsten Kreise zu sterben.

»Das werde ich tun«, sagte er seufzend, dann hörte er seine Tochter wimmern und schickte sich an, zu beten. Er wollte beten, um wieder an Gott, an irgendeinen Gott glauben und ihn um etwas bitten zu können, aber kein Gebet wollte über seine Lippen, kein reiner Gedanke in seinen Kopf kommen, nur der Geschmack seiner Lanzette nach Metall und Tod. In dem Moment hörte er, dass an die Tür geklopft wurde.

Das Klopfen kam vom Dienstboteneingang. Unter anderen Umständen hätte er einen Bediensteten geschickt, aber in dem Moment schoss ihm der absurde Gedanke durch den Kopf, dass dieses Klopfen eine Antwort auf sein misslungenes Stoßgebet sein könnte. Mit dem Gedanken, dass er um gar nichts gebeten hatte, hielt er sich nicht lange auf, denn er wusste, dass um nichts zu bitten dasselbe ist, wie um alles zu bitten.

Er öffnete die schwere Tür und sah niemanden. Eben noch hatte er den Freitod der Sonne verfolgt, und jetzt herrschte die Dunkelheit auf der Welt. Er entfachte die Kerze, die immer im Vorraum stand. Zuerst wurde ihr Schein von der Dunkelheit verschluckt, aber nach und nach konnte er eine kleine, dünne Gestalt ausmachen. Der Schatten kam auf ihn zu. Als er erkannte, dass es sich um eine Frau handelte, konnte er seine Enttäuschung nicht verhehlen. Im zittrigen Kerzenschein sah er eine knochige, rothaarige Frau in zerschlissener Kleidung.

»Wir brauchen keine Amme, wir haben bereits eine«, sagte er und wollte schon die Tür schließen.

Die Frau stellte einen Fuß auf die Türschwelle und hob ihre Hand. Eine Hand, so weiß und wächsern wie die einer Leiche, dachte er. In ihren Fingern glänzte etwas. Es war die Lanzette, die er hinausgeworfen hatte.

Ainur

»Woher weißt du das alles über Selene? Warst du dabei? Du schreibst über sie, als hättest du sie gekannt.«

»Ich kenne sie. Ich stöbere in alten Dokumenten wie du im Müll. In Dokumenten lässt sich, wie auch im Madrider Müll, alles finden, aber ähnlich wie beim Müll ist es schwierig, das Nutzlose vom Nützlichen zu unterscheiden, es ist mühselig, Wahrheit von Lüge, Geschichte von Fiktion zu trennen. Das Wertvolle lässt sich nicht auf den ersten Blick erkennen. Weder im Müll noch in der Bibliothek.«

»Und wie schreibst du?«

»Ich schreibe jeden Tag ein bisschen, ohne große Hoffnung oder Verzweiflung.«

»Woher weißt du, was sie gesagt hat?«

»Das steht in den Prozessakten, darin habe ich einen wahren Schatz gefunden. Ihre eigenen Niederschriften, anhand derer sie verurteilt wurde.«

»Sie konnte schreiben?«

»Das wurde als Argument gegen sie verwendet. In jener Epoche war es unchristlich und unüblich, dass eine Frau schreiben konnte. Die meisten Menschen konnten es nicht.«

»Und du kannst diese Schrift und die Art zu reden entziffern?«

»Es ist das Spanisch jener Zeit.«

»Ich finde, es klingt modern.«

»Ich transkribiere es, damit es zeitgemäß klingt. Wenn Selene sprach, benutzte sie keine altmodischen Worte, sie sprach eher die Jugendsprache der damaligen Zeit.«

»Die Jugendsprache des XVII. Jahrhunderts?«

»Ja, und die, die damals jung starben, werden für immer jung bleiben.«

»Aber woher willst du wissen, wie es klingt, wenn eine Lanzette aufprallt?«

»Ich weiß es, weil ich, wie alle Schriftsteller der Welt, dort war. Und ich habe alles gelesen, was sie vor Gericht ausgesagt hat, ich habe auch die Prozessakten von Meister Félix. Und was ich nicht über sie weiß, spüre ich, wenn ich mich im Spiegel betrachte.«

»An welcher Krankheit litt Meister Félix' Tochter?«

»Es war die Krankheit der Frauen, an der sowohl spanische Königinnen als auch Bürgerinnen, Wäscherinnen und Prostituierte starben.«

»Aber du sagst, dem Arzt wurde der Prozess gemacht. Weil er Selene geholfen hat? Wie kommt es, dass es keinerlei Hinweise auf diese bemerkenswerte Frau gibt?«

»Du sagst es, keinerlei Hinweise auf eine Frau.«

»Und was geschah?«

»Wenn du deine Hand aus meinem Geschlecht und deinen Atem von meinem Hals nimmst, kannst du es vielleicht lesen, statt mich von innen zu entziffern.«

Es waren noch keine acht Tage seit Ainurs Ankunft im Dorf vergangen, als auf ihrem Frühstückstisch der erste tote Rabe lag.

Der Leuchtturmbewohner

Der Leuchtturmbewohner hat ein Kindergesicht. Narben eines Alten. Falten wie Wege, die nirgendwohin führen. Sie ruht auf ihm. Mit ihm.

Sie, das bin ich. Wir befinden uns in dem Haus, das die Witwe Rius meiner Großmutter im Tausch gegen finstere Gefälligkeiten vermachte. Das Bett ist aus Eisen, so alt wie die Berge. Die Liebe ist das einzig Neue in diesem Zimmer, so neu, dass wir den Eindruck haben, als hätte sich vor uns niemand geliebt. Als hätte bis zu dem Augenblick niemand gelebt. Unser ganzes Leben wirkt wie ein Traum. Ein Märchen, das wir anderen erzählen. Denn das wirkliche Leben existiert nur hier und jetzt. In der rauen Berührung der Bettlaken, im Wind, der draußen neidisch pfeift, in der Müdigkeit, die uns die Augen zufallen lässt. Ein Ast trommelt ans Fenster, als würde er an einer Tür klopfen. Wir wären nicht überrascht, wenn uns gleich jemand festnähme, weil wir uns so begehren. Um so weit zu kommen, haben wir ein Gesetz des Himmels beziehungsweise der Hölle gebrochen. Wir müssen sehr unglücklich gewesen sein, dass wir alles Glück auf einmal einkassieren. Aber das ist unwichtig. Denn heute ist Zahltag. Die schlechten Zeiten sind vorbei. Wir sind zusammen. Heute. Heute Abend. Heute Nacht.

Es bedarf einer einzigen Geste, um die Illusion, dass alles gut ist, zu zerstören. Deshalb bewegen wir uns nicht, wir wollen, dass der Augenblick bei uns verweilt, damit die Zeit uns vergisst, damit die Zeit uns vergibt und sich mit uns unter den Leintüchern versteckt. Über dem Wind.

Doch ich bitte ihn, mir ein Glas Wasser zu holen. Es ist eine kindliche Bitte, ich weiß. Ich möchte glauben, dass ich einen Mann um etwas bitten kann und er die Bitte erfüllt. Um Wasser bitten. Wasser für jemand, der Durst hat. Durst nach Zeit. Zeit zu gewinnen und unversehrt zu bleiben. Nur dass wir natürlich nicht unversehrt sind. Wir wirken nur so. Und plötzlich holt uns die Zeit ein.

Er beschimpft mich. Ich sehe ihn an, als hätte er mir einen tödlichen Stich versetzt.

»Warum demütigst du mich?«, fragt er. »Hast du es nicht bemerkt?«

»Was bemerkt?«

»O mein Gott! Du weißt es nicht! Oder du tust nur so, jetzt müssen wir wieder von vorn anfangen, ich werde mir einbilden müssen, dass es dir nichts ausmacht, dass du mich akzeptierst, wie ich bin.«

»Was soll ich wissen? Warum siehst du mich so an? Als hätten wir uns eben erst kennengelernt. Als hättest du mich noch nie berührt. Als hätte es diesen Abend, diese Nacht nicht gegeben.«

Schlagartig, wie wenn man sich verabschiedet und sich den tödlichen Stich zufügt, schlägt er das Leintuch zurück. Ich sehe den Stumpf. Glatt wie ein Baumstamm, der von einer Axt gefällt wurde. Ich sehe das Plastikbein im Schuh stecken und den Strumpf eingerollt in die alten Decken und meine Dummheit.

»Aber du hinkst nicht, du hast nie gehinkt.«

»Ich habe das Bein schon als Kind verloren, ich hatte Zeit, gehen zu lernen. Es gehört zu mir wie das andere.«

»Du auch.«

»Ja, Ainur, ich bin auch ein Krüppel. Wie viele meiner Freundinnen hast auch du es nicht bemerkt oder nicht merken wollen. Das Unsichtbare ist für die Augen wesentlich.«

In diesem Dorf hier ist niemand das, was er zu sein scheint.

Ainur

Am Montag lag ein geköpfter Hahn auf meiner Türschwelle, am Dienstag ein Huhn auf der Treppe, am Mittwoch hing eine erdrosselte Katze an der Scheune, am Donnerstag lag ein totes Kaninchen vor dem Portal der Magdalenenkirche, die auf dem Platz gegenüber meinem Haus steht. Am Freitag hatte ich mich in die Arme des Leuchtturmbewohners geschmiegt, der mir mit rauer Stimme leise eine Art Wiegenlied vorsang, als wäre ich ein Baby, das nicht einschlafen kann.

Wenn ich einschlafe, wird sich alles aufklären. Wenn ich jetzt in seinen Armen einschlafe, werden sie mich nicht finden. Ich wäre gerettet.

Aber ich schlafe nicht ein; seit der tote Rabe auf meinem Frühstückstisch lag, kann ich nicht schlafen.

Selene

Ich arbeitete eine Woche in einem kleinen Nest südlich der Grenze. Die Kinder haben schmutzige Gesichter und geballte Fäuste. Ihre Mütter fürchten den Teufel mehr als den Tod, doch sie zahlen, damit sie von der Pest verschont bleiben, die aus Frankreich langsam näher rückt.

Ich sage ihnen, sie sollen sich die Hände waschen. Aber das reicht ihnen nicht. Ich sage ihnen, sie sollen keine Fremden ins Dorf lassen, die aus Städten kommen, wo die Plage wütet. Sie lachen. Ich sage ihnen eine Beschwörungsformel auf. Ich verdrehe die Augen und spreche in einer fremden Sprache. Daraufhin öffnen sich die Beutel und Herzen. Ich betreue eine Wöchnerin. Ich koche Wasser, wie es mir meine Tante beigebracht hat. Ich wasche mir die Hände. Ich putze alles. Ich verbrenne die Lappen. Der Mann billigt das nicht. Sie und ihr Baby überleben. Der Mann bezahlt mich gut, wobei mich die anderen Kinder, Waisen seiner ersten, bei einer Geburt gestorbenen Frau, ängstlich anstarren und sich bekreuzigen.

Ich sage ihm, er solle weder mit Eiern noch mit Milch bei ihr knausern und sie dürfe sich die ersten Tage nicht strapazieren. Sie hat kein Fieber, aber jede Vorsichtsmaßnahme ist noch zu wenig. Ich bleibe im Dorf, bis ich weiß, dass sie alles gut überstanden hat. Sie küsst mir die Hände, als ich gehe. »Ich hatte Angst«, sagt sie. »Soldaten können fliehen, aber was kann eine schwangere Frau tun, um dem Tod zu entrinnen?«

»Mich rufen«, antworte ich ihr und ziehe mit meinem Maulesel weiter, bevor mir der Mann noch Fragen zu stellen beginnt.

Beim Verlassen des Dorfes sehe ich eine Frau, die an einem Feigenbaum erhängt wurde. Die barfüßigen Kinder zerren an ihrem Rock, der sich vom Urin dunkel gefärbt hat. Sie wurde aufgehängt, weil sie eine Hexe war.

Sie riefen mich, weil sie verzweifelt waren. Nach drei Tagen der Wehen, der Schreie, der Lauferei, der Bittgebete, der Schafgarbe und des Rhabarbers hatte der Erbe des Schneiders noch immer nicht das Licht der Welt erblickt. Was das Licht erblickte, war ein Ärmchen mit ausgestreckter Hand, die sich bewegte, ohne dass wir wussten, ob sie uns begrüßen oder sich verabschieden wollte. Kurz darauf hing das Ärmchen schlaff und leblos wie ein Penis zwischen den gespreizten Beinen der armen Frau.

María schrie:

»Holt ihn mir raus! Holt ihn mir raus!«

In dem Moment sagte der Barbier zum Schneider, er müsse sich für das Leben seiner Frau oder das seines Sohnes entscheiden. Als María, die Wöchnerin, das hörte, stieß sie einen spitzen Schrei aus und befahl mit letzter Kraft, mich rufen zu lassen.

»Töte mich nicht, Mauricio! Lass mich nicht sterben! Schmeiß diesen Verbrecher raus und ruf Selene!«

Ich weiß nicht, ob Mauricio mich hätte rufen lassen, aber Marías Mutter, der die Worte des Barbiers nicht entgangen waren, hatte trotz ihres Alters und Hinkens nach knapp fünf Minuten laut schreiend an meine Tür geklopft.

»Rette meine Tochter! Das Kind liegt verkehrt!«

Ich hatte eine Phiole mit Dillöl und ein wenig Schmalz mitgenommen. Damit rieb ich meine Hand ein und schob mit Glück und ein wenig Mithilfe von María das Ärmchen in den großen offenen Leib seiner Mutter zurück.

Der Schneider schwitzte.

»Es ist kaum zu glauben, dass alle Menschen, die ich kenne, so auf die Welt gekommen sind. Gibt es keine andere Möglichkeit?«

»Lass meine Tochter nicht sterben«, wimmerte die Mutter der Frau, die zwischen Leben und Tod schwebte.

»Wehe mir! Beichte! Hilfe!«, schrie sie.

»Ruhe! Bei so viel Geschrei erschrickt das Kind noch! Hier stirbt niemand, bis ich es sage!«, brüllte ich. Mir war nicht bewusst, was ich sagte, denn ich hatte mich von der Hysterie der Anwesenden anstecken lassen und wusste, dass Mutter und Kind mit jeder Minute dem Jenseits näher waren.

Ich befahl der Mutter, der Wöchnerin den Schweiß abzutupfen, und den Mann schickte ich heißes Wasser holen. Nur um sie zu beschäftigen. Ich krempelte meinen Ärmel hoch und setzte, auf den Bauch der Mutter gestützt, meine ganze Kraft ein, um die Schulter des Babys zu drehen, bis wir wieder seinen kleinen Schädel am Eingang des Tunnels auftauchen sahen, den Mutter Natur uns Frauen geschenkt hatte.

Dann sagte ich zu der Wöchnerin, wobei ich ihre Hand ergriff:

»Jetzt schreie und presse mit aller Kraft der Himmels- und Höllenmächte.«

Um ihr zu helfen, legte ich mich mit meinem ganzen Gewicht auf ihren Bauch, und so sahen wir erst den Kopf, dann die Schulter und am Ende das ganze Bübchen herausflutschen, das bei der Berührung mit der schrecklich kalten Welt sogleich zu weinen anfing. Der Boden war voller Blut und

Kot, doch der Junge war rosig und sauber. Als wäre er vom Blut gereinigt. Seine Mutter zupfte ihm eine Blutfaser aus den Locken und drückte ihn an sich, während ich die Nabelschnur durchtrennte und sie mit einem Stück Schnur abband. Ich säuberte ihm mit meinem Ärmel die Ohren, die Augen, den winzigen Mund und legte ihn seiner Mutter auf den Bauch. Die Frau holte die pralle, gerötete Brust heraus, und der Kleine stürzte sich auf die Brustwarze. Er saugte sich daran fest, und ich wünschte ihm, sein Leben möge so glücklich werden wie in diesem Augenblick. Die Nabelschnur hörte auf zu pochen, kräuselte sich und wurde weiß.

Das andere Ende der Nabelschnur hing noch aus der Frau heraus. Kurz darauf zuckte sie, und eine rosa Masse ergoss sich wie ein Blutbeutel auf die Bodenfliesen. Das war die Plazenta. Das Blut rann weiter, tränkte das Lager und begann schließlich zu fließen, als wollte es den Durst des Universums löschen. Ich wischte die Flecken, so gut ich konnte, auf, aber es bildeten sich immer wieder neue.

Die Wöchnerin blutete weiter; von ihrem Bauch bis zur Türschwelle bildete sich ein Bach.

»Das ist ja wie beim Schweineschlachten«, sagte die frischgebackene Mutter. Und ich erkannte, dass sie Fieber hatte.

»O mein Gott! Das ist meiner Schwester auch passiert!«, jammerte der Schneider. »Meine Frau stirbt! María, du musst beten und deine Sünden bereuen.«

»Beten ist immer gut, Bruder, aber mit der Hilfe Gottes hat ihr Stündlein noch nicht geschlagen«, mischte ich mich ein und stillte weiter das Blut. Ich fühlte mich wie der Junge, der mit einer Muschel das Meer leer schöpfen will.

María, die Frau des Schneiders, war leichenblass und hatte aufgehört zu klagen, ich glaube, sie sah uns nicht einmal mehr.

Ich bat die Großmutter, eine klare Brühe zuzubereiten, aber nicht zu heiß, damit sie sich nicht verbrannte, und sie ihrer Tochter löffelweise zu verabreichen.

Ich hob das Kleid der jungen Frau. Ihr Bauch sah aus wie ein erschlaffter Luftballon. Ich tastete das zuckende Fleisch ab, und die Frau wimmerte. Wie ich befürchtet hatte, war der Uterus weich. Er hatte sich nicht zusammengezogen und blutete weiter. Ich begann ihn zu massieren.

»Hilft das?«, fragte der Mann.

»Manchmal.«

Doch der rote Fluss schien unaufhaltsam. Ich legte beide Hände auf ihren Bauchnabel und fragte in einer plötzlichen Eingebung:

»Kann jemand bis hundert zählen?«

Keiner konnte es, also ließ ich sie ein Vaterunser beten und zählte selbst, ganz langsam, presste mit meiner ganzen Kraft und bat von Herzen irgendeinen Gott, er möge nicht die Frauen gebären lassen.

»Sie hat aufgehört zu bluten!«, rief Marías Mutter plötzlich.

Ich betete, das Blut möge versiegen, und presste weiter. Dann hob ich langsam eine Hand. Alle verharrten reglos. Die Zeit blieb stehen. Marías Mutter war mit der Suppenschüssel in den ausgestreckten Armen zur Salzsäule erstarrt. Nicht einmal das Neugeborene rührte sich.

Es floss kein Blut mehr. Es gab Umarmungen, Küsse und zwei Dukaten. Die Frau des Schneiders schlug die Augen auf und aß die Suppe. Das ganze Dorf freute sich, nur der Barbier nicht.

Ainur

Es gibt zwei wichtige Bücher für uns«, sage ich, wobei ich ihm die Haare aus dem Gesicht streiche. »Eins ist der *Lazarillo de Tormes*, das Buch, das uns zusammenbrachte, das Buch, das zu Selenes Verurteilung geführt hat und das sie selbst geschrieben haben könnte, da der Verfasser anonym ist und ebenso gut eine Frau gewesen sein könnte.«

»Den *Lazarillo* kann unmöglich eine Frau geschrieben haben«, murmelt er, während er meine Brustwarzen sucht.

»Warum? Sind sie etwa dümmer?«, frage ich und schlüpfe unter seinem verschwitzten Körper hervor.

»Das sind sie nicht, es ist nur deshalb unwahrscheinlich, weil die meisten Frauen in jenem Jahrhundert mit Gebären, Putzen oder Beten beschäftigt waren. Huren, Ehefrauen und Nonnen, was anderes gab es nicht«, sagt er und küsst meinen Po.

»Es gab Selene, eine Frau, die davon lebte, die Heilkunst auszuüben …« Er nimmt mir den Atem mit dem seinen, aber es gelingt mir, ihn beiseitezuschieben, ich will nicht, dass das Gespräch so endet.

»Es gab kaum Selenes, sie war eine Ausnahme und wurde, wie alle Ausnahmen, umgebracht.«

»Und wenn sie nicht auf dem Scheiterhaufen gestorben ist?

Wenn es stimmt, dass sie sich in ein Kloster geflüchtet hat und Bücher schrieb?«

Ich suche seinen Mund und das Ende des Disputs, aber ich finde beides nicht.

Selene

Selene blieb keine Zeit, sich um die geköpften Tiere an ihrer Tür und die seltsamen Stimmen, die sie heimsuchten, Sorgen zu machen. Der November kam und mit ihm die Sintflut. Es regnete Schlamm und Blut. Der Regen beschmutzte die Welt und verschmierte die Augen mit Schleim. Niemand suchte um ihre Dienste an, und das Öl in ihrem Kännchen schwand ebenso dahin wie der Mut in ihrem Herzen, das verzagte, das wie ein Fisch außerhalb des Wassers nach Luft schnappte und nur in Schwung kam, wenn sie das Klopfen an ihrer Tür vernahm und eine gedämpfte Frauen- oder Kinderstimme nach ihr rief, damit sie eine Seele oder einen Körper rettete. Sie heilte zwei Kranke vom Koterbrechen, ein anderer starb ihr unter den Händen, aber seine Angehörigen mussten einräumen, sie zu spät gerufen zu haben. Sie erhielt drei Dukaten und schöpfte ein wenig Hoffnung. Mit der Zeit würden die bösen Zungen verstummen, und sie könnte wieder in Ruhe leben, ohne von jemand behelligt zu werden. Sie führte ein einsames Leben, sie sprach höchstens mit ihrem Esel, der *Wahrheit* hieß, und mit ihrer Katze, die sie *Nebel* genannt hatte. Satán, der große schwarze Hund, war ein freies Wesen, das kam und ging, und immer gab es ein Stück Fleisch und einen Platz an der Feuerstelle für ihn. Hin und wieder schaute ihre einzige Freundin Casilda, eine verwitwete Näherin, vorbei. Aber das geschah selten, weil Casilda schon alt war und Angst vor dem Regen und dem damit einhergehenden Missmut hatte, außerdem fürchtete sie Gerede noch mehr als Krankheit.

Selene träumte davon, den Herrn im roten Überrock wiederzusehen, aber sie wusste nicht, ob das je geschähe oder ob sie allein sterben würde wie ihre Tante. Allein, aber nicht mehr Jungfrau, dachte sie amüsiert. Sie verstand nicht, warum derselbe Akt, dessen sich die Männer in der Taverne brüsteten, für die Frauen eine Schande sein sollte.

Sie erzählte Casilda davon, als sie ihr ein Heilmittel gegen die Knochenschmerzen zubereitete.

»Wir alle kommen vom selben Ort und kehren zum selben Ort zurück. Wenn unsere Körper Tempel sind, müsste der Frauenkörper der heiligste sein, denn er kann Leben schenken. Und tatsächlich können nur Frauen Leben schenken. Sie sind es, die die Spinnrocken und die Welt zum Drehen bringen.«

»Sei still, Selene«, sagte Casilda. »Die Welt dreht sich nicht, nur die Spinnrocken, und alles geschieht nach Gottes Willen. Wenn es denn einen Gott gibt.«

»Das hast du ja gut hingekriegt. Wir beide werden noch in den Händen der Inquisition enden.«

»Sei still, sei still!« Casilda bekreuzigte sich. »Diese Worte dürfen diese vier Wände nicht verlassen.«

Andere Male versuchte Casilda die Freundin dazu zu bewegen, ihren Beruf aufzugeben.

»Du könntest Amme werden oder Kinderfräulein, das sind würdige Beschäftigungen für eine Frau. Es stimmt nicht, was du sagst, dass man sich als Frau nur mit der Heilkunst auf würdige Art und Weise sein Leben verdienen kann.«

»Eine Amme ist eine Magd, die geboren hat, und ein Kinderfräulein kümmert sich um ein Kind, das nicht ihr eigenes ist, sie ist eine weitere Hausmagd. Ich bin frei und kann lesen.«

»Ach, du meine Güte, ich habe ganz vergessen, dass die Prinzessin lesen kann wie ein Geistlicher. Du wirst sehen, dass du dir mit dieser Fähigkeit nur Probleme einhandeln wirst. Du könntest für die Adelshäuser nähen wie ich.«

»Casilda, du lebst mehr schlecht als recht vom Nähen und überlebst nur mit Hilfe der Pachten, die dir dein verstorbener Mann hinterlassen hat.«

»Das stimmt, aber Heilen ist ein wichtiger Beruf geworden, Männersache.«

»Ja, und als es noch nicht so wichtig war, durften wir Frauen es tun, unsere Aufgabe bestand darin, den Sterbenden den Hintern abzuwischen und die schädlichen Ausdünstungen des Todes einzuatmen, und jetzt, wo das Heilen, wie alles Gute, ein wunderbarer Beruf geworden ist, ist es Männersache. Bevor dieser Quacksalber aus Valladolid in dieses Nest gekommen ist, habe ich die Menschen geheilt. Was ist das?«

Sie vernahmen ein lautes Klopfen und glaubten, dass jemand dabei war, die Tür mit einem Holzprügel einzuschlagen. Manchmal riefen die jungen Burschen auf dem Heimweg von der Kirmes den beiden Frauen, die allein lebten und keine Männer hatten, die sie verteidigen würden, Beleidigungen zu. Selene wollte nicht öffnen, aber das Klopfen klang wie ein Trommeln. Es zehrte an den Ohren und den Nerven. Casilda ging die Tür öffnen und wurde von einem Schwall Wasser, das die Straße herabstürzte und zwei tote Schweine mitgerissen hatte, zu Fall gebracht. Es waren die Schweine gewesen, die wie Geister an Selenes Tür geklopft hatten. Es blieb ihnen kaum Zeit, das Haus zu verlassen, Selene schnappte sich *Wahrheit* und setzte *Nebel* auf seinen Rücken. Sie half der alten Casilda aufsteigen, und beide mussten hilflos mit ansehen, wie der Fluss Selenes Hütte, ihre Kräuter, ihre Bücher und ihre Hoffnungen verschlang. Doch das Schlimmste stand noch bevor.

Ainur

Der Leuchtturmbewohner zog mir den Slip aus und erklärte mir dabei, dass es nicht einmal für Nonnen einfach gewesen sei, Bücher zu schreiben. Sogar die heilige Teresa sei ständig Gefahr gelaufen, in die Fänge der Inquisition zu geraten, und hatte wie alle Nonnen einen Beichtvater, dem sie selbst die intimsten und geheimsten Gedanken beichten musste.

»Solche, wie ich sie gerade habe?«

»Schlimmere. Als Frauen durften sie nicht selbst sündigen, ihre geistigen Führer dachten und sündigten für sie.«

Du hast von zwei Büchern gesprochen. Welches ist das zweite?«, fragt Magic und zeichnet rätselhafte Symbole auf meine nackten Brüste.

Ich stehe auf und gehe zur Anrichte. Mit einem schweren Band kehre ich zurück und halte ihn ihm mit einem halb schelmischen, halb verärgerten Blick hin. Wenn er warten möchte, das Verlangen verschieben … Wenn er es riskiert, zu reden, werden wir reden.

»MALLEUS MALEFICARUM – Der Hexenhammer.«

Als ich es ausspreche, klingt meine Stimme wie eine verstimmte Gitarre. Ich reiche dem Leuchtturmbewohner das schwarze Buch, das sich in seine Hände schmiegt wie ein zärtliches Kätzchen.

»Die Geisel der Hexen. In diesem Buch stehen die schlimmsten Lügen, die je über Hexen verbreitet wurden. Und über Frauen.«

Ich erzähle ihm, dass zu der Zeit, als dieses Buch geschrieben wurde, beide Begriffe Synonyme und die einen wie die anderen verflucht waren. Vielleicht werden deshalb fünfunddreißig Arten der Folter einer Hexe so detailliert darin beschrieben. Das Buch ist der Katechismus der Frauenfeindlichkeit der katholischen Kirche. Es wurde 1486 von zwei Dominikanermönchen und Inquisitoren geschrieben. Das Vorwort ist eine päpstliche Bulle.

Das Buch fällt zu Boden, Magic tritt den Erlass des Papstes mit Füßen.

»*Summis desiderantes affectibus* – in unserem sehnlichsten Wunsche, Bulle von Papst Innozenz VIII. im Jahre 1484«, zitiere ich laut.

»Dieses Buch tötet. So oft wurde wegen eines Buchs getötet … Dieses Buch ist das Böse schlechthin, in ihm wohnt der Wahnsinn. Es war eine auf die Frauen gerichtete Waffe. Das Buch und der Erlass des Vatikans, der übrigens nie aufgehoben wurde, stempeln die Hexen zu Geliebten des Teufels. Es ermöglichte, ihnen mittels Folter Geständnisse abzuringen. Es entfesselte eine schreckliche Massenhysterie gegen Hexen in ganz Europa. Und es war neben der Bibel das meistgelesene Buch jener Epoche. Es war der Leitfaden für die Hexenjagd und diente dazu, ein paar der entsetzlichsten und grausamsten Gewaltakte zu begehen, die der menschliche Geist hervorgebracht hat. Alles hatte seinen Ursprung in der Angst der Kirche vor den Frauen.

Schlag irgendeine Seite auf und lies.«

Magic liest mit so männlicher Stimme, dass mir die schrecklichen Worte wie perverses Flüstern vorkommen.

»Hexerei entsteht aus körperlichem Verlangen, das bei den Frauen unersättlich ist … Wenn eine Frau selbständig denkt, denkt sie an das Böse … Frauen sind auf dem geistigen Stand von Kindern …«

»Frauen sind verlogen«, fährt er fort, »geistesschwache Wesen, die ständige männliche Kontrolle benötigen. Sie sind verantwortlich für die Impotenz des Mannes, sie verführen ihn und zerstören seine Seele. Die Stimme des Buches ist die

Stimme eines alten Priesters, den die Frauen seit seiner frühesten Jugend abgewiesen hatten: Er beschuldigte die Hexen, mit dem Teufel zu paktieren, sexuelle Beziehungen mit ihm zu unterhalten, Babys zu opfern, Kinder zu verspeisen …«

»Das sind fast dieselben Anschuldigungen, die man gegen die ersten Christen erhoben hat«, sagt Magic.

»Dieselben Anschuldigungen, die man im Mittelalter den Juden machte, Anschuldigungen, die angeführt werden, wenn man einen Sündenbock braucht, wenn Hunger, Armut und Unwissenheit vorherrschen und wir unfähig sind, die Schuld bei uns selbst zu suchen.«

»Dann suchen wir sie bei den anderen.«

»Und für diese Männer waren diese anderen die Frauen, vor denen sie sich fürchteten und die sie zugleich begehrten. Das Buch beschuldigt sie, zu fliegen und die Penisse der Priester verschwinden zu lassen!!!«

Magic lacht laut auf.

»Ich hatte schon als Kind die Befürchtung, dass meinen eine Hexe fressen könnte …«

»Mach keine Scherze über das vergossene Blut so vieler Frauen. Sieh mal, wie das Buch endet, wie eine Lobpreisung Gottes: »Der seither das männliche Geschlecht vor einem so grausamen Verbrechen geschützt hat.«

Meine Hände zittern, als ich das Buch, das Zähne zu haben scheint, unvermittelt zuschlage. Ich hatte sie am eigenen Leib gespürt, denn auch Worte können beißen. So viel weiß ich.

»Das war der Holocaust der Frauen«, sage ich und heiße ihn schweigen, als säßen wir im Unterricht und als wäre ich seine Lehrerin. Das erregt ihn. Er sieht mich mit laszivem oder bewunderndem Blick an.

»Ich weiß es nicht, aber ich werde es schon bald herausfinden.«

Wir waren verdammt. Alle Welt weiß, dass es die Inquisition gab, aber die Verfolgung durch die Zivilgerichte war noch blutiger. Jahrhundertelang wurde Europa vom Wahnsinn, der sich gegen die Hexen richtete, heimgesucht. Fünf Millionen Menschen, fast alles Frauen, wurden hingerichtet, wobei man sich auf die »Geständnisse« berief, die ihnen durch die Folter abgerungen worden waren. Wen die Kirche nicht unterjochen konnte, den zerstörte sie durch die Hexenjagd. Wenn es Krieg gab und der Krieg erst Hunger und dann Plagen mit sich brachte, war das nie die Schuld der Könige, der Herren, der Bischöfe oder der schlechten Regierung. Da es nicht Gottes Schuld sein konnte und der Teufel zu abstrakt war, war es die Schuld der Frauen. Das Werk der Hexen. Es gab noch ein anderes Buch. Es steht alles in Büchern, selbst der Schrecken: die Eiserne Jungfrau, ein eiserner Kasten, mit Dornen gespickt, in den man die Frauen steckte und ihre Körper durchstach, Folterbänke, die ihre Extremitäten brutal herausrissen, Nagelbetten, der »Hexenstuhl«, ein Metallstuhl, unter dem ein Feuer angezündet wurde, die Dornenklammer, eine eiserne Apparatur, die dem Opfer Stacheln in die Zunge trieb, und Schlimmeres. Ich hielt die Kupferstiche in der Hand und war unfähig, sie anzusehen, konnte jedoch meinen Blick nicht davon abwenden.

»Die häufigsten Beweise, um eine Hexe zu überführen, waren sexuelle Abartigkeiten. Um diese zu demonstrieren, wurde die Frau stets ausgezogen. So entstand der Beruf des Hexenjägers.«

»Hexenjäger?«

»Professionelle Hexenjäger. Um sich ihren Lebensunterhalt zu verdienen, waren sie gezwungen, an allen Ecken Hexen zu entlarven. Bei jeder Verurteilung bekamen sie eine bestimmte Geldsumme, auch Informationen wurden gut bezahlt.«

»Die Nachbarn denunzierten ihre Nachbarn und die Brüder ihre Schwestern.«

»Es war wie im Stalinismus.«

»Es war wie immer bei Verfolgungen. Niemand ist unschuldig, bis das Gegenteil bewiesen ist.«

»Und wie kann jemand beweisen, dass er unschuldig ist? Was taten sie, um die angeblichen Hexen zu ›enttarnen‹?«

»Sie stachen mit glühenden Nadeln und Feuerhaken in den nackten Körper des Opfers. Keine Frau wurde verschont. Die Armen und die Frauen, die keinen mächtigen Beschützer hatten, die Schönen und die Waisen und die Witwen, Tausende von Witwen fielen ihnen als Erste zum Opfer. Jede konnte eine Hexe sein. Alle waren verdächtig. Es waren Jahrhunderte des Grauens.«

»Das waren keine Hexenjäger. Das waren Sadisten, die sich am Leiden der Frauen sexuell aufgeilten.«

»Kann sein. Viele waren Mönche. Sie rechtfertigten ihre Gewalttaten mit der Behauptung, die Hexen trügen ein Zeichen am Körper. Das Teufelsmal. Einen Punkt, an dem sie keinen Schmerz verspürten.«

»Mit anderen Worten, der Teufel nimmt dir den Schmerz, und die Botschafter Gottes sollen ihn dir zufügen.«

»Sie setzten auch Wasserfolter ein. Sie fesselten die Frau und warfen sie ins Wasser. Wenn sie unterging, war sie unschuldig.«

»Unschuldig, aber tot.«

»Wenn sie sich aber bewegte, um sich über Wasser zu halten, oder es ihr gelang, sich treiben zu lassen, war sie schuldig und starb am Galgen oder auf dem Scheiterhaufen.

So starben viele Frauen. Die meisten waren Heilerinnen oder Hebammen. In Frankreich stellte sich sie sechzigjährige Aldegonde, die der Gerüchte über ihre angebliche Hexerei überdrüssig war, freiwillig, um ihren Namen reinzuwaschen. Sie wurde erwürgt und auf den Scheiterhaufen geworfen. Chiara Signorini war eine italienische Bäuerin, die fast alle

Krankheiten kurieren konnte, ein so schweres Verbrechen, dass sie dafür lebenslangen Kerker verdiente.«

»Dann sind nicht alle auf dem Scheiterhaufen gelandet.«

»Nicht immer. In Katalonien wurden sie gehängt. Man muss sagen, dass die Inquisition in Spanien noch wohlwollend mit den Hexen umging. Die meisten erhielten eine milde Strafe, und die Inquisition rettete viele gar vor dem Zorn der Dorfbewohner. Die großen Verfolgungen fanden in Frankreich, Deutschland und England statt. Trotzdem gab es auch bei uns spektakuläre Prozesse und berühmte Hexen wie die von Zagarramundi ...«

»Und Selene, deine Hexe.«

»Meine Hexe Selene ist ein Sonderfall, ungewöhnlich und merkwürdig. Ich wollte meine Doktorarbeit schon über Walpurga Hausmanin schreiben. Sie war Hebamme und lebte in Dillingen, einem abgelegenen Dorf in Deutschland. Erst wurden ihr die Brüste mit glühenden Eisen verbrannt, dann hackte man ihr die rechte Hand ab und riss ihr schließlich die Arme aus. Anschließend wurde sie auf dem Scheiterhaufen verbrannt. Das alles auf Befehl des Bischofs von Augsburg, der ihr ganzes Eigentum erhielt. Angeblich hat er sie vor ihrem Tod noch vaginal und anal vergewaltigt.«

»Der Teufel war in dem Fall er.«

»Er war ein Teufel, der behauptete, im Namen Gottes zu handeln. Sie folterten die Frauen, bis sie gestanden, und unter Marterqualen gestanden sie das, was die Richter hören wollten. Deshalb klingen alle Geständnisse ziemlich ähnlich. Die Hexenjäger waren Teufelswesen. Wie es oft vorkommt bei Verfolgern, verkörperten sie selbst oft all das, was sie angeblich verfolgten, und ließen sich von Schäbigkeit und Neid leiten, von all dem Erbärmlichen, Dunklen und Gewalttätigen, das der menschlichen Seele innewohnt. Es starben zweifelsohne die besten, die weisesten Frauen. Auf Englisch heißt Hexe *witch*, was dieselbe Wurzel hat wie »weise« und bedeutet: weise Frau. Sie bekämpften das Wissen der Frauen, vor allem ihr heilkundliches Wissen, denn Wissen ist Macht. Die schlimmsten Verfolgungen gab es nicht im Mittelalter, wie man glaubt, sondern im XVI. und XVII. Jahrhundert. Als die ersten Universitäten entstanden, zu denen Frauen der Zugang verboten war, rissen die Männer die Macht des Heilens an sich, die, wie das Versorgen von Kindern, Alten, Kranken und Kriegsverletzten, immer in Frauenhänden gewesen war. Jetzt entdeckten die Männer den Stellenwert der Heilkunde und verbannten die Frauen aus dem Tempel der Medizin. Daraufhin schienen alle, die heilten, Hexen zu sein. Die Geburtshilfe war der letzte Ort, von dem sie die Frauen vertrieben.«

»Ihnen wurde bewusst, dass die Frauen schon die Macht hatten, Leben zu schenken. Hätte man ihnen auch noch die Macht zugestanden, den Tod zu besiegen, wäre es unmöglich gewesen, sie zu unterwerfen.«

»Deshalb nahmen sie ihnen das Leben.«

»Ja, sie nahmen ihnen das Leben und das Wissen, damit sie für immer Sklavinnen blieben, Bäuche, die sich aufblähten, Beine, die sich dem Herrn öffneten. Lippen, die die Macht des Herrn aufsogen. Hintern, die sich beugten. Damit sie mit den Männern dasselbe machten, was sie, laut Anklage, mit dem Teufel machten. Aber der Teufel waren sie, die Männer, die Herren, Männer, die Frauen unterdrücken wollten, und der Hexensabbat war ihr Traum von der sexuellen Orgie mit sadistischen Ritualen.«

»Interessant.«

»Wahr.«

»Du kannst es nicht beweisen.«

»Ich werde es beweisen.«

Selene

Sie hatte diesem dummen Mediziner gesagt, er solle sich die Hände waschen. Sie hatte ihn äußerst höflich darum gebeten, doch es hatte nichts genützt. Der Mediziner kam von der Behandlung eines Sterbenden mit hohem Fieber und hatte, ohne sich die Hände zu waschen oder sich seelisch darauf einzustellen, das Kind dieser Sechzehnjährigen auf die Welt geholt, die keine siebzehn werden sollte, die ihren Sohn nicht aufwachsen sehen und auch nicht Großmutter werden würde, weil sie drei Tage nach seiner Geburt am Kindbettfieber starb.

Ainur

Es ist eine Nacht mit abgekapptem Mond, der am kalten Himmel hängt wie eine angebissene Melone, die man erst einmal beiseitegelegt hat. Der Nebel will sich den Mond nicht ganz einverleiben und spielt mit den Klippen. Wenn man die Ohren spitzt, kann man hören, wie sich das Meer wütend an den Felsen bricht. Auch der Schatten ist wütend, wenn er sich vor dem Eingang der vor langer Zeit geschlossenen Kohlemine abzeichnet. Der Schatten bewegt sich entschlossen auf das schlafende Haus zu. Die Menschen sind vor einiger Zeit schlafen gegangen und die Vögel noch nicht aufgewacht. Nur das Pferd ist wach und sieht, wie sich der Schatten durch eine Öffnung in der Hecke schlängelt. Der Schatten hält inne. Er raunt ein paar unverständliche Worte, die gut klingen. Wichtig ist der tiefe, beruhigende Ton. Vertraut.

Nach wenigen Minuten zieht der Schatten langsam weiter. Kaum ist er ein paar Schritte vorangekommen, wiehert das Pferd. Als der Schatten das hört, bleibt er wie angewurzelt stehen, setzt aber gleich darauf seinen Weg fort, ohne seine alberne Litanei in tiefem, beruhigendem Tonfall zu unterbrechen. Der Schatten hält sich aufrecht, und selbst im Dunkeln erkennt das Pferd, dass er ihm in die Augen schaut. Die Stimme klingt weiter wie Regen, sie passt sich den Schritten an, der Körper der Stimme flüstert anhaltend ein einziges Wort: Vertrauen. Das Pferd hat Vertrauen, es rührt sich nicht, als der Schatten bei ihm ankommt und es streichelt, wobei er weiterspricht und ihm seine Handflächen auf den heißen Nacken legt und das Klopfen seines rasenden Herzens spürt. Es rührt sich nicht einmal, als der Schatten ihm seine Hand auf den Bauch legt oder als seine gluckernde Stimme erstirbt und er sich stumm und schuldbewusst entfernt.

»Warum schreibst du keinen Roman über Hexen?«

»Ich glaube nicht an Romane, ich schreibe nur über Dinge, die geschehen sind, die in diesem Moment geschehen oder geschehen werden. Ich habe kein Talent für Dinge, die nicht wirklich geschehen sind, das überlasse ich Eugenia.«

»Wer ist Eugenia?«

»Eugenia Rico, eine Freundin aus der Schulzeit, die mich gelehrt hat, keine Schriftstellerin zu werden.«

Warum drehst du keinen Dokumentarfilm? Wir könnten meine Fotos und deine Texte benutzen. Wir würden gemeinsam etwas Bleibendes schaffen, statt uns in einer Bodenkammer zu küssen.«

»Die Fotografie ist Licht, und der Roman ist Zeit«, sage ich. »Der Roman ist ein Trick, um die Zeit anzuhalten, eine Zeitmaschine, eine Zeitbombe. Wahrhaftig wäre ein Roman, in dem die Zeit, die man zum Lesen benötigt, identisch mit der Zeit in der Handlung ist. Ein solcher Roman ist wahrscheinlich unerträglich. Niemand will, dass ein Roman wahrhaftig ist. Doktorarbeiten, Geschichte und Mathematik sind wahrhaftig, von einem Roman erwarten wir nicht, dass er uns die Wahrheit sagt, sondern dass er uns täuscht.

Romane sind immer wahr, unsere Leben sind falsch.

Deshalb werde ich nie einen Roman über Selene schreiben. Ich könnte so viel Wahrheit nicht ertragen.«

Wenn heute kein totes Tier auftaucht, wird mich der Leuchtturmbewohner lieben und die Totschläger werden mich nicht finden.

Es war Sonntag, und die Glocken der Magdalenenkirche läuteten zur Totenmesse, als der erste anonyme Brief eintraf.

Mit einem großen, stumpfen Messer, wie es schlechte Metzger benutzen, ein Messer, das den Todeskampf der bedauernswerten Tiere verlängert, war er an ihre Haustür genagelt worden.

Beim Lesen hielt sie den Atem an und musste schließlich husten.

Du bist verliebt und wirst mir nicht glauben, aber der Mann, den du liebst, ist nicht gut, er hat Frauen, die mehr wert waren als du, vergewaltigt und getötet. Er ist der leibhaftige Teufel. Aber du bist verliebt und wirst mir nicht glauben.

Sie lief mit dem zusammengeknüllten Brief, den sie wie einen Liebesbrief an die Brust drückte, ins Dorf hinunter. Die Alte im Krämerladen sagte ihr, dass niemand gestorben sei. Derjenige, der dem alten Küster das Läuten der Glocken beigebracht hatte, kannte nur das Geläut zur Totenmesse.

Wenn ich herausfinde, wer den anonymen Brief geschrieben hat, bin ich gerettet. Wenn ich heute Morgen einen Raben sehe, werde ich herausfinden, wer den anonymen Brief geschrieben hat.

Es gibt ein Haus. Es steht am anderen Ende des Dorfes. Es besteht aus Stein und hat blaue Balkone. Die Fenster sind immer geschlossen, die Rollos heruntergelassen. Man könnte meinen, dass niemand darin wohne, aber das Haus ist in tadellosem und perfektem Zustand wie eine verschlossene Muschel. Jeden Morgen wird die Zeitung auf die Treppe gelegt, die auf geheimnisvolle Weise verschwindet. Es heißt, dort wohne ein Mann, der kein Tageslicht hineinlasse. Ein Mann, der das Haus nur nachts verlasse. Es heißt, er sei Priester gewesen. Ich nenne ihn den Herrn der Dunkelheit.

Es heißt, das Haus des Herrn der Dunkelheit sei voller schrecklicher schwarzer Gesichter, es heißt, ein Kind habe es einmal betreten und sei bei ihrem Anblick tot umgefallen. Es heißt, es seien nur afrikanische Masken. Es heißt, dass er einmal Missionar war. Es heißt, dass er Waffenhändler war. Niemand aus dem Dorf legt sich mit ihm an. Die Bewohner sehen ihn nur selten und haben ihn fast vergessen. Oder sie wagen es nicht, sich an ihn zu erinnern.

Frauen sind immer noch angsteinflößend, sie sind der Erde zu nah, sie sind wie Höhlen, in denen das Dunkle mit dem Leben kommuniziert. Männer misshandeln Frauen, weil sie sie fürchten, wie sie ihre Mütter fürchteten. Voller Verlangen. Voller Verachtung. Voller Verzweiflung.

Ich bin allein und schreibe; mir ist kalt. Mir geht durch den Kopf, dass es keinen Sinn hat, über die Hexen der Vergangenheit zu schreiben, ich sollte mich mit der Hexenjagd in unserer Zeit beschäftigen. Die Henker tragen andere Namen, sind aber dieselben. Ich weiß nicht, ob das, was ich tue, zu irgendetwas nütze ist. Es ist die Wiederholung, die der Welt den Garaus macht. »Wenn alles beim Alten bleiben soll, dann muss alles sich ändern«, sagte Il Gattopardo. Die Liebe lohnt sich nur, wenn sie mit dem Trugschluss einhergeht, sie zum ersten Mal zu erleben. Wenn sich die Geschichte zu oft wiederholt, ist sie keine Geschichte mehr, sondern Überdruss. Mir ist kalt, und ich habe Angst. Dennoch sagt mir etwas, dass ich weiterschreiben sollte. Dass ich weiter Selene suchen sollte. Dass ich sie nicht nur in den Akten, in den Handschriften auf feinstem Pergament in staubigen Archiven und privaten Nachlässen finden werde. Ich spüre, dass ich Selene in einer dunklen Nische meines Lebens finden werde. Ich weiß, dass sie mir, kurz bevor ich sie vergesse, den Weg weisen wird. Einen Weg, von dem ich nicht weiß, wohin er führt.

Consuelo

Mir gehört der einzige Laden in diesem erbärmlichen Dorf, sodass sich auf dieser Seite der schwarzen Klippen kein Blatt rührt, ohne dass ich es erfahre. Und ich nehme das sehr ernst. Ich bin in gewisser Weise die Wächterin dieses Dorfes, seiner Moral und seiner Geschicke, seiner Sünden und seiner kleinen Schäbigkeiten, denn wir wollen gut sein, wissen aber, dass wir keine Heiligen sind.

Anfangs zeigten sich etliche misstrauisch mir gegenüber, aber mit der Zeit und der Langeweile haben mir alle ihre Geschichten erzählt, denn hier gibt es wenig zu tun. Früher, als alle Welt noch zum Fischfang aufs Meer hinausfuhr und die Felder mit dem römischen Pflug beackerte, fand man kaum Zeit, sein Herz auszuschütten, aber heutzutage, mit den Traktoren und den Franzosen, die uns keinen Thunfisch mehr fangen lassen, mit den Frühpensionierungen und den Landstraßen, die nicht dazu führten, dass die Leute herkamen, sondern dass sie weggingen, mit alldem sind wir alt geworden, man könnte auch sagen, im Alter sind wir alle Geschwister, und diejenigen, die mich als junge Menschen verachteten und Glasauge nannten, haben sich schließlich an den Kohleofen gesetzt, der winters wie sommers in meinem Laden brennt, und einer nach dem anderen hat mir freiwillig oder unfreiwillig seine Sünden gebeichtet.

Ainur

Eines Tages lag der tote Rabe auf meinem Frühstückstisch. Eines Morgens traf der erste anonyme Brief ein. In diesem Dorf gibt es einen Verrückten. Ich weiß nicht, wer es ist, aber er weiß sehr gut, wer ich bin.

Die Alte aus dem Krämerladen hieß Consuelo. Sie hat mir viel erzählt. Sie kannte die Geschichten aller Dorfbewohner. Sie erzählte mir vom Leuchtturmbewohner, dem der Ruf vorausging, er sei verrückt. Sie erzählte mir vom Herrn der Dunkelheit, dem der Ruf vorausging, er sei ein Heiliger.

Sie erzählte mir die Geschichte der beiden verkrüppelten Riesen und die Geschichte von Gago, dem Briefträger, der mit seinem Geländewagen über die Feldwege zur asphaltierten Landstraße hochfuhr.

Sie erzählte mir die Geschichte von der Dschungelliane mit dem Namen Ayahuasca und dem Herrn der Dunkelheit.

Sie erzählte mir sogar, dass ihre Mutter gehört hätte, wie deren Mutter die Geschichte von Selene erzählte, der Heiligen, die man vor über vierhundert Jahren auf dem Dorfplatz als Hexe verbrannte.

Aber nicht einmal Consuelo konnte mir etwas über das Leben des Leuchtturmbewohners sagen.

Der Herr der Dunkelheit verließ nur einmal in der Woche das Haus, um im Gemeindesaal Billard zu spielen.

Er war ein großartiger Spieler, er gewann gern, und er wettete gern. Obwohl schon lange niemand mehr mit ihm wettete, weil er immer gewann, und niemand mehr mit ihm spielte, weil keiner im Dorf oder in der Umgebung mit ihm konkurrieren konnte. Trotzdem spielte der Herr der Dunkelheit jeden Samstag Billard. Allein. Seine linke Hand gegen seine rechte Hand. Er wettete mit sich selbst und versprach sich die fabelhaftesten Belohungen und die schlimmsten Bestrafungen. Natürlich wusste niemand, ob er sie einhielt, und niemand nötigte ihn, sie einzuhalten, aber die meisten glaubten, dass er es tat. Er war der Typ Mann, der glaubt, in seinem Kopf hätte sich ein erbarmungsloser Gott eingenistet, der all seine Handlungen überwacht.

Die linke Hand des Herrn der Dunkelheit gewann immer gegen die rechte, denn er war Linkshänder. Man hatte ihn versprechen hören, dass er das Dorf verlassen wolle, sollte die rechte eines Tages gewinnen. Aber das geschah nie, weil die linke Hand des Herrn der Dunkelheit mit den bunten Kugeln machte, was ihr beliebte, und die schwarze Kugel schien er allein mit Gedanken zu beherrschen. Unserer Meinung nach würde der Herr der Dunkelheit das Dorf nur verlassen, um auf dem Friedhof an der Steilküste seine letzte Ruhe zu finden. Er selbst pflegte zu sagen, es sei der schönste Friedhof der Welt, wo die Toten – wären ihre Augen nicht geschlossen – dieselbe Aussicht genössen wie die Engel. Irgendwie war er schon überall gewesen, was auch bedeutete, dass es keinen Ort gab, wo er hinkonnte. Er war nicht mehr jung. Er war in Peru Missionar gewesen, wo er Billard spielen und Ayahuasca trinken gelernt hatte. Beides hatte sein Leben verändert.

Der Herr der Dunkelheit war auch der Dorfpriester. Für Consuelo und die anderen Dorfbewohner hatte das keine Bedeutung.

Wesentlich war nur, wie er Billard spielte.

Selene

Zwei Haufen aus Lehm und Staub, die wie Kuhmist stanken, türmten sich im Straßengraben, wo die Sterbenden neben den Toten lagen. Die Sintflut hatte drei Tage angehalten. Das Hochwasser hatte Menschen, Dinge und Gedanken an diese Wegkrümmung gespült, wo sich kaputte Wagen in die Körper der fliehenden Menschen verkeilt hatten. Auch Selene und Casilda mit ihrem armen Esel waren auf der Flucht vor dem Wolkenbruch aus schwarzen Wassern, der sich über die Welt ergoss, hier gestrandet. Sie hörten Menschen stöhnen.

»Sie sind schon tot«, sagte Selene mit Blick in die gebrochenen Augen der Stöhnenden. »Meine ganze Wissenschaft reicht nicht aus, um einen Körper zusammenzuflicken, dessen Seele gebrochen ist.«

Als sie jedoch den Tavernenwirt erkannte, blieb Selene stehen. Sein Kopf war zertrümmert, und Blut hatte sein Gesicht in eine rote Maske verwandelt. Sie versuchte, die Blutung zu stillen, doch da schrie der Mann auf und verblich.

Auch Casilda war blutverschmiert, ihr weißes Haar voller schwarzer Lehmklumpen. Selene half ihr, sich den Berg hinaufzuschleppen. Es hatte aufgehört zu regnen, aber sie konnten nicht wissen, ob das Wasser zurückging oder das Unheil erneut über sie hereinbrechen würde. Sie fanden eine Hütte, die in besseren Zeiten ein Zufluchtsort für Schäfer gewesen und jetzt halb verfallen war. Doch sie bot ihnen einen Unterschlupf, wo sie ihre Knochen abtasten und das Wasser und die Angst langsam von sich abtropfen lassen konnten.

»Man muss den Lauf des Flusses ändern, mit Gott hat das nichts zu tun.«

»Selene, nur Gott kann den Flussverlauf ändern.«

»Wenn die Menschen es wollen, sind sie wie Gott, Casilda.«

»Das ist Gotteslästerung, das bringt uns in Lebensgefahr.«

»Ich habe meine sämtlichen Heilmittel verloren, ich habe nicht einmal mehr Laudanum für die Sterbenden.«

»Beten wir für sie, Selene. Das Gebet ist das beste Schmerzmittel.«

»Casilda, Casilda, kaum hast du die Ohrenspitzen des Leibhaftigen gesehen, wirst du zur Betschwester … Ist dir nicht klar, dass dein Gott, zu dem ich beten soll, derselbe ist, der uns diese Plage geschickt hat, um uns sterben zu lassen?«

»Heilige Mutter Gottes, Selene! So etwas zu behaupten ist eine Sünde.«

»Und Gottes Sünden? Ist dir nicht klar, dass Gott nicht gut sein kann, wenn er allmächtig ist, und wenn er gut ist, nicht allmächtig sein kann? Entweder kann Gott alles vollbringen und es interessiert ihn nicht, dass die Menschen leiden und sterben, oder er ist gut und leidet mit den Menschen, wobei es nicht in seiner Macht steht, ihnen zu helfen.«

»Gott ist gut. Aber der Teufel stellt ihm tausend Fallen.«

»Willst du damit etwa sagen, dass der Teufel so mächtig ist wie Gott oder gar mächtiger, Casilda? Ich sage hingegen, es gibt keinen Teufel. Die Menschen sind der Teufel.«

»Heilige Mutter Gottes!« Casilda bekreuzigte sich.

»Und die Menschen sind wie Gott.«

»Manchmal. Aber nur selten.«

Ainur

Wieder fegt der Wind über das Dorf. Er reißt dem Feigenbaum neben dem Friedhof Zweige ab. Er verstreut die Dachschindeln über das Hausdach, als wären es die Würfel eines geheimnisvollen Spiels. Er reißt den Fahnenmast am Rathaus um. Er zerstört die dünne Mauer, die ich mit großer Mühe zu meinem Schutz vor der Vergangenheit errichtet habe. Um zu vergessen, woher ich stamme. Ich erinnere mich an die Geschichte mit Consuelo. Jetzt kommt sie mir klein und unbedeutend vor. Ich erinnere mich, dass ich sie als Kind sehr groß fand. Damals war ich die Kleine. Damals hatte sie weder Falten noch das Glasauge. Sie hatte einen grünen Blick, und die Dorfkinder liefen hinter ihr her. Zusammen mit ihrer Schwester lebte sie im letzten Haus am Waldrand. Damals war sie der Dorftrottel. Deshalb habe ich sie nicht wiedererkannt. Ich glaube, ich wollte sie nicht wiedererkennen, ich mochte mich nicht erinnern an diese Zeiten des Bimbo-Toastbrots, des gekochten York-Schinkens, des Übergangs vom Schwarzweiß- zum Farbfernsehen, des Trägerrocks zum Minirock, der Sesamstraße zum Vorstadtkino, des Tochterseins einer alleinstehenden Frau zum Hexesein, Tochter einer Hexe und Enkelin einer weiteren. Die anderen Kinder verspotteten mich oft, weil ich keinen Vater hatte, es nützte auch nichts, ihnen zu schwören, dass ich einen hatte, obwohl er mir nicht zu Hilfe eilte, wenn sie mich verprügelten. So war es für mich ein Segen, als sie sich mit Consuelo anlegten. Zumindest vergaßen sie mich. Kinder haben gern ein Monster, vor dem sie davonlaufen, und ein verletztes Tier, das sie auslachen können. Deshalb rannten wir Kinder hinter ihr her und sangen ihren Namen: Consuelo, Consuelo. Heute ist mir klar, dass sie nicht dumm war. Sie war boshaft, von so ungetrübter Bosheit, dass sie einfältig wirkte. Mein Freund Magic und ich hatten Mitleid mit ihr, obwohl sie uns verspottete, weil wir immer zusammen waren. Ich hatte keinen Vater, Magic keine Mutter. Die Kinder liefen Consuelo hinterher, und Consuelo lief uns hinterher: Sie gehen miteinander, sie gehen miteinander, die Tochter der lebenden Hure und der Sohn der toten Hure, sie sind ein Paar.«

Das machte uns wahnsinnig, wir jagten sie über die Beete zum Kastanienwald, wo der Boden mit Farn überzogen war und die Äste kein Tageslicht durchließen. Doch obschon sie seit ihrer Kindheit hinkte, schaffte sie es immer, uns abzuhängen und sich auf den Friedhof zu flüchten. Der Friedhof unseres Dorfes befand sich auf der Klippe, umgeben von schwarzen Felsen, die vor vielen tausend Jahren durch Vulkanausbrüche im Meer entstanden waren. Die vulkanischen Steine hatte man für die Gräber der Armen genutzt, während die Reichen ihre weiß getüncht hatten. Jetzt war der Friedhof eine schwarzweiße Stadt, schutzlos dem tobenden Meer ausgeliefert. Das war der Winkel an der Küste, an dem sich das Meer abreagierte. Es schlug mit dumpfem Getöse auf, als wollte es sich vergewissern, dass es lebte. Die Wellen brachen sich wütend am Fuße des Friedhofs, und ihr Schaum hielt die Namen der Toten feucht. Wenn es ein Gewitter gab, wurde der Friedhof von den Wellen verschluckt, er tauchte jedoch immer wieder auf, sauberer und schöner als zuvor. Oberhalb des Meeres. Denn nicht einmal das Meer konnte den Tod besiegen.

Uns Kindern flößte er trotzdem große Angst ein. Man hatte uns weisgemacht, dass dort die Seelen des Fegefeuers und die Toten, die ohne Beichte ihrer Sünden gestorben waren, ganz ungeniert umhergeisterten. Meine Großmutter hatte tatsächlich behauptet, dass die Toten in jedem Haus unter uns lebten, dass sie aßen, wenn wir aßen, und dass sie für unsere Augen unsichtbaren Wein tranken. Unsere Vorfahren teilten mit uns die Luft auf unseren Straßen, die zuvor ihnen gehört hatten. Meine Großmutter meinte, dass wir sie nicht fürchten müssten, zumindest nicht alle; die meisten Toten seien gute Menschen wie wir, ohne größere Macht. Doch einige … einige seien böse, sagte meine Großmutter und verstummte. Aber das reichte, um in meinem Kinderherz Angst aufkeimen zu lassen, eine Angst, mit der Kinder aufwachsen, Angst vor etwas, das keinen Namen hat, Angst vor etwas, das unter der Erde und der dünnen Patina unserer Zivilisation gedeiht, denn schon als Kinder wussten wir, dass bestimmte Verhaltensmaßregeln eingeführt wurden, um das Monster im Menschen in Schach zu halten, das der Mensch nur von der Leine lässt, wenn er sich unbeobachtet fühlt. Dann wird er gefährlich, weil er glaubt, dass nicht einmal das innere Auge es mitbekommt, das Tag und Nacht über uns wacht, damit sich der Wolf in uns nicht mit dem verbündet, der nachts in den Wäldern heult.

Damals hörten wir noch die Wölfe und die Eule, deren Ruf, laut meiner Großmutter, einen Todesfall im Dorf ankündigte. Deshalb verfolgten wir Consuelo nie bis auf den Friedhof, und sie fühlte sich dort in Sicherheit. Von weitem sahen wir, wie sie Strümpfe strickend auf einem Grabstein saß und angeregt plauderte. Mit sich selbst oder den Wellen. Oder mit den Toten.

Woher weißt du, was Selene gesagt hat? Und diese Casilda? Gab es sie? Oder hast du sie dir ausgedacht? Erzählst du die Geschichte, oder erfindest du sie?«

»Es ist nicht geklärt, wie sich Selene und Casilda kennengelernt haben. Anscheinend hat Selene ihr das Leben gerettet, als sie an einem schweren Fieber litt, und Casilda hat sie bei sich aufgenommen und ist ihr von dem Moment an überallhin gefolgt. Es gab Gerüchte über die Beziehung der beiden Frauen, die allein und ohne Männer lebten. Man konnte ihnen nie etwas nachweisen, doch sie waren in aller Munde. Casilda hat in Selenes Prozess als Zeugin ausgesagt. Aufgrund ihrer Aussage konnte man Selene auch noch der Ketzerei beschuldigen. Auch wenn diese Anklage erfolglos blieb.«

»Aber sie war doch ihre Freundin!«

»Im Angesicht der Folter gab es keine Freunde mehr, nur Menschen und Heilige. Die meisten Menschen gestanden unter Folter.«

»Aber du hast mir doch erzählt, dass Casilda versucht hat, ihr zu helfen, dass sie alles erzählen wollte, was Selene im Jahr der Pest getan hatte.«

»Das hat sie auch. Natürlich hat sie alles vor Gericht erzählt, ihre Aussage füllte dreißig Seiten. Doch wie du noch sehen wirst, hatte ihre Aussage nicht die gewünschte Wirkung.«

Der Scheibenwischer reinigt die Nacht. Die Scheinwerfer fegen die Kurven der Landstraße. Zickzack, Zickzack. Das Geräusch des Regens hinterlässt in der Dunkelheit kleine Tupfen. Merkwürdige Schatten huschen am Straßengraben entlang. Die Landstraße ist schlecht asphaltiert. Äste schlagen an unseren Wagen. Ich konnte mich nicht daran erinnern, dass der Leuchtturm so weit vom Dorf entfernt ist. Aber das ist er, denn wir verbringen schon eine kleine Ewigkeit in der Vertrautheit des Regens und der Augen, die in dieselbe Richtung blicken. Ich rede und verliere mich in meiner Stimme, denn wenn zwei Menschen im Auto reden, ist es, als würde man allein reden, als spräche man zum Regen und zur Landstraße und als wären die Gedanken diese dunklen Schatten, die am Straßenrand vorbeihuschen und lediglich Blumen für die Toten sind.

Der Leuchtturm muss ziemlich weit weg sein, denn in den paar Kurven, die das Dorf von ihm trennen, erzählte mir der Leuchtturmbewohner sein Leben. Ich hatte ihm das mit dem anonymen Brief berichtet. Ich hatte ihn gefragt, wer ihm oder uns Böses wollte. Wer ihn geschrieben haben könnte?

Er gab mir keine Antwort, erzählte mir stattdessen sein Leben.

Er war Astroingenieur gewesen. Aber Europa wollte kein

Geld in die Raumfahrt investieren. Er unterrichtete in Madrid Kinder. Dies war nicht sein erstes Leben. Er erzählte mir, dass er für eine Vergewaltigung bezahlte, die er nicht begangen hatte, er erzählte mir von seinem Prozess und dass man ihn im Gefängnis beschuldigte, einen Mann getötet zu haben. »Und der einzige Mann, den ich gern getötet hätte, war ich selbst.« Und er erzählte mir, wie er hierher gelangt war. Unsere Geschichten ähneln sich zu sehr, dachte ich, auch ich hatte, wie er, doppelte Verurteilung und doppelte Verfolgung erlebt. Die moderne Inquisition, das waren die Zeitungen, die Fernsehsender, die Teilnehmer von Talkshows, die von Dingen redeten, von denen sie nichts verstanden, und die versuchten, höhere Auflagen zu verkaufen und die Einschaltquoten zu erhöhen, indem sie über das hinweggingen, was sie einem damit antaten; es war unwichtig, ob du eine arme Frau aus der Provinz warst oder ein Sportlehrer – wenn du erst einmal in die gigantische Maschinerie der medialen Diffamierung gerätst, bist du verloren. Es können dich vierzig Gerichte freisprechen, doch das Kameraauge wird dich bis ans Ende der Welt verfolgen.

Die Fernsehsender haben die Rolle der Dorftratschen übernommen; in der heutigen Welt, in der niemand mehr weiß, wer sein Nachbar ist, erfindet das Fernsehen Personen, über die man tratschen kann.

Das Fernsehen ist die große Klatschbase in dieser Welt ohne Klatschbasen. Um zu tratschen, muss man etwas über die anderen wissen, aber in den Städten kennt sich niemand mehr. Die Leute haben keine Zeit, ihre Nachbarn kennenzulernen, also bastelt man ihnen einen Nachbarn aus Papier, eine so berühmte Persönlichkeit, dass jeder das Gefühl hat, sie zu kennen, die man öfter sieht als seinen Nachbarn, von der man Dinge weiß, die man seine Nachbarn nicht zu fragen wagte, wie beispielsweise, mit wem er das letzte Wochenende verbracht hat, was er am liebsten isst, welchen Ring sie von ihrem Freund geschenkt bekommen hat, welche Farbe ihr am besten gefällt oder welcher Hund ihn als Kind gebissen hat. Der berühmte Nachbar ist virtuell. Die Leute wussten, welche Unterwäsche Lady Diana trug, aber nicht, welche Unterwäsche ihr Nachbar trägt.

Wie sonst lässt sich erklären, dass Lady Dianas Leben für Millionen Menschen viel wichtiger war als das des Nachbarn gegenüber? Lady Diana verändert nur schwerlich dein Leben, doch dein Nachbar könnte es, und sei es nur, weil ihn seine Freundin verlassen hat, er sich aus Liebe in der Badewanne die Pulsadern aufschneidet und in der Folge deine Wohnung unter Wasser setzt, weil die Wanne überläuft. Das Wasser aus Lady Dianas Badewanne wird nie in deine Wohnung laufen, aber das ist dir egal, denn Lady Diana ist real für dich. Für dich ist sie am Leben, obwohl sie tot ist. Dein Nachbar ist nur ein Gespenst. Jemand, der aus so banalen Substanzen wie Fleisch und Blut gemacht ist und nicht aus dem Stoff, aus dem der Gott unserer Zeit besteht. Der Nachbar ist ein Gespenst, weil er nicht aus Hochglanzpapier, nicht aus Plasma, nicht aus dreihundertfünfundsechzig Zeilen gemacht ist, ebenden Materialien, von denen sich das Herz des unersättlichen Gottes unserer Tage nährt. Deshalb weinst du um Lady Diana und nicht um deinen Nachbarn. Nicht dass du keine Gefühle hättest, du hast keine Phantasie.

Weil das Reale für all diese Menschen nur existiert, wenn sie es durch einen Bildschirm sehen können. Seit dem XX, wenn nicht dem XY Jahrhundert, dem Jahrhundert der Frau und nicht des Mannes, dem Jahrhundert des geistigen Aids sind Bildschirme die Präservative des Geistes; die Bildschirme schieben sich zwischen die Realität und dich, und es wirkt nur das real, was du in ihnen siehst. Und ich befinde mich jetzt auf der anderen Seite des Bildschirms, in einem echten Dorf, mit echten Klatschbasen, die an der Tür lauschen, einem Dorf, wo alle Krüppel sind und der Nebel so dicht ist, dass er den Fernsehempfang stört.

Ebenso wie für den Leuchtturmbewohner war auch für mich das Fernsehen die Inquisition.

Eine Inquisition, die in jedem Haus ihre Spione hat und in jedem Regal lauert.

Für die meisten Menschen existierst du erst wirklich, wenn sie dich auf dem Bildschirm sehen. Vorher bist du kaum mehr als eine Erscheinung. Du wirkst real, bist es aber nicht, denn für sie ist nur das real, was sie im Fernsehen wahrnehmen. Mein Leben veränderte sich an dem Tag, als ich zum ersten Mal im Fernsehen auftauchte. Es veränderte sich nicht nur für die anderen, sondern auch für mich. Denn auch ich begann zu glauben, dass ich existierte, als ich mich in den Nachrichten sah. Sie konnten mir mit dem Tod drohen, aber ich war kein Gespenst mehr. Im Leben derjenigen, die mich gequält haben, war ich jetzt, da sie mich im Fernsehen sahen, viel präsenter und realer als in den vielen Jahren, in denen sie in mir einen Körper sahen, den sie treten und benutzen konnten. Einen Körper, den sie ignorieren oder demütigen konnten. Mein Fernsehkörper konnte nicht geschlagen werden, er konnte nicht gedemütigt werden. Er war endlich ein realer Körper in einer realen Welt. Der Welt der dreihundertfünfundsechzig Zeilen. Als ich klein war, hatte meine Großmutter behauptet, das Fernsehen hypnotisiere die Menschen, sie sagte, das Testbild sei ein Auge, das in die Häuser schaue, um zu erfahren, was wir tun. Heute, wo es kein Testbild mehr gibt, weiß ich, dass meine Großmutter recht hatte. Das Fernsehen besteht aus vibrierenden Pünktchen, die uns auf eine Weise in einen hypnotischen Zustand versetzen, unsere Urteilsfähigkeit außer Kraft setzen und uns in andere Welten befördern, die, wäre sie nicht modern, als Hexerei eingestuft würde.

Jetzt sind wir beide in einem echten Dorf gelandet, wo alle Welt über das Leben seiner Nachbarn Bescheid weiß, wo die Klatschbasen aus Fleisch und Blut sind und sogar ein Glasauge haben wie Consuelo. Hier wirkt die große mediale Klatschbase aus dem Wohn-Esszimmer naiv und monströs zugleich. Weniger eine Dorftratsche als ein böses Kind, das Leben zerstört, um gegen die Langeweile anzukämpfen.

Dorftratschen können noch gefährlicher sein. Aber wären sie imstande, einen anonymen Brief an die Tür zu nageln? Der Regen fiel weiter auf die Scheiben, und das Auto war ein wenig kleiner geworden.

Wir kamen näher.

Mit dem Kaffeelöffel fährt er über meine Haut. Er hat mir die Augen verbunden. Ich habe ihm gerade mein Leben erzählt. Jetzt ist er wieder an der Reihe. Er hat mir die Augen verbunden, damit ich mir besser vorstellen kann, was er mir erzählen wird, und er hat mich gefesselt, damit ich ihm beweise, dass ich ihm blind vertraue, dass ich weiß, er ist kein Mörder, dass ich davon überzeugt bin, er wird mir nicht wehtun. Aber ich weiß es nicht, deshalb zittere ich, als er mit dem Messer meine Haut entlangfährt und behauptet, es sei ein Kaffeelöffel.

Unvermittelt hält er an meiner linken Fessel bei dem Muttermal inne. Es ist ein rosiger Fleck in Form einer Weintraube. Hatte das Gericht nicht genau so das Teufelsmal von Selene beschrieben? Die Traube des Teufels, das Zeichen Luzifers, des gefallenen Engels, eingraviert mit dem Atem des Dämons, der sanft über ihre Haut strich; die Henker sagten, dass Selenes Zeichen unempfindlich auf Kälte und Schmerz reagiere, aber meine Weintraube zittert unter seinen Küssen. Er legt seine Lippen darauf, und sein Atem bohrt sich in meine Haut wie feine Nadeln des Verlangens.

Der Leuchtturmbewohner

Ich lebe in einem Leuchtturm, der nicht mehr leuchtet, denn mich interessieren Dinge, die nicht mehr funktionieren. Dinge, die nützlich waren und eines Tage nutzlos geworden sind. Wir sind nützlich, solange wir Steuern zahlen und die Gasflasche hinauftragen. Wenn wir auf der Treppe ausrutschen, sind wir nutzlos. Dieses Dorf existiert, weil der Leuchtturm existiert. Jetzt existiert das Dorf weiter, und der Leuchtturm ist ausgeschaltet. Wie ich, der weiterexistiert, obwohl man mich ausgeschaltet hat.

Was ich dir erzählen werde, geschah im letzten Jahr, in dem ich jung war. Das Jahr, in dem ich mich scheiden ließ, das Jahr, in dem eine meiner Schülerinnen vergewaltigt wurde und sich mein Leben auf eine Weise für immer veränderte, wie ich es mir nie hätte vorstellen können. Ich war der jüngste Lehrer meines Jahrgangs und später der Jüngste, der die Doktorarbeit fertig hatte. Meinen Traum, den Mond zu betreten, hatte ich vergessen. Ich arbeitete in der besten Schule und war der Beste. Es gefiel mir, die kleinen Kinderkörper zu formen, zu wissen, dass ich ihre Beinchen und Ärmchen wachsen ließ, dass meine Übungen die besten waren. Ich fühlte mich nützlich. Ich lief jeden Tag zehn Kilometer. Ich las jede Nacht hundert Seiten. Mein Leben war eine gut geschmierte Uhr. Ein Leuchtturm, der strahlte. Und da traf der anonyme Brief ein.

Er war an den Schuldirektor adressiert. Man beschuldigte mich, etwas Schlimmes getan zu haben. Um mir zu helfen, benachrichtigte er die Polizei. Er glaubte, die Polizei würde sofort erkennen, dass ich einen Feind hätte, und denjenigen bestrafen, der versuchte, mir Schaden zuzufügen. Zumindest hat er das mir gegenüber behauptet, denn die Polizei war anderer Meinung, die Polizei glaubte dem anonymen Briefschreiber, der mich beschuldigte, eine meiner Schülerinnen missbraucht zu haben. Sie war ein mageres und nicht sehr hübsches kleines Mädchen. Sie weinte, als man sie ins Büro des Rektors rief. Ich weinte auch, aber vor Wut. Man rief ihre Eltern an. Sie waren mit einer ärztlichen Untersuchung einverstanden. Das Mädchen war gerade zehn Jahre alt geworden. Der Mediziner bestätigte, dass sie vergewaltigt worden war. Mein Anwalt verlangte eine DNA-Analyse, die der Richter allerdings nicht für nötig erachtete. Bis zum Prozess saß ich ein knappes Jahr in Untersuchungshaft. Ich wurde verurteilt. Ich verbrachte zwei weitere Jahre im Gefängnis. Dort bat man mich, die Häftlinge zu trainieren. Ich weigerte mich und hörte selbst auf, Sport zu treiben. Ich lief nicht mehr. Ich ging nicht einmal mehr. Einzig das Lesen hat mich im Gefängnis vor dem Tod bewahrt.

Zu Beginn meines dritten Haftjahres nahmen sie den Vater des Mädchens wegen wiederholten Missbrauchs Minderjähriger fest. Inzwischen war die Kleine schwanger. Sie ließen illegal abtreiben und brachten sie zum Sterben ins Krankenhaus. Dort gestand das Mädchen den Medizinern, dass ihr Vater sie seit Jahren vergewaltigt und sie gezwungen hatte, mich zu beschuldigen. Der Fall stand in allen Zeitungen, aber ich hatte meine Arbeit verloren, und niemand wollte mich mehr einstellen. Ein des Missbrauchs beschuldigter Lehrer bleibt, selbst wenn die Anschuldigung ungerechtfertigt war, immer verdächtig. Alle denken: Irgendetwas wird er schon getan haben, jedes Gerücht enthält auch ein Fünkchen Wahrheit. Aber das Schlimmste ist, dass drei Jahre zuvor die Fernsehsender ein Ketzergericht veranstaltet und lebenslänglich für mich gefordert hatten. Chemische Kastration. Todesstrafe. Ich sage ja nicht, dass sie nicht recht gehabt hätten, aber sie verurteilten einen Unschuldigen, und von dieser Verurteilung könnte mich im Gegensatz zum Gefängnis niemand mehr freisprechen. Die Medien überhäufen dich mit Schande und verschwenden hinterher keine Zeit damit, dich zu rehabilitieren. Sie investieren weder eine Minute noch einen Euro, um wiedergutzumachen, was sie dir angetan haben. Sie sind Götter, und wenn sie einen erst einmal aus dem Paradies vertrieben haben, wissen sie vielleicht nicht, ebenso wenig wie Gott, wie man ihn zurückholt.

Ainur

Nachts, eingehüllt in Rauch, der meine Augen noch stärker tränen lässt.

Ich rauche, weil das Rauchen meine Augen weinen lässt. Nachts mit ihm zusammen.

Ich bin bei ihm und rauche, denn es gibt Dinge, die wir mögen, weil wir wissen, dass sie uns schaden.

Nachts verstehe ich mein Leben. Ich kann nicht glauben, dass doch alles gutgeht, plötzlich alles gutgeht. Ich liebe ihn. Er liebt mich. Ich denke, das ist unmöglich, ich erwarte jeden Moment den Keulenhieb, den endgültigen Schlag, die Axt, die auf mich herabsaust, denn mir wird bewusst, dass ich immer der Meinung war, das Glück sei nichts für mich, die perfekte Paarbeziehung sei nichts für mich, das sei nur etwas für die anderen, und nicht einmal für sehr viele. Genau wie manche Menschen glauben, dass immer nur andere Unfälle erleiden, habe ich mich an den Gedanken gewöhnt, dass nur die anderen glücklich werden. Ich habe Angst, ja Panik vor dem Gefühl, dass am Ende alles gut ausgehen könnte. Das erscheint mir wie die Trompeten der Apokalypse, zweifelsohne wird gleich etwas Schreckliches geschehen, und ich versuche, es aus meinem Kopf zu verbannen. Ich weiß, dass die letzte Schlacht in mir selbst stattfindet. Warum sollte ich nicht glücklich sein? Nur weil es Tausende Menschen auch nicht sind? Weil es das Glück nicht gibt? Ich glaube schon, dass das Glück existiert. Wir sind es, die kaum existieren. Deshalb erkennt es uns nicht. War ich nicht vor langem zu dem Schluss gekommen, dass Himmel und Hölle (vor allem die Hölle) in diesem Leben, und nur in diesem Leben, existieren? Himmel und Hölle sind hier und jetzt, wir errichten und zerstören sie mit jedem Atemzug, mit jedem Kuss, mit jedem Tritt, mit jedem Orgasmus, mit jeder Angst. Die Angst bewacht die Tür zur Hölle und steht schützend vor der Tür zum Himmel. Angst davor, glücklich zu sein, Angst davor, frei zu sein, Angst davor, ich zu sein. Warum kommt mir diese Abfolge glücklicher Abende, diese Hitze, die mich immer durchströmt, wenn ich seinen Körper eng an meinem spüre, unmöglich vor?

Die Weichheit.

Plötzlich werden wir beide weich. Wir werden zu Wasser. Wasser, das zusammenfließt, Wasser, das streichelt. Zuerst waren wir Feuer, jetzt sind wir Wasser. Wir sind Oxytocin, das ausgeschüttet wird: ein Liebeshormon, das auch das gefürchtete Hormon der Geburt, der Vereinigung und der Trennung ist. Die Liebe und der Schmerz sind ein und dasselbe.

Es ist nur eine Frage der Dosierung.

Wir können die ganze Nacht lang reden und uns dabei streicheln. Diese Momente mag ich am liebsten, im Morgengrauen bin ich erschöpft, so müde, dass ich meine Konturen nicht mehr spüre. Die Erschöpfung ist ein Rausch. Sie erhebt uns über das Zerbrechliche unseres Empfindens. Um diese Zeit sehe ich, wie die Worte gleich den Rauchkringeln der Zigarette, die er raucht, über mir treiben; wie Scheherazade erzähle ich immer weiter, jede Nacht erzähle ich ein bisschen mehr von Selenes Geschichte, wie verzweifelt sie war, als man ihre Tante Milagros auf dem Scheiterhaufen verbrannte, und was geschah, als der schwarze Hund auftauchte. Ich berichte ihm über all das, denn das andere, was sie in Zeiten der Pest getan hat, die Art, wie sie ihr ganzes Leben darum kämpfte, das Heilen zu erlernen, der Mut, den sie aufbrachte, als niemand es erwartete, lässt sich nicht verstehen ohne die Tatsache, dass Selene zweimal verraten wurde: bei ihrer Geburt von ihren Eltern und später von der ganzen Welt, als man den Menschen, den sie am meisten liebte, tötete; deshalb fürchtete sie den Tod nicht, und deshalb wollte sie auch die Welt retten. Aber in jenem Moment wollte sie nur fliehen.

Der Leuchtturmbewohner

Mein Vater war groß und blond. Er hinkte wie ich, war aber trotzdem ein Riese. Er sagte, er stamme von den Wikingern ab, die früher über die Küsten Asturiens herzufallen pflegten. Er erzählte mir Geschichten von seinen skandinavischen Vorfahren. Er erzählte mir von Odin und seiner Frau Freya, von Thor, Loki und den anderen Göttern im Pantheon des Nordens. Odin hatte neun Tage mit dem Kopf nach unten am Baum Yggdrasil ausgeharrt, in der größten Einsamkeit der Welt, nackt und wehrlos, nicht einmal sein eigener Schatten vermochte ihn zu bedecken. Das konnte nicht gutgehen. Am neunten Tag pickte ihm ein Rabe ein Auge aus, doch sein Opfer war nicht umsonst. Er war zwar nicht mehr in der Lage, normal zu sehen, erlangte jedoch eine andere Art des Sehens. Im Gegenzug für sein Opfer entdeckte Odin die Runenzeichen, die ersten Buchstaben eines heiligen Alphabets, das ihm erlaubte, ins Innere zu sehen: in die Vergangenheit und in die Zukunft. Die Runenzeichen brachten der Welt die Sprache, die Poesie, die Liebesgeschichten und den Wert der Menschen. Odin brachte der Welt auch die Prophezeiung, denn jeder Buchstabe hatte eine magische Bedeutung. Um die Macht der Weisheit und die Gabe des Sehens zu erlangen, opferte Odin seine frühere Sicht auf die Welt.

Diese Welt Odins stimmt nur in einem Punkt mit dem

Christentum, dem Judentum, dem Islam, den drei semitischen und patriarchalischen Religionen überein: die Frau ist nichts. Die Misogynie der patriarchalischen Religionen hat die Frau vor langer Zeit aus dem Paradies vertrieben. Es war nicht die Schlange. Es waren die Männer.

Selene

In den ersten Tagen der Pest sagten die Leute, es seien die Masern. Selene konnte sich nicht vergewissern, weil man sie nicht zu den Kranken ließ. Doch sie wusste, dass die Masern Vorboten der Pest waren, und sie wusste auch, dass die Stadtverwaltung die Stadttore nicht hätte schließen lassen, wenn es sich um etwas anderes als eine Seuche handeln würde. Doktor Villaroel behauptete, es seien die Masern und nicht die Pest und betreute die Erkrankten vier Tage lang. Am vierten Tag wiesen die Patienten entzündete Beulen in den Achselhöhlen auf und bluteten aus der Nase. Noch am selben Tag floh Doktor Villaroel mit seinem Pferd, seiner Frau, seinem Doktortitel und dem Lebensmut der Mitbürger aus der Stadt.

Der Stadtrat, der Selene das Heilverbot erteilt hatte, eilte vollzählig und im Gala-Ornat, dekoriert mit seinem Schrecken und seinen Siegeln, zu ihr.

»Gegen die Pest gibt es kein Heilmittel, nicht einmal ich habe eins«, sagte Selene. »Aber ich werde die Christenwelt nicht ihrem Schicksal überlassen.«

Sie bat darum, Erlasse zu verhängen, die verboten, die Stadt zu betreten oder zu verlassen, die Leute aufzufordern, nicht aus dem Haus zu gehen, Laienbruderschaftstreffen, Hochzeiten, Taufen und sogar Beerdigungen auszusetzen, weil sich die Pest beim Kontakt mit einer infizierten Person übertrug. Sie ließ an jeder Ecke Feuerstellen errichten, um Schopflavendel und Rosmarin zu verbrennen, und ordnete an, dass sich jeder beim Gehen einen in Essig getränkten Lappen vor Nase und Mund halten solle. Und dann bekreuzigte sie sich und sagte ihnen, dass es darüber hinaus wichtig sei, zu beten, womit sie sich die Sympathie der wenigen Geistlichen erwarb, die noch nicht geflohen oder gestorben waren.

Sie erläuterte den Magistraten, dass Hunger die Ansteckung fördere, worauf ein Ausrufer verkündete, dass jeden Tag pro Person ein halbes Pfund Brot und ein halbes Pfund Hammelfleisch an die Armen ausgegeben werde. Um die unpopulärste Maßnahme kümmerte sie sich selbst, indem sie zu den infizierten Häusern ging, deren Türen gekennzeichnet waren, um die Ansteckung zu bannen. Vorsichtig räumte sie die Dachziegel beiseite und überreichte die Lebensmittel mit eigenen Händen. Sie bestand darauf, alle Leichen zu begraben, eine schwierige Aufgabe, weil es nicht genug Holz für die vielen Särge gab und es aus Angst vor der Plage niemand wagte, die Kadaver anzufassen.

Da keiner diese Arbeit übernehmen wollte, bot man schließlich zwei abgestumpften Verbrechern Freilassung und drei Dukaten. Doch am zweiten Tag erkrankte einer von ihnen, und daraufhin wollte niemand mehr diese Arbeit ausführen. Der Stadtrat verdreifachte den Lohn, und erstaunlicherweise erklärten sich zwei Mörder dazu bereit, wohl eher aus Angst, im Kerker zu sterben, als wegen der Dukaten, weiß doch alle Welt, dass Tote sie nicht mehr brauchen. Selene bat darum, ihnen die besten Unterkünfte und Kleider zu geben, die in jenen Tagen im Überfluss vorhanden waren, weil viele Adelshäuser leer standen, und erklärte, dass nur die ordentliche Ausführung ihrer Arbeit der Epidemie Einhalt gebieten könne.

Selene verbrachte den ganzen Tag in dem Notlazarett, das im Kirchenschiff eingerichtet worden war, gewiss der kühlste Ort des Dorfes und seit ihrem Eintreffen auch der sauberste. Sie selbst wischte zweimal täglich den Boden, und wenn ein Kranker starb, schrubbte sie die Bahre mit Ätznatron. Casilda half ihr, ohne ihr Lächeln zu verlieren.

»Vergiss nicht, auf meinen Grabstein schreiben zu lassen, dass Casilda dich immer angelächelt hat.«

Damals erschauderte Selene, wenn sie auch nur von Grabinschriften hörte.

Die Seuche begann mit leichtem Fieber und Kopfschmerzen wie bei einer normalen Erkältung, doch die Temperatur stieg rasch und mündete in einen Fieberwahn, erst danach bildeten sich in den Leisten, den Achseln oder hinter den Ohren die Beulen. Selene schröpfte die Kranken nicht und schnitt oder brannte die Beulen auch nicht aus, obwohl sie gehört hatte, dass man das tun könne. Sie erfrischte ihnen nur mit in Rosenwasser getränkten kalten Tüchern die Stirn und versuchte, so gut sie es vermochte, bis zum Ende ihre Schmerzen zu lindern. Mit der Zeit gewöhnte sie sich etwas an das Stöhnen, an den Schüttelfrost und die hervortretenden Augen. Sie dankte Gott, dass sie sich nie ganz daran gewöhnen konnte. Nach wenigen Tagen erschien ihr ihr früheres Leben wie ein Traum, aber dieses Leben inmitten von schwarzgrünen stinkenden Flüssigkeiten blieb weiter ein Albtraum. Die meisten Kranken starben zwei Tage nach dem Auftreten der Beulen, ob man sie schröpfte oder nicht. In manchen glücklichen Fällen begann die Beule eine heimtückische Flüssigkeit abzusondern, als würden die Teufel den Patienten verlassen. Das waren die wenigen, die genasen und überlebten. Selene versuchte mit Verbänden aus Senf, Feigen und gekochten Zwiebeln das Aufplatzen der Beulen zu befördern. Manchmal funktionierte es, aber sie wusste nie, ob ihre Medizin gewirkt hatte oder ob die Kranken so oder so genesen wären. In all den Jahren als Heilerin hatte sie noch nie so hohes Fieber erlebt. Sie sah Kinder, die von ihrem Bett hochschossen, und anmutige Jungfrauen, die wie Kokotten fluchten. Es gab kein Gut oder Böse mehr, nur einen unerträglichen Gestank, der einem die Lust am Leben nahm. Der Gemeinderat versuchte auf den Straßen Plünderungen zu verhindern, und die verbliebenen Priester predigten gegen die Unzucht. Das Leben hing an einem so dünnen Faden, dass sich die Fesseln des Anstands schlagartig gelöst hatten. Auf den Straßen und in den Kirchen wurde Unzucht getrieben, vor unbestatteten Leichen ebenso wie vor Säuglingen. Es hurten Alte mit jungen Mädchen, Dienstmädchen mit Gebietern, Damen mit Lakaien, Juden mit Christen und Novizinnen mit Mönchen, weil niemand wusste, ob nicht schon am nächsten Tag sein Stündlein schlagen würde, und man aufgehört hatte, die Hölle zu fürchten, denn zweifellos waren sie schon mittendrin.

Die Ratten verreckten auf der Straße. Die Vorübergehenden traten sie beiseite. Esel und Pferde verendeten, weil das Übel keinen Unterschied zwischen Mensch und Tier machte. Im Gegenteil, diejenigen, die Menschen zu sein glaubten, machte es zu Tieren. Im Angesicht der Beule zeigte sich die wahre Seele der Menschen. Die meisten hatten keine. Viele Eltern ließen ihre pestkranken Kinder im Stich. Beim Anblick der Beulen verabscheuten Liebende den Körper, den sie einst begehrt hatten. Die Straßen waren übersät mit Sterbenden, um die sich niemand kümmern wollte. Es gab keine Priester mehr, die die letzte Ölung erteilten, weil sie sich in ihren Verstecken verschanzt hatten, wo sie Weihrauch abbrannten, von dem es hieß, er helfe gegen Ansteckung. Und dennoch kämpften Selene und Casilda inmitten des Schreckens weiter, um mit wenig mehr als ein paar guten Worten und etwas Rosenwasser das größte Leid zu lindern.

Manchmal vernahmen sie lautes Geschrei, doch bei der Arbeit im Kirchenlazarett blieb Selene keine Zeit, sich um das Gezeter auf den Straßen zu kümmern. Sie zählten die Toten, die jetzt täglich weniger wurden.

»Heute sind um die Hälfte weniger als gestern gestorben«, verkündete Casilda eines Morgens, aber Selene hörte sie nicht.

Seit dem Abend fühlte sie sich schwach, die Beine wollten ihr nicht gehorchen. Sie atmete keuchend, und ihr Magen brannte, als hätte sie etwas stark Gewürztes zu sich genommen, obwohl sie seit Tagen nichts gegessen und nur Wasser getrunken hatte. Sie legte frische Tücher aufs Gesicht eines sechzehnjährigen Mädchens, ein Gesicht, das schön gewesen, jetzt aber nur noch eine geschwollene Grimasse war. Ihre verdrehten Augen glänzten. Selene betrachtete sie und wusste, dass ihr Gesicht in diesem Moment genauso aussah.

Ihr Blick begegnete Casildas, und daran, wie diese die Augen niederschlug, konnte sie die schreckliche Wahrheit ablesen. Casilda nötigte sie schließlich, sich auf eine Bahre zu legen. Selene glaubte, sie müsse ihr etwas sagen, damit Casilda sie nach ihrem Tod nicht vergesse, aber ihr fiel nur ein:

»Schreib auf mein Grab, dass deine Freundin Selene dich immer angelächelt hat.«

Sie wollte die Symptome der Krankheit aufschreiben, aber als das Fieber stieg, explodierte ihr der Schädel vor Schmerzen, es war ein weißer Schmerz, wie ein Gleißen, das die Außenwelt auslöschte. Die Decken lasteten wie Klauen auf ihr, und sie hätte sich von der Bahre geworfen, hätte Casilda sie nicht festgehalten. Nur noch halb bei Sinnen, beruhigte sie der Gedanke, dass nun das Schlimmste eingetreten war, nachdem sie jede Nacht gefürchtet hatte, zu erkranken, und jeden Morgen beim Aufwachen nach Symptomen an sich gesucht hatte. Die Wirklichkeit war immer ein bisschen weniger schrecklich als die Befürchtungen, und außerdem verdrängte dieses weiße Gleißen aus Licht und Schmerz die Verantwortung und das Leid der täglich Sterbenden, was in diesen Wochen so an ihr gezehrt hatte. Sie wollte nur noch, dass alles zu Ende ging. Sollte sie noch einen Tod ertragen müssen, dachte sie, dann ihren eigenen, denn sie war an der Grenze angekommen, an einem Ort zwischen Himmel und Erde, an dem auch die Tapfersten absaßen und sich ergaben.

Ainur

Der Leuchtturmbewohner sieht mich gern im Hosenanzug, dieser Stadtuniform, die ich nie wieder anzuziehen mir geschworen hatte, nachdem es mir endlich gelungen war, dem Bürgermeister und seinen Verwaltungsräten zu entkommen. Er zieht ihn mir wollüstig aus. Er gefällt ihm genau aus dem Grund, aus dem ich ihn nicht mag. In den vielen Jahren, die ich zwölf Stunden in einem Büro arbeitete, war der Hosenanzug jeden Morgen meine Verkleidung. Wie Superman glaubte ich, das Kostüm verleihe Superkräfte.

Da die Kleidung der Macht noch nicht erfunden ist, mussten wir, um erfolgreich zu sein, die weibliche Fassung des Herrenanzugs tragen, denn das wurde von uns erwartet: Wir sollten weibliche Versionen des Mannes sein. Zu beweisen, was ich wert bin, hatte nichts genützt. Was mir an einem zwölfstündigen Arbeitstag nicht gelang, erreichte ich mit meiner vorgetäuschten Asexualität, indem ich alles bedeckte, was an meinem Körper an mein Geschlecht erinnerte. Wenn ich mich wie ein Mann kleidete, wenn ich meine Brüste bedeckte und meinen Hintern platt drückte, würde ich sie vergessen lassen, dass ich eine Frau bin. Ich wäre eine als Mann verkleidete Frau, um in den täglichen Krieg zu ziehen, den Krieg der Staus und der Achtstundentage, den Bürokrieg, in dem wir doch alle zu Verlierern werden. Wie die Catalina de Erauso, die Nonne als Fähnrich, würde ich sie davon überzeugen, dass ich wie ein Mann dachte, und dann würden sie mich vielleicht in Frieden lassen.

Der Leuchtturmbewohner

Nach dem Prozess, nach der Hetzjagd der Journalisten, nach dem anhaltenden und dann plötzlich verstummenden Telefonklingeln parkte ich meinen Wagen eines Abends wie jeden Tag vor dem Haus, von dem ich glaubte, es sei mein Zuhause und mein Leben.

Ich ging mit einer Frau essen, an deren Namen ich mich nicht erinnere. Eigentlich gibt es vieles an jenem Abend, an das ich mich nicht erinnere, denn als ich das Lokal verließ, merkte ich, dass ich nicht mehr wusste, wo ich den Wagen geparkt hatte. Das kommt öfter vor und ist schon vielen Menschen passiert, aber an dem Abend konnte ich mich nicht einmal daran erinnern, überhaupt geparkt zu haben. Stundenlang spazierte ich durch die Stadt voller Menschen, die im Müll wühlten. Ich setzte mich zu ihnen auf den Gehweg. Ich ging weiter und gelangte in Stadtviertel, die keinen Gehweg hatten. Ich ging noch weiter und entdeckte, dass die Stadt ein grenzen- und konturloses Monster ist. Ein Monster mit Ampelaugen und Abwasserkanalmund, dessen widerwärtige Haut aus Asphalt sich aufstellte, als es mich ausspuckte. Der Mond glich dem Lächeln eines verrückten Alten, und dennoch freute ich mich, zu sehen, dass der Mond sich in den Pfützen spiegelte. Mein ganzes Leben spiegelte sich in diesen Pfützen. Plötzlich hatte ich nicht nur vergessen, wo ich meinen Wagen geparkt hatte. Ich konnte oder wollte mich auch nicht daran erinnern, wo ich wohnte. Ich schlief bei einem Bettler zwischen Kartons auf der Plaza Santa Ana. Es roch nach billigem Wein und Urin, aber in der gesichtslosen Stadt erschien mir der Unterschlupf wie ein Halt. Ich kehrte nie wieder in meine Wohnung zurück. Erst vor zwei Tagen habe ich in meiner alten Hose den Schlüssel gefunden. Manchmal denke ich, dass mein Auto abgeschleppt wurde, manchmal denke ich, dass ich damals verrückt wurde. Mein Leben wurde abgeschleppt. Als der Morgen graute, ging ich zum Busbahnhof Süd und fuhr hierher. Das Haus meiner Großeltern stand nicht mehr. Das hatte der Regen verschlungen. Aber da war der alte Leuchtturm. Verlassen. Deshalb bin ich hergekommen, um einen Leuchtturm zu finden. Und hier bin ich.

Ainur

Der zweite anonyme Brief unterschied sich deutlich vom ersten. Er steckte in einem sauberen Umschlag, auf den mein Name gekritzelt war. Der Umschlag lag auf dem Frühstückstisch. Harmlos wie ein Brötchen oder eine Taube, grausam wie eine Schlange, die der Hitze eines Brotlaibs entkommen ist. Er war auf einer alten Schreibmaschine mit rotem Farbband geschrieben, und die i-Punkte hatten so durchgeschlagen, dass sie auf dem Papier wie Blutstropfen wirkten.

Wir haben dich gefunden, du Teufelsbrut.
Du wirst sterben, du Nutte.
Du wirst bereuen, was du getan hast, wir werden dich eigenhändig umbringen.
Wir wissen, wo du wohnst, und du weißt weder wie noch wann.

Ich sagte dem Leuchtturmbewohner nichts von dem zweiten anonymen Brief oder meinen »geheimnisvollen« Verfolgern. Es schien ihn auch nicht zu interessieren. Seit es zu regnen begonnen hatte, wirkte er anders, und es regnete inzwischen seit vierzehn Tagen ununterbrochen. Die letzten Tage war er geistesabwesend, als befände er sich in einer anderen Welt. Wenn ich ihn etwas fragte, antwortete er meist gar nicht oder nur einsilbig. Auch wenn ich oft das Gefühl hatte, ihn schon ewig zu kennen, und er für mich noch immer das Kind von früher war, wirkte er auf eine Art seltsam, die mir bewusst machte, dass ich ihn in Wahrheit überhaupt nicht kannte, denn es waren viele Jahre vergangen und wir beide keine Kinder mehr.

»Hast du schon mal erlebt, dass es so anhaltend regnet?«

»Natürlich, du auch. Damals, als wir klein waren und die Schule ausfiel, weil ein Vater seinen Sohn getötet hatte, da hat es noch viel schlimmer geregnet.«

Ich dachte, ich hätte diese Geschichte vergessen, aber als er sie erwähnte, wurde mein Mund trocken. Magic, der Leuchtturmbewohner, hatte sie genauso wenig vergessen. Es war eine dieser Geschichten, die unser Dorf ein paar Tage lang auf der Landkarte auftauchen ließ. Für die Welt existierten wir, wie sehr kleine oder abgelegene Orte eben existieren, nämlich dann, wenn ein Verbrechen, eine Katastrophe oder ein Erdbeben den Nebelschleier über ihnen lüftet. Sie sind nur ganz kurz sichtbar. Anschließend versinken sie wieder im Nebel und in der Ferne, bis das Medienmonster erneut aufwacht.

Wir kannten den Jungen. Er war nicht unser Freund. Gott sei Dank war er nicht unser Freund. Er war ein guter Junge. Er saß immer in der letzten Bank. Sein Pony fiel ihm in die Augen. Er war der Typ Junge, der kein Wässerchen trüben konnte. Doch er machte den Fernseher seines Vaters kaputt. Sein Vater trank nicht, rauchte nicht, er war ein Mensch, bei dem alles nach Plan lief, und eher wortkarg. Nach Plan und ohne viele Worte schlug er ihn mit einem Gürtel und dann mit den Fäusten am ganzen Körper, bis er merkte, dass er erschöpft war, sehr erschöpft. Der Junge weinte nicht mehr, er hatte sehr geweint, als er auf ihn einzuschlagen begann, er sagte, dass er es nie wieder tun würde, aber jetzt war er blass und weinte nicht mehr. Der Vater schickte ihn ohne Abendessen zu Bett. Er selbst aß auch nichts. Um Mitternacht rief der Junge erschrocken nach seiner Mutter, er hatte Angst, noch einmal verprügelt zu werden.

»Mama, sag Papa, er soll mich nicht mehr schlagen. Ich glaube, ich habe ins Bett gemacht.«

Blut tränkte das Leintuch, es lief aus dem Körper des Jungen, von dort, wo in ihm etwas kaputtgegangen war, zu einem Loch, das es unter dem elterlichen Bett geben musste und das zu den dunklen Kloaken führte, wo man Getanes ungeschehen machen möchte und nicht kann.

Sie brachten ihn ins Krankenhaus. Zu spät. Vorher hatten sie wertvolle Zeit damit verschwendet, sich gegenseitig die Schuld zuzuschieben und an die Schande zu denken. Als sie eintrafen, konnte man nichts mehr für ihn tun. Der Junge starb am Morgen, immer noch in der Angst, wieder geschlagen zu werden, weil er ihnen so viele Umstände gemacht hatte.

Am Tag seiner Beerdigung fiel die Schule aus, und alle Kinder im Dorf schworen, nie den Fernseher kaputt zu machen. Mir fiel das leicht, weil es bei mir zu Hause keinen gab.

Von jenem Moment an war ich froh darüber, keinen Vater zu haben. Meine Mutter hätte wohl nicht genügend Kraft, um mich totzuschlagen, meine Großmutter dagegen schon eher. Vielleicht schlugen sie mich deshalb nie. Wenn sie es eines Tages täten, würden sie mich töten. Mir kam es so vor, als wäre all das nur passiert, um uns Kinder einzuschüchtern, denn wirklich Angst gemacht hatte mir, dass die Erwachsenen, wenn sie darüber sprachen, nie den armen toten Jungen bemitleideten, der jetzt nicht mehr in der letzten Bank im Klassenzimmer saß, keiner Fliege etwas zuleide tat und den Eindruck erweckte, dass er kein Wässerchen trüben konnte.

»Die armen Eltern«, sagten die Erwachsenen.

Und ich dachte: Armer Junge, arme Kinder. Wenn du einen Arbeitskollegen tötest, bist du ein Mörder. Wenn du dein Kind tötest, bedauern dich alle.

»Bei mir zu Hause war es noch schlimmer«, sagte Magic. »Zu Hause sagten meine Eltern andauernd: Er war ein guter Mann, er war überarbeitet, das hätte jedem passieren können. Sie sagten es so, dass ich davon überzeugt war, der Nächste zu sein. Mein Vater hatte schnell den Gürtel zur Hand, meine Mutter schlug mit der Faust auf den Kopf und mit dem Hausschuh, aber die Prügel meines Vaters war schrecklich. Trotzdem hat er mich danach eine Zeit lang nicht geschlagen. Dann sind wir weggezogen, er vergaß den Vorfall und schlug mich wieder wie zuvor. Wie immer. Er schlug mich bis zu dem Tag, als er die Hand hob und sah, dass ich, aufrecht und größer als er, ebenfalls die Hand erhoben hatte.«

Ainur zerreißt das Blatt drei Mal und dann noch drei Mal und wirft es zum Fenster hinaus. Dann setzt sie sich wütend an den Schreibtisch, um dem Bürgermeister, seinen anonymen Briefen und seinen Totschlägern endlich zu entkommen. Um weit weg, fünftausend Anschläge, vierhundert Jahre, mehrere Meter entfernt in die Sicherheit ihres Computerbildschirms und des Papiers zu fliehen, das sich allmählich auf ihrem Schreibtisch stapelt wie Bügelwäsche, die einen mit ihrem frischen Geruch tröstet. Hin und wieder greift sie nach einem Blatt und atmet seinen Geruch ein. Dann schaut sie zum Fenster hinaus und sieht die Papierschnipsel, die in den Innenhof der Magdalenenkirche geflogen und vielleicht in der Krypta mit den Knochen gelandet sind. Sie beugt sich zum Fenster hinaus, um die dunklen Berge zu sehen und den Geruch nach Feuerholz einzuatmen. Beim Geruch von Feuer läuft ihr ein Schauer über den Rücken, doch dann greift sie erneut zu einem Blatt Papier und atmet sein druckfrisches Aroma ein, sie fühlt sich wieder sicher und kehrt zu Selene zurück.

Selene

Sie hörte Casilda schluchzen und spürte, dass man sie wegtrug. Dann zermalmte das weiße Gleißen ihren Schädel an einer Wand aus Schmerz. Sie hörte auf zu denken. Sie träumte, ohne zu wissen, dass sie träumte. Sie ritt auf dem weißen Gleißen, das einer der vier Reiter der Apokalypse war. Der Schmerz tilgte ihr ganzes Leben und war wie ein Schatten, der sie begleitete.

Sie träumte, ohne zu wissen, dass sie träumte. Der weiße Schatten trug sie weit zurück in die regnerische Nacht ihrer Geburt, als ihre Mutter sich weigerte, sie anzunehmen. Der weiße Schmerz begleitete sie, als sie von ihrer Tante Milagros in den Wäldern das Kräutersammeln lernte. Sie musste dem weißen Schatten einen Namen geben, aber ihr fiel keiner ein. Er war bei ihr in jenem Morgengrauen, als sie Leinen für den Scheiterhaufen ihrer Tante kaufte, und er war bei ihr auf dem beschwerlichen Weg, der sie, allein auf der Welt zurückgeblieben, zu den Wölfen führte. Der weiße Schatten begleitete sie, als sie bei dem Mediziner aus Toledo viel über Medizin lernte. Er verließ sie auch nicht, als der Mediziner festgenommen wurde und sie die Kranken zu heilen begann, und sie fühlte sich sicher, weil sie keine Zeit hatte, den Scheiterhaufen zu sehen, den man auf dem Marktplatz für sie errichtete. Jetzt spürte sie, wie die Flammen ihre Beine verschlangen, und der weiße Schmerz war bei ihr, reglos und grausam. Sie konnte ihn nicht mehr ertragen.

Diesmal hatte sie geschrien, weil sie Casildas kalte Hände gespürt hatte, die ihre Lippen mit einem Tuch befeuchteten. Sie glaubte, zu schwach zum Trinken zu sein oder sich erbrochen zu haben, aber gleich darauf sah sie eine Frau über einen weißen Spiegel voller Symbole gebeugt und wusste, dass diese Frau ihre Zwillingsschwester war und über sie, über die Pest und die Angst der Menschen schrieb. Die Unbekannte sah ihr ähnlich, obwohl sie jünger und dünner war. Sie bewegte ihre Finger auf ganz merkwürdige Weise, als wollte sie die Geister beschwören. Da blickte die Frau auf, und Selene wusste, dass sie den Tag ihres Todes kannte.

Sie schlug die Augen auf und sah Casildas hässliches und geliebtes Gesicht vor sich.

Selene wollte ihr sagen, man solle sie wie alle anderen Kranken behandeln. Man solle sie allein auf einer Bahre sterben lassen, weil ihr niemand mehr helfen könne. Sie bewegte die Lippen, brachte aber keinen Ton heraus. Im Grunde war es eine Erleichterung, zu wissen, dass sie nicht allein sterben würde oder zumindest nicht einsamer als die übrigen Menschen, die geboren werden und allein sterben. Sie schloss die Augen und spürte, wie der Schmerz und der weiße Schatten sie einhüllten, und sie wusste, dass dies kein Traum war, dass sie wirklich starb. Das Leben entwich aus ihrem Unterleib, an einer Stelle in der Leiste, wo sich, wie sie wusste, ohne sie berühren zu müssen, eine schreckliche schwarzblaue Beule gebildet hatte. Sie sah den Hexenjäger, der am Bach versucht hatte, sie zu vergewaltigen, und den gebildeten Jungen, der ihr damals das Weihwasser gereicht und ihr dabei Liebesworte ins Ohr geflüstert hatte, und sie empfand seinen zarten, schmerzlichen

Kuss wie einen Todeskuss. In dem Moment überkam sie die Erleichterung wie ein Höhepunkt des Schmerzes, denn der Schmerz nahm zu und löste sich auf in etwas Warmes, Öliges. Sie träumte, die Beule sei aufgeplatzt und all ihre Ängste würden durch sie entweichen: die Angst vor der Inquisition und die Angst, nicht geliebt zu werden, ihre Angst vor dem Tod und ihre Angst davor, allein zu sterben. Da vernahm sie Casildas Stimme:

»Gelobt sei der Herr!«

Dann hörte sie nichts mehr.

Drei Tage später wachte sie auf. In ihrem Schädel hämmerte es laut. Sie lebte. Auch wenn sich das Leben in eine Abfolge von Schmerzen verwandelt hatte, fühlte sie sich trotz ihrer Geschwächtheit auf eine neue Art lebendig, als wäre ihr Leben vor der Pest ein Traum gewesen und als würde sie jetzt endlich daraus erwachen.

Ainur

Es regnete weiter, und ein neuer Tag brach an, der sich aber vom vorherigen kaum unterschied, es war der Morgen, an dem mir der Leuchtturmbewohner die Skelette in der Krypta der Magdalenenkirche zeigte. In unserer Kindheit war die Existenz oder auch Nichtexistenz dieser Knochen Gegenstand von Faszination und kindlicher Angst gewesen. Ich hatte sie noch nie gesehen und war davon überzeugt, dass die Erwachsenen uns Kindern damit nur Angst einjagen wollten, wenn wir zu spät nach Hause kamen oder unsere Suppe nicht aufaßen.

»Nein«, sagte Magic. »Es gibt sie wirklich. Ich habe sie gesehen. Sie sind ein Memento mori, ein Monument des Todes. Sie sollen uns Lebende daran erinnern, dass wir sterben müssen. Man hat sie in die Krypta gelegt, um uns Angst zu machen.«

»Und damit wir tun, was die Priester sagen.«

»Damit wir uns daran erinnern, dass wir sterben müssen.«

»Ich glaube nicht, dass uns daran jemand erinnern muss.«

»Sag das nicht, ich vergesse es, wenn ich mit dir zusammen bin.«

»Ich vergesse es nie.«

»Was habe ich für ein dramatisches Mädchen«, sagte er und küsste mich.

Ich weiß nicht, wie Magic an den großen Eisenschlüssel der alten Kirche gekommen war. Es handelte sich um eine kleine romanische Kirche mit einem Altar in der Mitte und einer Mauernische, wo im Schutz der Dunkelheit ein großes Bildnis der heiligen Magdalena hing, die der Kirche und Gemeinde ihren Namen gegeben hatte. Ich hatte viel darüber gelesen, weil in etlichen Quellen behauptet wurde, es handle sich um ein Porträt von Selene, der Hebamme, die manche für eine Heilige und andere für eine Hexe hielten. Einige Wissenschaftler gingen sogar noch weiter und behaupteten, das Porträt sei nach ihrem Tod angefertigt worden. Ich zog an Magics Hand, weil mich das Bildnis am meisten interessierte. Ich hatte mich im Dorf nach dem Schlüssel erkundigt, und man versicherte mir, dass nur der Herr der Dunkelheit einen besitze. Sosehr ich mich bemüht hatte, all meinen Mut zusammenzunehmen und ihn um den Schlüssel zu bitten, ich war jedes Mal zu verzagt gewesen, um mich dem Haus mit den geschlossenen Fensterläden zu nähern. Und jetzt stellte sich heraus, dass Magic die ganze Zeit im Besitz des Schlüssels gewesen war.

Manchmal findet man einfach nicht, was man sucht, weil es zum Greifen nah ist, dachte ich.

Magic legte mir seine Hand auf den Mund, sie roch nach Zigaretten und nach Mann und nach etwas Bitterem, das ich nicht bestimmen konnte. Ich ließ mich von dieser kräftigen Hand mit den hervortretenden Adern von Magdalenas Bildnis weg zu der Grabstätte führen, die sich auf der anderen Seite der Kirche befand. Er zog an einem Ring auf dem Boden und öffnete den Zugang zur Krypta. Ich bin ein bisschen klaustrophobisch, es machte mir Angst, in das dunkle, enge Gewölbe unter der Kirche hinabzusteigen. Magic hatte eine

Taschenlampe dabei. Sie war zu schwach. In ihrem kleinen Lichtkegel erkannten wir nur, dass der Gang etwas breiter wurde. Es roch nach Feuchtigkeit. Bevor wir die Skelette sehen konnten, spürten wir sie. In der Dunkelheit lauerten Tausende schwarzer Käfer. Ich brauchte einen Moment, bis ich begriff, dass es sich um die leeren Augenhöhlen der Toten handelte. Schwarze Löcher, die das Licht absorbierten, und Fragen in leblosen Augen, die sich wie Messer in unsere bohrten. An den Wänden der Krypta stapelten sich Hunderte, vielleicht Tausende Schädel aller Größen, und vor uns, auf einer Art Altar, lagen die Überreste von drei Kindern, die wie Prinzen gekleidet waren. Ich erinnerte mich an den Jungen, der totgeschlagen worden war, weil er den Fernseher kaputt gemacht hatte.

»Und die, was haben die kaputt gemacht?«, fragte ich und drückte Magics Hand. Mit ihm an meiner Seite hatte ich keine Angst. Ich fand die Darbietung nur geschmacklos.

»Das sind die Kinder eines Grafen. Es war eine große Ehre, dass sie hier begraben wurden.«

Eins der Skelette, das kleinste und hilfloseste, hatte die Arme ausgebreitet wie zum Kreuz. In einer Hand hielt es ein Messbuch, in der anderen eine Fliese mit der Inschrift: »Wie du bist, sind wir gewesen, wie wir sind, wirst du sein.«

Es war makaber.

Wie die Kulisse eines Snuff Movie, dachte ich.

»Das ist ein Snuff Movie der Vergangenheit«, sagte Magic und gab mir einen Kuss, vielleicht weil er fürchtete, ich würde schreien.

Ich erinnerte mich an meinen Geschichtsunterricht, an einen Satz, den ein Sklave dem römischen General wiederholen musste, dem der Sieg zustand. Alle Welt jubelte ihm zu und bewarf ihn mit Blumen. Alle Männer wollten sein wie er, und alle Frauen wollten mit ihm schlafen. Deshalb fuhr in der Quadriga des Siegers ein Sklave mit, der ihm ständig wiederholte: »Denke daran, dass du sterben musst.« Na gut, tatsächlich sagte er: »Denke daran, dass du kein Gott bist«, was das Gleiche ist.

Ich erzählte es dem Leuchtturmbewohner.

»Deshalb habe ich dich hierher gebracht, um dich daran zu erinnern, dass ich kein Gott bin, dass ich sterblich bin, dass ich weder der erste noch der letzte Mann bin, der sich verliebt hat.«

»Lass uns von hier verschwinden, es ist so stickig.«

In der Krypta hatten mich nicht die Schädel, nicht die Tatsache, wie viele Tote hier lagen, am stärksten beeindruckt, sondern dass sich alle Schädel so ähnelten. Das Leben war immer einzigartig, individuell, unnachahmlich, vielleicht verfehlt. Der Tod war immer im Recht und immer gleich, wie ein Bild, das sich in einem unendlichen Spiegel vervielfältigt. Die Lebenden sind oder wirken verschieden. Die Toten wirken oder sind gleich. Totenschädel ähneln Schachfiguren oder Prototypen: Sie sind alle gleich, gleichermaßen tot für immer, sie haben nichts mehr von dem Lachen, der Miesepetrigkeit, der Verderbtheit oder dem Schelmischen, die sie zu Gesichtern gemacht hatten. Sie haben alle die gleichförmige Gesichtslosigkeit des Todes.

»Du wirst jetzt etwas sehen, was noch niemand gesehen hat.«

»Was?«

»Etwas, das du niemandem erzählen darfst.«

Als wir der stickigen Luft der Krypta entkommen waren, führte mich Magic zum Bildnis der Magdalena. Ich hatte sie völlig vergessen. Es war ein großformatiges Gemälde der flämischen Schule. Ich fand es zu protzig für eine so schlichte Kirche. Magic hielt die Taschenlampe darauf.

»Fällt dir etwas auf?«, fragte er mich, und es musste mir zwangsläufig etwas auffallen.

Das Gemälde stellte eine rothaarige, sehr schlanke und ein wenig verblühte, aber schöne Frau dar. Sie kniete und hielt einen Totenschädel in Händen. Den Hintergrund bildete eine Kiefernlandschaft und ein Unwetter, das mit großen Blitzen näher zu kommen schien. Die Landschaft war nicht, konnte nicht die um unser Dorf herum sein, sie wirkte wie eine dieser toskanischen Landschaften, die ich aus Museen kannte. Hätten die Blitze nicht so bedrohlich gewirkt, hätte es friedlich sein können. Die Ausführung des Bildes war gut, obwohl die Farbe aussah, als hätte sie einen Brand überstanden. Eine schwarze Zunge näherte sich Magdalena. Sie würde sie nie berühren, doch der Schein der Flammen schien sich im Glanz ihrer grünen Augen widerzuspiegeln, die von einem Gespinst aus seidigen Falten umgeben waren. Ich konzentrierte mich auf jedes Detail, um davon abzulenken, was mich bestürzte, denn obwohl die Frau zu Boden blickte, konnte man unmöglich die Ähnlichkeit übersehen.

»Was kann das bedeuten?«

»Ich weiß es nicht«, sagte der Leuchtturmbewohner.

»Du hast es gewusst.«

»Ja, deshalb wollte ich auch, dass du zuerst die Krypta siehst, damit zu verstehst, dass sie nicht so wichtig ist.«

»Und das ist bestimmt kein Scherz? Du hast dieses Bild nicht etwa selbst gemalt?«

»Ich habe es vor vierhundert Jahren gemalt und dann darauf gewartet, dass du kommst.«

»Ja, klar.«

»Das ist nicht witzig.«

»Na ja, du weißt doch, dass es in diesem Dorf heißt, wir wären alle Vettern und dass durch die Inzucht alle Familien miteinander verwandt wären. Altamira ist nicht weit von hier, und in der DNA der Dorfbewohner im Umkreis der Höhle hat man die Gene derjenigen gefunden, die Bisons und Pferde gemalt haben.«

»Willst du damit sagen, dass alle Menschen Geschwister sind?«

»Ich will sagen, dass alles eine logische Erklärung hat.«

»Eine Erklärung schon, davon bin ich überzeugt. Aber ich glaube kaum, dass sie logisch ist.«

Du weißt, dass die Höhle, das Erdloch mit den Knochen, zuerst da war. Sie war immer da. Noch vor der Kirche. Noch vor dem Dorf.«

»Die Höhlen waren heilig. Sie waren die Vagina der Erde, in der die Erde befruchtet wurde. Und sie waren der Uterus, in dem man zur Sicherheit der Mutter Erde zurückfand. Was in den Höhlen, in den Erdlöchern verborgen war, konnte enthüllt werden.«

»Wie deine Ähnlichkeit mit Selene. Laut den Aufzeichnungen der Hebamme, die du mir gezeigt hast, ist dieses Bildnis ihr Porträt. Kommt sie dir nicht bekannt vor?«

»Wieso soll sie mir bekannt vorkommen?«, log ich.

»Sie sieht aus wie du.«

»Sie ähnelt mir ein bisschen. Aber du hast ja gerade selbst gesagt, dass wir hier im Norden alle verwandt sind. Es gibt nichts Neues unter der Sonne, auch keine neue Familie in dieser Gegend. Das muss der Grund für die Ähnlichkeit sein.«

»Ainur, sie ähnelt dir wie ein Wassertropfen dem anderen. Es wirkt wie ein Porträt von dir, dargestellt als Magdalena. Ist das der Grund, warum du so besessen von ihr bist, oder ist es nur Zufall?«

»Als ich mich für ihre Geschichte zu interessieren begann, wusste ich gar nicht, dass dies ein Porträt von ihr ist. Mich hat etwas anderes stutzig gemacht. Dies hier ist das einzige Dorf, das ich kenne, dessen Kirche der heiligen Magdalena geweiht ist. Und dann stellt sich heraus, dass für diese Magdalena eine Frau Modell stand, die als Hexe verbrannt wurde. Was denn nun? War sie eine Hexe oder eine Heilige?«

»Wichtig ist, dass sie nicht wie alle anderen war, das ist wichtig. Heilige haben es auch nicht leicht, und von der Heiligen zur Hexe ist es nur ein kleiner Schritt. Denk mal an Jeanne d'Arc.«

»Schon, heutzutage säße Jeanne d'Arc wegen Schizophrenie in der Psychiatrie.«

»Aber ihre Visionen waren real.«

»Es gibt mehr Dinge zwischen Himmel und Erde, Horatio, als Eure Schulweisheit sich träumen lässt.«

»Das ist aus *Hamlet*.«

»Meine Großmutter pflegte zu sagen, auch wenn du die Geister nicht siehst, dich sehen sie immer.«

Selene

Nachdem sie die Pest überlebt hatte und wieder aufstehen konnte, empfand sie keine Freude, sondern Traurigkeit, eine gelassene Traurigkeit, der Resignation sehr ähnlich. Jeden Tag wurden weniger Kranke in das Notlazarett eingeliefert. Eines Tages, als schon kein Baum mehr in der Stadt zu finden war, gab es nur noch einen Toten, und am nächsten Tag starb niemand mehr. Die Epidemie war so plötzlich zu Ende, wie sie begonnen hatte, die Straßen wurden gereinigt, und die Überlebenden begrüßten sich wie Auferstandene. Sie waren im Begriff, sich wieder zu erholen. Die wenigen, die, wie Selene, erkrankt waren und überlebt hatten, und die, die sich nie angesteckt hatten. Sie alle kamen langsam wieder zu Kräften, getragen von einer Melancholie, die der in der Musik ähnelte.

Wie Neugeborene lernten sie wieder, zu gehen, und verspürten Lust, die unbekannten Menschen zu umarmen, die ihnen auf den verwaisten Straßen über den Weg liefen. Nachts in ihren Betten konnten sie nicht schlafen vor lauter Freude, am Leben zu sein, und wegen der unerträglichen Schuldgefühle, überlebt zu haben.

Ainur

Meine Großmutter sagte, wenn du stirbst, siehst du dein Ebenbild, das dich grüßt. Ihr eigenes sah sie nicht, dafür aber die Seelen ihrer Bekannten, die kamen, um sich von ihr zu verabschieden. Ich war oft bei ihr, wenn das geschah.

»Ich habe Antóns Stimme aus Fonteta gehört, den ich so mochte und der mich ebenfalls mochte. Er ist noch nicht mal sechzig Jahre alt und hat sich vor kurzem eine neue Kuh gekauft. Wie schade, dass er jetzt sterben muss.«

Widersprechen war sinnlos. Ich kannte meine Großmutter und wusste, dass besagte Person, meist ein Nachbar oder eine Freundin, binnen einer Woche sterben würde.

»Es ist Rosalía aus Santalla. Sie kommt, um sich von mir zu verabschieden. Das ist sehr nett von ihr«, sagte meine Großmutter.

In der Fakultät für Geschichte erzählte ich das einem meiner Professoren, für den ich eine Schwäche hatte, ohne dass er eine für mich gehabt hätte.

»Ich glaube, das war Telepathie. Dieser Mensch dachte an meine Großmutter, und dadurch hat meine Großmutter die Botschaft erhalten.«

Doch mein Professor wollte nichts davon hören. Für ihn war das ländlicher Aberglaube. Was es zwischen Himmel und

Erde gab, aber nicht in unserer Philosophie, interessierte ihn nicht. Das war einer der Gründe, warum ich beinahe das Studium abgebrochen hätte.

»Du bist zu nichts nütze, Ainur. Du bringst nie zu Ende, was du angefangen hast.«

Na schön, jetzt wollte ich Selenes Geschichte zu Ende bringen. Ich wusste, dass sie irgendetwas mit mir zu tun hatte. Irgendwie war sie die Geschichte aller Frauen und auch meine Geschichte.

Deshalb glaubte ich zunächst, der Leuchtturmbewohner hätte sich einen Scherz mit mir erlaubt, als er mir Selene als Maria Magdalena zeigte, die wie ein Ebenbild meiner selbst aussah. Ich glaubte nicht an die Echtheit. Bis ich dazugehörige Unterlagen in der Kirche fand: Fotos von dem Ölgemälde, die vor meiner Geburt entstanden waren. Das Schwarzweiß war mit der Zeit vergilbt, aber die Ähnlichkeit nicht. Sie könnte meine Schwester oder meine Mutter sein. Sie könnte ich sein. Da fielen mir all die Geschichten meiner Großmutter und die mittelalterlichen Legenden wieder ein. Du triffst an einer Straßenkreuzung oder wenn du um eine Ecke biegst, dein Ebenbild. Du bist überrascht von der Ähnlichkeit und brauchst einen Augenblick, um es zu begreifen. Es scheint eine unbedeutende Begegnung zu sein, bis dich die Erkenntnis wie ein Blitzschlag trifft. Wie flüchtig die Vision auch gewesen sein mag. Hattest du sie einmal, war dir der Tod gewiss.

Jetzt, nachdem ich mich in Selenes Kleidern gesehen hatte, fragte ich mich, ob ich mein Ebenbild gesehen hätte, ob sie mein Ebenbild sei und meinen Tod ankündigte.

Es regnete weitere vierzehn Tage. Das Wasser plätscherte von den grauen Dächern und ließ Abwasserkanäle und Herzen überlaufen. Es schlängelte sich in meine Eingeweide und ließ sie schrumpfen. Wenn es weiterregnete, würde ich mich noch selbst in Wasser verwandeln und durch den Abfluss ins Meer fließen. In das Meer dieser Tage voll schlammigen Wassers, das gegen die Gräber schlug. Diese durstigen Gräber, die jeden neuen Schwall aufsogen, den die Sintflut auf den Wegen hinterließ. Die ganze Welt war kalt und feucht: das Bettzeug und die Hände, seine Lippen und meine Augen. Es schien, als würde es nie wieder aufhören zu regnen. Jeden Morgen sah ich zum Himmel hinauf, der weiterhin schwarz und bedrohlich wirkte. Jede Nacht bat ich darum, der Regen möge nachlassen, ohne zu ahnen, dass das Ende dieser Sintflut auch das Ende meiner Geschichte mit dem Leuchtturmbewohner sein würde.

In einer Paarbeziehung gibt es immer drei.
Gibt es keine Geliebte, kommt ein Kind. Zwei ist eine Zahl, die nie lange vorhält.
Bei dem Leuchtturmbewohner und mir gab es auch eine dritte Person.

Selene schlief bei uns, wir hörten ihren Atem und das Knistern des Feuers, wir rochen den kräftigen Urin- und Schweißgeruch, und wenn wir nachts aufwachten, wussten wir, dass uns eine der Ratten aus Selenes Kerker aufgeschreckt hatte.

Ich habe es satt, dass du das Opfer, die Verfolgte spielst. Alle Welt verfolgt dich, du bist das ewige Opfer. Bist du noch nie auf den Gedanken gekommen, dass du an Verfolgungswahn leidest? Glaubst du nicht, dass du vielleicht etwas getan hast und es deshalb verdienst? Glaubst du nicht, dass es zu viel des Zufalls ist, dass alle Welt es auf dich abgesehen hat? Die unschuldige Ainur. Die verfolgte Ainur. Das Opfer Ainur. Und warum nicht die paranoide Ainur? Die manipulierende Ainur? Die Ainur, die den ersten Stein wirft und die Hand versteckt, die die Männer verrückt macht und hinterher sagt: Das war nur ein Scherz. Ainur, die nicht weiß, wer sie ist, und bewirkt, dass wir anderen an uns selbst zweifeln. Ainur, die einzige Frau, gegen die ich die Hand erhoben habe, die einzige, die mich auf die Palme gebracht hat, die mich wahnsinnig gemacht und zu Dummheiten verleitet hat. So weit hast du mich gebracht, und nun sagst du mir, dass Männer im Dorf eingetroffen sind, die dich umbringen wollen. Na schön, möglicherweise bin ich aber der Einzige im Dorf, der dich umbringen will, denn ich weiß nicht, wer ich bin, ich weiß nicht mehr, was ich will. Seit ich dich kennengelernt habe, hat es kein Glück gegeben. Es gab intensivste Lust bis an die Schmerzgrenze und einen orgiastischen Schmerz, der die Lust am Leiden einschloss. Aber Ruhe, Zufriedenheit und das, was ich früher glückliche Tage nannte, sind völlig aus meinem Leben verschwunden. Und ich wage nicht einmal mehr, davon zu träumen.«

»Sprichst du von der Liebe?«

Ich setzte mich auf die Toilette. Diese Toilette hat noch nie richtig funktioniert. Nachts machte sie gurgelnde Geräusche. Ich zog an der Kette, und dann hörte ich die Stimme von unten, ganz unten aus dem Loch.

Aus der gespenstischen Kehle, die nachts gurgelte und jetzt klagte wie eine Tote.

Sie schien zu wimmern.

Sie sagte: »Hallo, hallo, haaallooo.«

Ich rannte hinaus zum Leuchtturmbewohner. Er hatte es auch gehört, sagte aber, das seien die Abflussrohre, sie funktionierten nicht richtig. Die kaputte Toilette und meine Phantasie und, ja, auch seine Phantasie, aber die Laute befänden sich nur in unseren Köpfen. Es gäbe nichts Bösartiges in den Abflussrohren unseres Dorfes, nichts, was mit den Abwässern vom Meer herangespült werde und herauswollte, um uns zu verschlingen. Nichts außer der Angst.

Und die Liebe hat immer Angst.

Ich gehe nach Hause. Allein. Obwohl man in diesem Dorf nie allein ist. Ich weiß, dass ich durch die halbgeschlossenen Fensterläden beobachtet werde. Ich betrachte die Fenster, die nicht blinzeln, wie tot wirken. Es sieht so aus, als wäre niemand da. Und trotzdem habe ich dieses Gefühl im Nacken. Ich weiß, dass ich beobachtet werde.

Auch wenn sich die Gardinen im Haus der alten Consuelo nicht bewegen. Wenn sich hinter den Fensterläden im Haus des Herrn der Dunkelheit nichts rührt. Ich gehe schneller.

Gleich bin ich zu Hause. Dort werde ich in Sicherheit sein.

Die Magdalenenkirche ist meine unmittelbare Nachbarin. Soll heißen, mein Haus, das Haus der Witwe Rius, über das seit Wochen die Raben kreisen, steht in nächster Nähe zu dem Erdloch mit den Knochen. Zu dieser Vagina der Erde, auf der das Dorf gebaut ist. Ich spüre, dass die Kirche mit ihrem Turm, ihrem Kreuz und ihrem Glockenstuhl dort steht, um die Macht der Höhle zu bannen. Möglich, dass die Knochen als Opfergabe oder zum Verschließen dorthin gebracht wurden, um zu verhindern, dass das, was von unten das Dorf beschützt, entkommen kann. Magic hat mir erzählt, dass sich die Höhle noch kilometerweit unter dem Dorf hinzieht, dass sie noch nicht vollständig erforscht wurde, dass manche behaupten, sie beherberge prähistorische Wandgemälde, und wieder andere von Teufelsritualen in ihren Gängen reden. Ich stelle mir die unterirdischen Gänge wie die Finger einer Hand vor, die das Dorf hartnäckig festhalten. Das, was man nicht sieht, ist häufig das Wichtigste. Wir sehen weder die Spermien noch die Eizellen, aus denen wir entstehen. Wir sehen nicht.

Ich glaube, dass unter unserem Dorf noch ein anderes Dorf existiert. In dem einen wohnen die Lebenden, im anderen Ratten, Maulwürfe und vielleicht die Toten. Und die Höhle, die in die Kirche mündet, ist der einzige Ort, an dem sie sich treffen können.

Ich spüre, dass meine Kräfte nachlassen, und lehne mich an das grüngestrichene Kirchenportal. Die abblätternde Farbe bleibt an meinem Mantel hängen. Und die Tür gibt nach. Sie gibt nach unter dem Gewicht meines Körpers, und ich trete ein, besser gesagt: ich stürze in die Dunkelheit der heiligen Stätte.

Der Geruch nach Wachs und altem Holz, dieser Geruch nach Dunkelheit und Feuchtigkeit, den die Kirche ausdünstet, erinnert dich an deine kindliche Langeweile und die Angst vor dem blutenden Christus. Du sahst in ihm einen sterbenden Mann und wusstest nicht, wie du ihm helfen solltest. Deine Großmutter schleppte dich nur zur Messe, damit die Kleidung geweiht wurde. Sie zog dir drei Jacken übereinander an, sodass du kaum noch Luft bekamst. Sie lachte und sagte, du sähst nicht aus wie ein Kind, sondern wie ein Kohlkopf. Eine Jacke, die man in der Messe getragen hatte, war das beste Mittel gegen den bösen Blick. Natürlich musste man sie auch einzusetzen wissen. Man musste die Kunst des Beschwörens beherrschen.

Der Gott, der dich erdachte und erschuf,
soll den mit Blindheit schlagen,
der dich mit Zauber bannen will.

Es war Sonntag. Du warst in der Messe gewesen, gelangweilt und ängstlich wie heute. Du warst durch das Dorf gegangen wie heute und hattest gespürt, dass alle dich anstarrten. Im Gegensatz zu heute waren die Läden aber nicht geschlossen. Alle Fenster und aller Augen waren auf dich gerichtet. Zumindest kam es dir so vor. Alle waren da, du hattest das Gefühl, sie würden dich anglotzen und auslachen. All die Leute, die jetzt tot sind und die schon alt waren, als du ein Kind warst. Leute, deren Namen du nicht kennst, an deren Lachen du dich aber erinnerst.

Du hast nach der Hand deiner Großmutter gegriffen. Sie sah ihnen dreist in die Augen, als sie riefen: »Harpyie! Hexe!«

»Das sind böse Menschen, mein Kind«, sagte die Großmutter. »Sie verstehen das mit deiner Mutter nicht.«

Sie beschleunigten den Schritt und kamen verschwitzt bei den Klippen an. Mit ihren geröteten Wangen wirkte die Großmutter wie ein kleines Mädchen. Erst dort wurde ihr klar, dass sie auf der Flucht waren. Ihre Großmutter lehnte sich an die Friedhofsmauer, und sie sah einen roten Schatten, der die Welt auslöschte.

Als sie wieder zu sich kam, hatte sich ihre Großmutter über sie gebeugt. Mit der Jacke, die sie in der Messe angehabt hatte, machte sie Kreuze über ihrer Stirn.

Der Gott, der dich erdachte und erschuf,
soll den mit Blindheit schlagen,
der dich mit Zauber bannen will.

Sie lächelte sie an.

»Aber Großmutter, die behaupten, dass du die Hexe bist.«

»Ich füge niemandem Leid zu«, sagte die Großmutter.

Und jetzt war ihre Großmutter auf genau diesem Friedhof begraben, und sie fühlte sich schuldig wie damals, sie glaubte schuld daran zu sein, dass sie verfolgt wurde, ohne genau zu wissen, warum.

Sie hörte ihre Schritte auf den Steinplatten der Kirche. Viele davon trugen Inschriften. Sie ging über die Gräber ihrer Vorfahren. Sie war kein kleines Mädchen mehr. Und trotzdem empfand sie dieselbe kindliche Angst, die Angst vor etwas, dem man weder ein Gesicht noch einen Namen geben kann, was zu den schlimmsten aller Ängste zählt. Sie ging zur Krypta, aber die eiserne Falltür, die zur Galerie der Toten führte, war verschlossen. Sie merkte, dass sie von etwas anderem angezogen wurde.

Sie ging hinter dem Altar entlang zum Bildnis der Magdalena und streckte die Hand aus, um die Leinwand zu berühren. Statt der Weichheit der roten Haare, des sinnlichen Mundes, des Wunschtraums von einer Frau, den der Künstler geschaffen hatte, spürte sie die raue Oberfläche des mit den Jahren verwitterten Öls. Sie legte ihre rechte Hand auf die rechte Hand Magdalenas. Sie legte die Finger der linken Hand auf die Finger der linken Hand Magdalenas. Sie war in Lebensgröße gemalt worden, oder zumindest in Ainurs Größe. Ihre Hände waren identisch. Sie legte ihre Lippen auf Selenes halb offene Lippen. Sie schloss die Augen und küsste sie. Sie schmeckten alt, salzig, fast nach Urin. Ich bin verrückt, dachte sie, und eine Träne benetzte die Wangen auf dem Porträt.

Ainur« bedeutet Mondlicht und »Selene« Mond. In meiner Familie wurden immer solche Namen vergeben. Ich bin Selene. Und sie ist Ainur, weil sie stärker leuchtet als ich. Auch mich verfolgt man, um mich zu töten, und genau wie sie bin auch ich unschuldig. Oder sind wir in Wirklichkeit beide schuldig? Das Opfer kann unmöglich immer unschuldig sein. Das Opfer muss etwas getan haben. Zumindest würde es sich dann besser fühlen. Das Opfer ist nicht immer schuldig, es fühlt sich aber immer schuldig.

Sie streichelte das verstörte Gesicht des Porträts und spürte plötzlich brennend heiße Lippen auf ihrem Hals und einen Atem, der ihre Ohrläppchen liebkoste. Sie versank in einem langen, peinigenden Kuss: Münder und Zähne kamen sich in die Quere, Speichel verschmolz mit dem anderen, sie spürte, wie sie sich bei diesem Kuss innerlich öffnete. Ihre Augen waren geschlossen. Sie glaubte, das Bildnis hätte sie geküsst, aber inmitten des Kusses, umgeben von seinem Rauschen, wusste sie, dass nur ein Mensch so küssen und sie mit seinem Duft einhüllen konnte, bis sie entzweibrach.

Sie sank langsam zu Boden. Der Leuchtturmbewohner fing sie auf und küsste sie weiter: auf die Augenbrauen, auf die Augen, auf die Mundwinkel, auf den Brustansatz, auf den Bauchnabel.

Auf den eiskalten und gleichgültigen Steinfliesen der Kirche, auf den Namen der Toten liebten sie sich zu Füßen von Selenes Porträt mit solcher Hingabe, als brächten sie ein Opfer dar.

Wirst du nach Selene noch mehr Bücher schreiben?«

»Nein, das ist das einzige Buch, das ich immer schreiben wollte. Ich schreibe es für mich und für dich und für Selene. Es ist ein persönliches Buch. Das Buch eines Lebens. Wenn es mir gelingt, es fertig zu schreiben, werde ich bis zu meinem Tod nichts mehr schreiben. Ich glaube nicht mehr an die Bücher. Als Kind dachte ich, sie könnten die Welt verändern, heute weiß ich, dass sie nur gestutzte Bäume und verlorene Zeit sind.

Dir wird bewusst, dass du alt wirst, wenn du das Gefühl hast, alles wiederholt sich. Wenn du Tag für Tag dieselben Menschen siehst, die dir immer dasselbe erzählen, wenn du immer wieder dasselbe erlebst und sich nur die Sonne oder der Regen, der Nebel oder der Wind ändern. Das Wetter verleiht dem Leben, das lediglich die Wiederholung desselben Tages ist, die trügerische Vorstellung von Abwechslung. Vielleicht reden die Menschen deshalb so gern vom Wetter. Wenn wir lange genug lebten, würden wir begreifen, dass der graue und salzige Regen von heute nichts anderes ist als das Unwetter, das vor vierhundert Jahren Llanes heimsuchte. Im Augenblick wissen wir nur, dass sowohl der Regen als auch das Meer immer dasselbe sind, aber immer anders. Wohingegen unser Leben allmählich nur noch dasselbe zu sein scheint, ohne jemals anders zu sein. Wir treffen dieselben Menschen und sagen ihnen das Gleiche oder Ähnliches. Wenn das Gefühl der Wiederholung in der Liebe auftaucht, weißt du, dass du am Ende bist. Du weißt, du bist in Phase A oder B angekommen, weil du sie schon erlebt hast, und du erwartest sehnlichst und verzweifelt zugleich die Phase Z, die eintritt, wenn nichts mehr wichtig ist. Eine Beziehung geht zu Ende, und eine andere beginnt, aber etwas von dir hat sich abgenutzt. Am Ende fühlst du dich wie ein Messer, das vom ständigen Gebrauch stumpf geworden ist. Schlecht daran ist, dass Messer, die nicht schneiden, nutzlos geworden sind, wie du.

Wir haben keine Telefonnummern ausgetauscht, weil wir gar kein Telefon haben. Wir wussten voneinander weder den väterlichen noch den mütterlichen Familiennamen noch unser jeweiliges Lieblingsgericht. Er zündete jeden Abend eine Kerze an und stellte sie ins Fenster. Jede Nacht leuchtete der alte Leuchtturm in meine Richtung. Dann badete ich, parfümierte mich und wartete auf ihn. Es dauerte nie lange. Kurz nach Einbruch der Dunkelheit klopfte es dreimal an der Tür. Er klopfte immer drei Mal, obwohl er wusste, dass die Tür offen war. Dann kam er von hinten auf mich zu und begann, meinen Nacken, meinen Hals zu küssen, meine Ohren zu lecken und an meinen Ohrläppchen zu knabbern, den Abdruck seiner Zähne auf meinem Bauch zu hinterlassen, mich zu verschlingen. Im Morgengrauen schliefen wir ein, zumindest ich, denn wenn ich aufwachte, war er nicht mehr da. Ich ging nie zum Leuchtturm, er kam immer in mein Haus. Irgendwie fühlte ich mich da sicherer. Wir trafen uns auf meinem Territorium, dem einzigen Ort in diesem Dorf, wo ich nicht ständig Angst hatte. Ich fragte ihn, was er machte, wenn er nicht bei mir war, obwohl mich das nicht wirklich interessierte. Wenn wir auseinandergingen, verloren mein und sein Leben an Wichtigkeit für mich. Ohne einander waren wir wie Gespenster. Nur wenn wir zusammen waren, spürte ich, dass wir existierten, dass unsere Herzen schlugen, dass wir lebten. Ich glaube, wenn wir nicht zusammen waren, wartete er ebenso auf mich wie ich auf ihn, wartete auf den Augenblick des Zusammenseins, um ihn hinauszuzögern und fortdauern zu lassen. Er sagte, er betrüge mich mit seinen Büchern. Ich habe viele, sagte er, eines Tages werde ich sie dir alle vorstellen. Er sprach von seinen Büchern wie von alten Bekannten, die einen geliebt, die anderen gehasst, die zu sehen einen aber tröstet, denn sie zu treffen bedeutet, nach Hause zu kommen.

Für mich waren Bücher nicht nur ein Trost, nicht nur die einzigen Begleiter, die mich nie verlassen hatten, sondern sie ließen mich durchaus auch leiden. Und dennoch las ich damals, wenn ich auf ihn wartete, sehr viel über Selene, über die Berge, über so viele Dinge, die doch nur von einem handelten, weil es mir wie allen Verliebten so vorkam, als erzählten sämtliche Bücher von mir.

Und plötzlich tauchte er eines Abends nicht auf. Am nächsten Morgen ging ich zum Leuchtturm. Ich klopfte sogar an die Tür. Kein Lebenszeichen. Ich drückte mein Ohr an die ausgetrocknete grüngestrichene Tür. Es war nichts zu hören. Ich lugte durch das ovale Schlüsselloch und zuckte bei einem Geräusch wie von herabfallenden Eisenkugeln zusammen. Ich sah nach oben, es klang wie ein Donnern, doch es war nur das Geräusch eines Flugzeugs, das die Wolkendecke durchstoßen hatte. Das Flugzeug war nicht mehr zu sehen. Zurück blieb nur die Furche, die es am Himmel hinterlassen hatte wie ein Pflug in der Erde. Ich hatte ihm eine Nachricht geschrieben, traute mich aber nicht, sie dort zu lassen. In meiner Hand wurde sie immer wärmer, bis sie sich ganz flaumig anfühlte. Auch an diesem Abend kam er nicht. Am dritten Tag blieb ich die ganze Nacht wach und wartete. Ich glaubte, die Stimme meiner Großmutter zu hören, obwohl ich wusste, dass ich allein war. Der tropfende alte Wasserhahn in der Küche diente mir in diesen endlosen Minuten als Uhr. Mir fielen die Augen zu. Ich dachte: Wenn es mir gelingt, die ganze Nacht wach zu bleiben und zu warten, wird er zu mir zurückkehren. Ich schloss für einen Moment die Augen und riss sie erschrocken wieder auf, in der Überzeugung, Schritte gehört zu haben. Aber es waren meine eigenen. Ich maß das Haus mit meinen Schritten, und es schien mir zu klein zum Leben. Ich zählte meine Schritte auf den alten Bodenfliesen, und es schien mir zu groß zum Putzen. Ich hörte den Ruf der Eule, vielleicht im Schlaf. Ich wartete die ganze Nacht. Er kam nicht. Doch als ich am nächsten Morgen die Tür öffnete, wartete ein dunkler Fleck auf mich. Es war Satán. Er war zurückgekommen.

Wenn ich nachts aufwache, höre ich ein Scharchen. Ich setze mich auf und spitze die Ohren, und dann wird mir bewusst, dass es das Rauschen des Meeres ist. Ich höre den Wind blasen wie ein Kind, das in ein Rohr bläst, und spüre den störrischen Regen auf mich herunterprasseln. Das ist der Zeitpunkt, zu dem mich meine Ängste und meine Hoffnungen heimsuchen. Ich weiß nicht, was von beiden ich mehr fürchte.

Von Kindheit an glaubte ich, dass es sich einzig für Bücher zu leben lohnte. Meine Mutter glaubte das auch, denn sie las in einem Buch, wenn sie mir etwas zu essen gab, sie kochte mit einem Buch in der Hand und war unfähig, einen Bissen hinunterzuschlucken, wenn sie nicht eine Buchseite umschlagen konnte. Ich bin in einem Haus aufgewachsen, wo sich auf und unter dem Bett, auf dem Kühlschrank, auf und unter den Tischen, auf dem Fensterbrett, manchmal auf der Fußmatte und auf dem Wohnzimmer- und Küchenboden Bücher stapelten. Mein Vater schrie auf meine Mutter ein und nannte sie verrückt angesichts der Wohnung, während sie sich als Antwort hinter den Buchseiten verschanzte.

Meine Mutter benutzte die Bücher, um sich hinter ihnen zu verstecken, damit das Leben sie nicht finden konnte.

Das Leben fand sie nicht, aber der Tod fand sie schließlich doch, sosehr sie sich auch hinter den Worten zu verstecken suchte. Wäre ich eine normale Jugendliche gewesen, hätte ich rebelliert. Ich hätte den Büchern abgeschworen und mich ausschließlich dem Plasmabildschirm verschrieben, der, wie alle Welt mir versicherte, die Zukunft war. Aber es war zu spät für mich. Im Haus meiner Mutter, und ich sage bewusst, im Haus meiner Mutter, obwohl ich im Haus der Bücher sagen sollte, waren meine Großmutter und ich und natürlich mein Vater

Eindringlinge und meine Mutter lediglich zu Gast. Vater hielt es nicht lange in unserem Leben, die Bücher nahmen seinen Platz ein. Im Haus meiner Mutter erwarb ich die schreckliche Angewohnheit des Lesens. Schrecklich deshalb, weil ich, ohne mich um das Gezeter meiner Großmutter zu kümmern, meiner Mutter mit jedem Tag ähnlicher wurde. Deshalb scheiterte auch mein Versuch, mich als Fünfzehnjährige von ihr abzunabeln. Ich erwarb das schreckliche Laster des Lesens, das mich schon bald zum Gespött meiner Klassenkameraden machte. Ich lebte in einer anderen Welt als sie, ich benutzte andere Wörter als sie. Ich verbrachte so wenig Zeit in der realen Welt, dass mir nicht einmal auffiel, dass Anderssein das Einzige ist, was Kinder nicht verzeihen.

Ich war etwas molliger, etwas rothaariger, etwas sommersprossiger als die anderen, und ich lachte anders und hatte einen besonders grünen Blick, aber all das wäre nicht weiter schlimm gewesen, hätte es da nicht die verhängnisvolle Lesemanie gegeben. Ich begann *Fünf Freunde* zu lesen und versank in den Sümpfen Enid Blytons, und noch bevor ich es richtig gewahr wurde, waren sie zu den Sümpfen von Heathcliff und Emily Brontë geworden. Ich verliebte mich in Lovecraft und las schon mit dreizehn Jahren *Schuld und Sühne*. Damals war es bereits zu spät für mich. Wie meine Großmutter hartnäckig wiederholte, wenn sie mich zur Messe schleppte, gab es keine Hoffnung mehr, aus mir ein normales Mädchen zu machen, das sich einen normalen Freund sucht und einen normalen Beruf ausübt, das Friseurin oder Programmiererin oder Sportlehrerin werden und einen normalen Jungen heiraten würde, der mit ihr normale Kinder zeugte. Mit dreizehn Jahren, als meine Brüste wuchsen und meine Dioptrien zunahmen, konnte jeder, der mich auf dem Klo sitzen und die Brille hinter einem Buch verstecken sah, erkennen, dass ich nicht normal war, dass ich ein Buch heiraten würde oder, schlimmer noch, wie meine Mutter bei einem Mann wie Papa landen würde, der Bücher so hasste, dass er unfähig war, sie wegzuwerfen, bevor er sie gelesen hatte, einem Mann, der mich verlassen würde, bevor er noch Gelgenheit gehabt hätte, mich kennenzulernen.

Und obwohl ich bald keine Zeit mehr zum Lesen hatte, war das Haus immer noch vollgestopft mit Büchern und der Zerstreutheit meiner Mutter; statt Lebensmittel fanden wir im Kühlschrank Bücher und überlebten trotzdem. Wir bildeten uns gar ein, glücklich zu sein. Ich wusste erst, dass das tatsächlich stimmte, als es schon zu spät war.

Trotz allem machte meine von Büchern und vom Einfluss meiner kurzsichtigen, gutherzigen Mutter verdorbene Jugend mir nicht den Garaus. Entgegen den schlimmsten Vorhersagen meiner Großmutter gelang es mir, das Geschichtsstudium abzuschließen, und ich hatte hin und wieder sogar einen Freund. Die einzige, deutlich sichtbare Folgeerscheinung meiner Vergangenheit und meiner bücherreichen Gegenwart war, dass ich ein paar Jahre lang davon träumte, Schriftstellerin zu werden.

Ainur

Ich mag Geschichten mit einer Einführung, einem Erzählstrang und einer Auflösung. Wie die von Lazarillo de Tormes.

Der *Lazarillo*, der größte Roman aller Zeiten – zwielichtig aufgrund seiner Anonymität und aus demselben Grund verehrt –, dessen Autor nie seinen Ruhm genoss und der deshalb der bedeutendste Schriftsteller der spanischen Literatur ist.

Am Ende wurde Selene weder angeklagt noch verurteilt, weil sie den genauen Todeszeitpunkt eines Mannes angekündigt hatte, auch nicht, weil sie Kranke geheilt oder Kinder aus Steißlagen gerettet und die Müllerin vor dem Kindbettfieber bewahrt hatte. Über ihre Kenntnisse der Heilkunst und ihren Beruf als Hebamme wurde hinweggesehen. Als unumstößlicher Beweis dafür, sie als Hexe abzustempeln, galt hingegen, dass sie lesen konnte und verbotene Bücher besaß. Letzteres stimmte und konnte bewiesen werden, denn unter ihrem Hab und Gut fand sich eine Ausgabe des *Lazarillo de Tormes* aus dem Jahre 1554.

Vielleicht wäre ich Schriftstellerin geworden, hätte ich nicht das Glück gehabt, dass eine meiner Klassenkameradinnen aus der Nazaretschule eine geworden ist. Wäre Eugenia Rico nicht gewesen, wäre vielleicht auch ich Schriftstellerin geworden. Das hätte meinen Vater zweifelsohne ins Grab gebracht, für den Schriftstellerin zu sein so viel bedeutete, wie eine Hure zu sein.

Aber besagte Eugenia Rico wurde Schriftstellerin und schaffte es, keine Ahnung, wie, ihre Bücher zu veröffentlichen. Ich kann mich kaum noch an sie erinnern. Mir scheint, sie war ebenso mollig und kurzsichtig wie ich, obwohl ich sie nie im Gang habe stolpern sehen, weil sie in ein Exemplar des *Lazarillo* vertieft war, wie es mir einmal passiert ist. Eigentlich unterschied sich besagte Eugenia nur dadurch von mir, dass ihr Gesicht verschwommener und schwerer zu erinnern ist. Ich habe sie trotzdem wiedererkannt, als sie ihr erstes Buch, *Die traurigen Liebenden*, veröffentlichte, und später, als ich *Der weiße Tod* las. Um ehrlich zu sein, haben mich diese Bücher ziemlich enttäuscht, weil ich glaube, dass Bücher eine Einführung, einen Erzählstrang und eine Auflösung haben müssen, zumindest gute Bücher, zumindest die Bücher, die ich mag, aber die Bücher besagter Eugenia hatten einmal drei Einführungen und ein andermal drei Auflösungen. Ihre Dialoge stehen nicht in Anführungszeichen, wie ich es schon bei manch einem ausländischen Autoren gesehen hatte, vermutlich um das Gefühl des Befremdens zu verstärken, das ihre Romane hervorriefen. Mich ließ das alles kalt und machte mich eher nervös. Einige ihrer Bücher machten mir Angst. Und keines hätte ich im Bett zu lesen gewagt. Besagte Eugenia hatte einmal gesagt, gute Literatur mache dem, der sie liest, und dem, der sie schreibt, Angst. Schön, bei mir hatte sie das erreicht. Ihr *Weißer Tod* war meiner Meinung nach eine gnadenlose Geschichte, ein Seelenporno mit Worten wie Messern. Ich glaube, sie war der Meinung, dass sie auf Nouveau Roman machte. Sie klang wie eine ausländische Schriftstellerin. Ich fand ihre Romane zu modern, denn ich habe immer die spanische Literatur bevorzugt, in der kein Platz für das Phantastische war. Wenn ich Bücher schreiben würde, schriebe ich Bücher mit einer Einführung, zum Beispiel, dass ein armes Mädchen ungerechterweise als Hexe beschuldigt wird, einem soliden Erzählstrang, in dem zum Beispiel das Mädchen einem grausamen Prozess unterzogen wird, in dessen Verlauf der Inquisitor versucht, sie zu verführen, und einer beispielhaften Auflösung ohne lose Fäden, in der man erfährt, was mit allen Figuren einschließlich der Tanten aus dem Dorf der Protagonistin passiert. Ich würde eine Auflösung schreiben, in der man sogar erführe, was aus meiner Freundin Eugenia Rico geworden ist, worauf sie hinauswollte, warum sie Schriftstellerin wurde und mich davor bewahrte, eine zu werden.

Denn ich schrieb Kurzgeschichten, Märchen und Sagen, Romane, Schmonzetten und Fortsetzungsstorys, die ich für genial hielt, bis ich eines Tages erfuhr, dass Eugenia auf der Buchmesse im Madrider Retiro-Park ihre Bücher signierte und ich hinging, um sie signieren zu sehen.

Ich konnte Eugenia kaum finden, so versteckt war sie hinter den Sicherheitsleuten eines berühmten Fernsehmoderators und den langen Schlangen vor dem Stand eines erfolgreichen Fußballers, der ein Buch über die Templer mit etlichen Mysterien, drei Geheimsekten und den neuesten Theorien über Jesus Christus' Herkunft geschrieben hatte. Sie saß, wie fast alle Schriftsteller, die nicht im Fernsehen auftraten, allein in ihrem Kabuff. Die Schriftsteller erinnerten mich an die Huren in Amsterdam, wo jede in ihrem Kabuff auf Kundschaft wartete. Sie wirkten wie Pferde in ihren Boxen. Aber im Unterschied zu den Huren hatten sie keine schützende Glasscheibe vor sich. Von den Pferden unterschieden sie sich darin, dass sie sich nicht streicheln ließen.

Ich fand das so peinlich, dass ich die Idee, Bücher zu schreiben und zu veröffentlichen, für immer begrub. Jedenfalls änderte sich mein Leben dergestalt, dass ich schon bald nicht einmal mehr Zeit hatte, welche zu lesen.

Und trotzdem sind Bücher das Einzige, was mir in diesem Winkel der Erde bleibt. Ich lese über Hexerei. Ich lese *Ketzergericht* von dem Inquisitor Salazar Frias. Ich lese über die Hexen von Zugarramurdi, und ich lese alles, was mir in die Finger kommt. Bücher von Pater Alba über die Rettung der Seele. Ich lese *Sturmhöhe*, *Große Erwartungen*, *Bartleby, der Schreiber* und *Benito Cereno* von Hermann Melville, der zu Lebzeiten so erfolglos war, dass seine Freunde ihn baten, mit dem Schreiben aufzuhören. Ich lese *Das Gut von Ulloa* von Emilia Pardo Bazán und Galdós' *Don Benito, der Kichererbsenverkäufer*, ein zu Unrecht vergessener Autor, der den Nobelpreis hätte bekommen können, den am Ende José Echegaray bekam, ein Preis, der ihm nicht wegen seiner Ideen verliehen wurde. Man kann nicht schreiben in einem Land, wo sich junge Schriftsteller zusammentun, um zu verhindern, dass einem blinden, gerechten und genialen Greis der Nobelpreis verliehen wird.

Benito Pérez Galdós schrieb per Hand viel mehr, als jeder Schriftsteller heutzutage zu lesen imstande wäre.

Und immer wieder lese ich den *Lazarillo*, meinen *Lazarillo*. Ich finde nicht viel Literatur über Selene. Sie scheint wirklich existiert zu haben und keine Legende zu sein, aber im Augenblick verfüge ich nur über diese düsteren Prozessakten, und ich kann mich dieser Tage nicht dazu überwinden, sie zu lesen.

Seit er verschwunden ist, sind die Tage und Nächte viel länger geworden, fast unendlich. Ich habe alle Zeit der Welt, ich habe keinen Hunger, ich habe keinen Durst, ich bin nur müde und verliere mich am liebsten in Büchern oder gehe an den Klippen entlang spazieren.

Ich denke nicht an den Leuchtturmbewohner.

Ich denke nicht an mich.

Ich denke nicht.

Vergangene Nacht konnte ich nicht schlafen. Auf der Suche nach der anderen Haut wälzte ich mich unruhig im Bett. Ich war sehr müde, aber jedes Mal, wenn ich die Augen schloss, öffnete sie mir ein grausamer Geier mit seinem Schnabel. Das war etwas Neues. Ich hatte immer wie ein Kleinkind geschlafen, außer als ich eines war. Damals, im fortgeschrittenen Alter von fünf oder sechs Jahren, hatte mich immer wieder ein schrecklicher Zweifel heimgesucht, der mir in den besten Kinderjahren den Schlaf raubte. Damals träumte ich so lebhaft, dass ich nicht unterscheiden konnte zwischen dem, was die Erwachsenen Traum und Wirklichkeit nannten. Für mich war beides ein und dasselbe, und trotzdem sagten mir alle, meine Mutter, meine Großmutter, dass die Träume nicht real seien, sie beide aber schon. Im Traum aß ich die besten Bonbons der Welt, im Traum erhielt ich die innigsten Umarmungen, und im Traum hatte ich die schlimmste Prügel meines kurzen Lebens bezogen. Nichts ließ mich an meinen Träumen zweifeln. Andererseits erschien mir das, was Wirklichkeit genannt wurde, immer verdächtiger. Beim ständigen Nachgrübeln darüber zögerte ich das Zubettgehen jeden Abend etwas länger hinaus, denn ich fürchtete meine Träume ebenso, wie ich sie herbeisehnte. Zu schlafen war wie sterben, aber voller Gesichter, Lachen, Rufen. Ich wagte es nicht, meinen Träumen zu misstrauen. Ich misstraute hingegen den Erwachsenen, die letztendlich viele Lügen erzählten. Sie hatten mir zum Beispiel erzählt, dass drei heilige Könige aus dem Morgenland vom Himmel kämen, um den Kindern Spielzeug zu bringen, ohne mir zu erklären, wie sie zur selben Zeit überall sein konnten und warum sie einigen Kindern alles brachten, was sie sich wünschten, und anderen, wie mir, gar nichts. Ich war überhaupt nicht überrascht, als ich entdeckte, dass die Könige meine Mutter und meine Großmutter waren, ich zweifelte nicht an der Existenz der Könige aus dem Morgenland, sondern an der Existenz meiner Eltern. Im Licht der Träume war alles tagsüber Erlebte blass und gespenstisch. Ich begann zu glauben, ich wäre das einzige existierende Lebewesen, und die Menschen und Dinge, die ich tagsüber oder nachts sah, wach oder im Traum, wären nur Projektionen, mit denen mein Verstand versuchte, die unendliche Einsamkeit zu bemänteln. Der Gedanke, völlig allein auf der Welt zu sein, war mehr, als ein sechsjähriges kleines Mädchen ertragen konnte. Ich schlief nicht, weil ich glaubte, wenn ich wach bliebe, würde das die Träume fernhalten und ich könnte das wahre Gesicht der Welt sehen. Eines Tages erzählte ich das meiner Großmutter, die mich weder auslachte noch bestrafte. Sie sagte, selbst wenn meine Theorie stimmen sollte, müsste ich mit der Welt solch starker Erscheinungen im Einklang leben, ohne an sie zu glauben oder sie zu fürchten. Ich habe sie damals nicht verstanden, und vielleicht verstehe ich sie auch jetzt noch nicht, da der Leuchtturmbewohner verschwunden ist und ich endlich weiß, dass es stimmt: Ich bin der einzige Mensch auf der Welt und werde immer allein sein. Und trotzdem höre ich in mondlosen Nächten wie dieser auf der Straße Schritte und weiß nicht, wohin sie führen, und wünsche mir so sehr, nicht die letzte

Frau auf der Welt zu sein und dass in dieser Nacht jemand kommen möge, um es mir mit seinen Armen und Umarmungen zu beweisen.

Plötzlich ist mir kalt.

Eine Kälte, die nicht von der Nacht herrührt, sondern von einem Ort in mir drin. Es stimmt nicht, dass in der Hölle ein Feuer brennt.

Die Hölle ist ein eiskalter Ort.

Ich weiß das, weil ich dort war.

Es war später Nachmittag, die Sonne war schon unter- und der Mond noch nicht aufgegangen. Ainur sah nichts. Sie hörte nicht einmal etwas. Es war kein Geräusch, das sie veranlasste, den Kopf zu wenden, als der schwarzgekleidete Mann mit athletischen Schritten und einer Grimasse, die sowohl ein Lächeln als auch die Fratze eines Totenschädels sein konnte, auf sie zukam. Es gab keine Geräusche, nur ein übermächtiges Gefühl, das aus den Eingeweiden in die Augen hochstieg, das eindringliche Gefühl in ihrem Nacken, dass

Selene

Jemand sie beobachtete.

Sie hatte sich am Bach ausgezogen, in der Überzeugung, dass um diese Zeit niemand dort anzutreffen wäre. Es war ganz früh am Morgen, die Sonne war schon auf- und der Mond noch nicht untergegangen. Ein gespenstischer Mond, der über die Albträume der noch Schlafenden zu wachen schien. Selene stand mit dem Hahnenschrei auf, oder zumindest gab es einen Hahn, der jeden Morgen krähte, wenn sie aufwachte, denn die Hähne in Selenes Dorf krähten auch nachts, wenn sie sich im Dunkeln unruhig hin- und herwälzte und auf dem Strohsack und unter dem Kissen blind nach etwas tastete, das sie nie fand.

Sie war fünfundzwanzig und die angesehenste Heilerin der Gemeinde. Sogar die Bürger zogen sie den renommiertesten Chirurgen vor. Seit der Pest hatte die Zahl ihrer Patienten ständig zugenommen. Es hatte sich herumgesprochen, dass ihr Lehrmeister jener berühmte jüdische Mediziner gewesen war, der Blinde wieder sehend machen konnte. Selene hatte noch keinen Blinden wieder sehend machen können, aber viele Menschenleben gerettet. Sie war darauf spezialisiert, die niedergekommenen Frauen vom Kindbettfieber zu heilen, sie mit Zärtlichkeit, Stechginster und heißen Roggenumschlägen zu behandeln.

Das Elend, in dem sie gelebt hatte, als sie durch den Norden Spaniens zog und aus freien Stücken heilte, schien der Vergangenheit anzugehören, und dennoch fühlte sie sich nicht sicher. Es gab etwas im Krähen der Hähne und im Blick ihres treuen Hundes, das sie dunkle Gefahren erahnen ließ. An diesem Morgen hatte der Druck so schwer auf ihrer Brust gelastet, dass sie kaum noch atmen konnte, deshalb war sie zum Bach gegangen, um sich wieder frei und sorglos zu fühlen, um wieder rein zu sein.

Sie spürte eine Hitze im Nacken und blickte sich nach allen Seiten um. Sie sah niemanden, nur eine Singdrossel, die in einem Busch saß und die ersten Sonnenstrahlen genoss. Und dennoch hatte sie immer noch das starke Gefühl, das wie ein Schauer von den Eingeweiden in die Augen hochstieg. Sie wurde beobachtet. Von etwas oder jemand mit bösen Absichten.

Sie sah niemand, sie hörte niemand, also tauchte sie ins Wasser und ließ sich von der Strömung treiben. Das Wasser war kalt, eine Kälte, die Selene belebend fand. Dieses Wasser kam vom Schicksalsberg, vom geschmolzenen Schnee auf den Pässen, die zu überqueren noch keinem menschlichen Wesen gelungen war, und jetzt konnte sie im Schnee baden, als wäre sie eine Bergnymphe, als wäre sie so jung, dass noch keine Zeit gewesen war, etwas zu bereuen. Sie wünschte, die Strömung möge alle schlechten Erinnerungen mitnehmen: die Verbitterung über den Tod ihrer Tante Milagros, den Schrecken der Pest, die Dummheit der Menschen. Sie schloss die Augen und genoss die schwache Morgensonne. Einen Augenblick lang glaubte sie, das einzige menschliche Wesen auf der Erde zu sein, das nicht sterben müsste.

Der Atem nach Knoblauch und verkochtem Gemüse schlug ihr schon entgegen, bevor die behaarte Hand ihre

Kehle umklammerte, und ehe ihr Verstand einsetzen konnte, schlug sie wild um sich. Ihr ging bereits die Luft aus, als es ihr endlich gelang, in die behaarte Hand zu beißen, womit sie ein wenig Zeit gewann, um an die Oberfläche zu schwimmen und zu atmen. Sie sah die Spiegelung des einäugigen Riesen im Wasser und das Wappen des Santo-Domingo-Ordens an seiner Brust. Das alles war unbedeutend, denn der Mann war riesengroß, und obwohl es ihr gelungen war, sich ihm zu entwinden, unterzutauchen und unter Wasser davonzuschwimmen, erwischte er sie ein Stück weiter erneut. Sie war nackt und wand sich wie ein Fisch. Er hielt einen Augenblick inne, um seine Hose zu öffnen, wobei er mit einer Hand ihren Hals umklammerte. Selene gelang es, ihm in die Genitalien zu treten. So gewann sie ein wenig Zeit. Nackt lief sie aus dem Wasser. Sie hatte ein paar Sekunden Vorsprung gewonnen, doch gleich darauf warf der Mann sie zu Boden, schlug ihr ins Gesicht und setzte sich rittlings auf sie.

Sie befanden sich an einer Krümmung, wo sich der Bach staute und riesige weiße Bettlaken wie welke Blüten über den Sträuchern lagen. Plötzlich war eine Art Heulen zu vernehmen, das sich beim Näherkommen in Gesang verwandelte. Selene wusste, dass es die Wäscherinnen aus dem Dorf waren, die gemeinsam zum Bach gingen, um die schwere Arbeit erträglicher zu machen. Sie stieß einen Schrei aus, und der Mann ließ sie los, nicht wegen ihr, vielleicht aus Furcht vor dem Eintreffen der Frauen. Kurz darauf tauchte eine Reihe Frauen mit großen Körben auf dem Weg auf. Bei ihnen war der alte Nicolás, der sie, mit seinem Hirtenstab bewaffnet, jeden Morgen begleitete.

Selene kauerte sich zusammen wie im Mutterleib, um ihre Nacktheit zu verbergen.

Jetzt war sie in Sicherheit. Die guten Leute würden sie vor

dem Mann, der sie zu vergewaltigen versucht hatte, beschützen.

Der Mann floh nicht. Ruhig zeigte er auf sie und sagte:

»Frieden den guten Leuten, die mir helfen werden, diese Hexe ins Feuer zu werfen.«

Ainur

Ainur spürte, dass sie beobachtet wurde. Erneut schaute sie sich um. Sie konnte niemand sehen, was sie nicht beruhigte, sondern sich noch wehrloser fühlen ließ. Jemand beobachtete sie, und sie sah ihn nicht. Für einen Augenblick wünschte sie sich, der Leuchtturmbewohner würde um die nächste Ecke biegen und sie umarmen. Sie schloss die Augen, weil die kräftige Mittagssonne sie blendete. Sie stand mitten am Tag in einem verlassenen Dorf, es gab keinen Grund, solche Angst zu haben, als befände sie sich nachts allein in einer dunklen Gasse. Sie wünschte sich, Satán wäre bei ihr. Da sah sie den Schatten, die dunkle Sonnenbrille, den schwarzen Mantel. Sie rannte los, grundlos, ziellos, wie ein kleines Mädchen, sie lief zu dem Steinkreuz, das früher das Ende des Dorfes, den Beginn des Unbekannten, markierte und jetzt das genaue Zentrum des Ortes war, wo sie stolperte und hinfiel. Als sie sich umdrehte, war niemand zu sehen. Aber sie war überzeugt, Schritte gehört zu haben, die ihr folgten, und den Herrn der Dunkelheit gesehen zu haben, der mit ausladenden Schritten auf sie zukam. Er hatte etwas in der Hand, etwas Glänzendes, etwas Beängstigendes. Wie er selbst.

Selene

Sie brachten sie zum Steinkreuz, das die bösen Geister vom Dorf fernhielt. Der Riese ließ einen Priester rufen und erklärte ihm, dass er durch die Welt zöge, um Hexen aufzustöbern und die guten Leute von ihnen zu erlösen. Darüber hinaus tat er seine Erwartung kund, von der Gemeinde eine anständige Summe einzustreichen für diese Hexe, die so schön wie bösartig sei, denn damit verdiene er seinen ehrenwerten Unterhalt. Selene war mit einem Leintuch bedeckt. Es war ihr unmöglich gewesen, ihre Kleider wiederzubekommen. Sie hatte geglaubt, die Frauen würden sie beschützen, doch die hatten sie nur kreischend und kichern umringt, sich gegenseitig angestoßen und ihre Gesichter hinter ihren Schürzen verborgen. Selene wusste nicht, ob sie sich ängstigten oder amüsierten. Alle redeten durcheinander, einige rieben sich die schwieligen Hände, und andere rauften sich die Haare. Sie begriff, dass keine etwas sagen würde, aus Angst, selbst der Hexerei beschuldigt zu werden. Es waren mehrere Kinder herbeigelaufen, und je schneller sich das Ganze herumsprach, desto größer wurde der Kreis der Umstehenden. Viele freie Männer, die nicht im Frondienst eines Herrn standen, der ihnen das Vergnügen hätte verbieten können, und sogar einige Knechte hatten sich versammelt. Alle redeten durcheinander, und die Atmosphäre hatte etwas Festliches.

Als Selene den Priester der Magdalenengemeinde näher kommen sah, den sie kannte, flehte sie ihn an:

»Pater, helft mir, ich stelle mich unter Euren Schutz und bitte um Bestrafung für diesen Mann, der versucht hat, mich zu vergewaltigen.«

»Mein Kind«, sagte der Priester vorsichtig und blickte von einem zum anderen. »Es liegen ernsthafte Anschuldigungen gegen dich vor. Die müssen zunächst geklärt werden.«

»Dann gebt mir meine Kleider, Pater.«

Der Priester erwiderte nichts, denn alle wussten, dass zum Beweis, ob eine Frau eine Hexe war oder nicht, diese ausgezogen werden musste.

Es strömten noch mehr Menschen herbei, kleine Händler, Fassbinder, ein paar Fischer und die eine oder andere Matrone mit kleinen Kindern, die sich an ihre Röcke klammerten.

Der einäugige Riese begann, den Leuten einen Vortrag zu halten. Anfangs hörte ihm niemand zu. Dann wurde es still. Er behauptete, gehört zu haben, dass auf dem Friedhof die Geister mit dem Teufel kopulierten.

»Ich habe mich erkundigt und erfahren, dass in diesem Dorf eine Hexe lebt, die mit Teufelskunst heilt. Zweifelsohne ist sie es, die die Toten hat auferstehen lassen, um sie dem Teufel darzubringen.«

Der Priester schüttelte den Kopf. Und fügte hinzu, es käme nicht selten vor, dass sich der Teufel irgendwelcher Hexenmeister bediene, die sich als Menschen verkleideten.

Der Pöbel begann zu brüllen:

»Entblößt sie! Entblößt die Hexe!«

Sie rissen Selene das Tuch vom Leib. Männer und Frauen, die sie bisher voller Zuneigung angesehen hatten, wenn sie sie auf der Straße trafen, starrten sie jetzt hasserfüllt und lüstern an.

»Ihr seid wollüstige Esel«, rief Selene.

Um sie zum Schweigen zu bringen, versetzte der Einäugige ihr einen Schlag ins Gesicht, und niemand protestierte. Er öffnete seine Hirtentasche und zog einen Stichel hervor, den er triumphierend hochhielt.

Damit ritzte er nahe dem Bauchnabel in Selenes Haut und begann zur allgemeinen Freude, in ihre Brüste, ihre Leisten, den ganzen Körper zu stechen. Selene hatte die Augen niedergeschlagen und bemühte sich, keinen einzigen Schmerzenslaut von sich zu geben. Feine Blutrinnsale liefen an ihrem nackten Körper hinab.

»Wenn sie blutet, ist sie keine Hexe«, rief eine Wäscherin.

»Hexen sind schlau, sie können willkürlich bluten.«

Bei diesen Worten verstummten alle.

Um die strittige Frage zu klären, zeigte der Hüne auf ein braunes Mal an Selenes linker Fessel. Es war eindeutig ein Geburtsmal und ähnelte einer Weintraube.

»Da ist es!«, sagte der Hexenjäger. »Das Teufelsmal!«

»Das ist ein Muttermal«, sagte eine alte Frau, wobei sie sich in die erste Reihe vordrängte. Es war Casilda.

»Halt den Mund, sonst wirst du auch angeklagt.«

Und er stach mit dem Stichel in das Mal. Selene spürte keinerlei Schmerz. Es floss kein Blut.

»Da seht ihr es, es ist unempfindlich.«

Selene versuchte zu sprechen, aber eine Fülle von Schlägen drückte sie zu Boden.

Die Wäscherinnen schlugen vor, sie in den Fluss zu tauchen, um sie vor das Gericht Gottes zu stellen. Selene wusste, was das bedeutete: sie zu ertränken.

Sie zerrten sie über das Stoppelfeld und fesselten sie an ein Behelfskreuz. Das warfen sie in eine nicht sehr tiefe Furt und versenkten sie dort unter großem Geschrei. Als sie sahen, wie die Luftblasen immer kleiner und schwächer wurden, verstummten sie, und als sie ganz verschwanden, wurde sie wieder hochgezogen, und der Priester gewährte ihr die Möglichkeit, zu beichten.

»Gibst du zu, mit Teufelskünsten geheilt zu haben?«

Selene atmete noch. Schwach. Sie versuchte, ein paar Worte zu stammeln. Sie konnte nur husten und keuchen.

Als man sie wieder versenken wollte, trat Casilda in Begleitung von zwei Männern im Ordenskleid ans Ufer. Einer war groß und der andere klein und dick. Alle kannten sie. Sie waren die einzigen Mönche, die in Zeiten der Pest nicht geflohen waren. Sie hatten Seite an Seite mit Selene und Casilda im Kirchenlazarett gearbeitet. Beide waren sehr beliebt, sodass das Gemurmel erstarb, als sie zu sprechen begannen.

»Schluss, Brüder! Diese Frau hat ihr Leben für unseres riskiert und hat sich mit der Plage angesteckt, weil sie anderen geholfen hat. Wir können sie nicht ohne Prozess oder Geständnis sterben lassen.«

Alle nickten. Die beiden von Casilda herbeigerufenen Mönche baten darum, den Stichel des Hexenjägers zu sehen.

Sofort war zu erkennen, dass er über eine Feder verfügte, die, nach Belieben eingesetzt, verhinderte, dass er sich in die Haut bohrte, mit den Folgen, die Selene zu spüren bekommen hatte.

»Dieser Mann ist ein Betrüger und diese Frau unschuldig«, urteilte der größere Mönch.

»Gepriesen sei der Herr!«, schluchzte Casilda.

Dieselbe Meute, die im Begriff gewesen war, Selene zu ertränken, stürzte sich jetzt auf den falschen Dominikaner. Sie banden Selene los, fesselten jetzt ihn an das Kreuz und tauchten ihn anschließend ins Wasser.

Selene, Casilda und die Mönche warteten nicht ab, wie die

Sache ausgehen mochte. Sie machten sich rasch davon. Selene konnte kaum gehen. Sie stützte sich auf Casilda, die sie in ihren Umhang gehüllt hatte. Der Himmel verfinsterte sich, und die Dunkelheit verschlang das Licht der Welt.

Ainur

Selene stürzte an derselben Stelle zu Boden, wo Ainur vierhundert Jahre später auf ihrer Flucht stolperte. Sie schlug mit dem Kopf auf das Steinkreuz, das vier Jahrhunderte später noch immer dort stehen sollte, als der schwarzgekleidete Mann versuchte, Ainur zu vergewaltigen, wobei er sie brutal in seinen Schatten drückte. Inzwischen hatte sich das Dorf verändert, die Klippen hatten sich verändert, die Luft roch anders, der Gestank nach Gemüse, Urin und saurer Milch, den Selene an jenem Morgen am Bach nahe der Quelle wahrgenommen hatte, war verschwunden, doch die Weggabelung war dieselbe, und das teilweise von Moos überwucherte Steinkreuz ragte noch immer in den Himmel zu einem Mond auf, der nicht mehr derselbe war, seit die Menschen glaubten, ihn betreten zu haben.

Ainur wollte sich ausruhen. Ohne es zu wissen, lehnte sie den Kopf an eine Bank, die genau an der Stelle stand, wo man Selenes Scheiterhaufen errichtet hatte, der Stelle, an der überstürzt feuchtes Holz aufgeschichtet worden war, damit der Rauch so schwarz wäre wie Gottes Unmut.

Es ist schwer zu glauben, dass Dinge, die man nicht sieht, wichtiger sind als Dinge, die man sieht, aber es stimmt. Du siehst die krebskranke Zelle nicht, die in deinen Lungen wuchert. Du siehst nicht, was dich tötet. Du siehst nicht das Spermium deines Vaters, das das Ei deiner Mutter befruchtet. Du siehst nicht, was Leben schafft. Du siehst nur Dinge, die nichts mit dir zu tun haben, wie das Meer, die Berge oder die Flüsse. Dinge, die auch ohne dich ihren Lauf nehmen, während die unsichtbaren Dinge dein Leben bestimmen. Die Pheromone auf einem Hemdkragen sind wichtiger als die Augen, die dich anblicken.

Du verliebst dich in Pheromone und glaubst, dich in zwei Augen verliebt zu haben.

Wer Augen hat, um zu sehen, der sehe. Aber ich hatte meine Augen geschlossen.

Selene

Ich war fünfundzwanzig Jahre alt und im Begriff, die reichste Frau der Region zu werden. Doch ich wurde es nie, auch wenn die Kranken weite Wege auf sich nahmen, um mich zu konsultieren, auch wenn die Chirurgen von Lastres und Viella sich bitterlich darüber beklagten, dass ich ihnen ihre Patienten wegnahm. Immer sollte mir etwas passieren, mich irgendein Pech verfolgen, und alles blieb beim »fast«. In einem Jahr war es der Bankrott eines florentinischen Bankiers, dem ich mein Geld anvertraut hatte, in einem anderen Jahr war es meine Magd, die mit all meinen Münzen durchbrannte. Ich wusste, dass das kein Zufall war, dass ein Teil von mir glaubte, es nicht verdient zu haben, dass ein Teil von mir Angst hatte, Angst vor dem Wohlstand, Angst, glücklich zu sein, Angst, ich zu sein.

Ich war dem Hexenjäger entkommen, aber vor dem Neid würde mich nichts retten. Casilda, die mir jetzt nicht mehr von der Seite wich, versuchte mich nach dieser Demütigung davon zu überzeugen, zusammen zu fliehen. Ich antwortete ihr, Unschuldige würden nicht fliehen, nur Schuldige flüchteten. Sie erwiderte, in unserer Zeit gäbe es weder Unschuldige noch Schuldige.

»Das Unheil ruht nie«, sagte sie und schürte das Feuer. »Seit ich der Hexerei beschuldigt wurde, ist mir immer kalt.«

In dem Jahr war das Unheil größer als zuvor und kam in der unschuldigen Gestalt eines sechsjährigen Kindes.

Der alte Rius war ein großer Mann, er lebte im größten Haus des Dorfes und kassierte große Summen von den Fischern, denen er Geld geliehen hatte. Alles an ihm war groß, außer seinem Herzen: die riesigen Fischaugen, der große Mund und seine Warze, die Adlernase, der riesige Adamsapfel, selbst der Tumor, den ich in seinem Magen ertastete, war der größte, den ich je behandelt hatte. Es ist nicht leicht, einem Mann zu sagen, dass er sterben wird. Meine Tante Milagros hatte es mir nicht beibringen können, und ich habe es nie gelernt, also sagte ich ihm, dass ich nichts für ihn tun könne, und verabreichte ihm Laudanum und Schlafmohn. Er wurde wütend, ja richtig zornig, als ich hinzufügte, dass die Schmerzen, über die er klagte, wahrscheinlich noch schlimmer werden würden. Er beschimpfte mich, er drohte mir, er bot mir mehr Geld, und schließlich schickte er mich weg. Er ließ den Chirurgen von Lastres rufen, der ihm auch nicht helfen konnte, und später einen Mediziner, der in Salamanca studiert hatte. Letzterer behauptete, ihn für vierzehn Dukaten heilen zu können. Der Alte, der weiter mein Laudanum nahm, gab sie ihm, ohne mit der Wimper zu zucken. In dem Moment begriff die gesamte Familie, dass er im Sterben lag, weil ihn selbst Geld nicht mehr interessierte.

Sie hingegen schon, denn als der Alte am fünften Tag der Behandlung mit Silber- und Quecksilberfolien unter lautem Gebrüll verendete, verlangten sie es zurück.

Daraufhin behauptete der Mediziner, seine Behandlung hätte immer gewirkt und nur diesmal nicht angeschlagen, weil Hexerei im Spiel gewesen sei. Er ließ meinen Namen fallen und die Bemerkung, dass man mich nicht bezahlt habe. Niemand hätte ihm geglaubt, hätte der Kleinste im Haus, der sechsjährige Enkel und Haupterbe, nicht behauptet, er habe die Seele seines Großvaters durch dessen Nase entweichen sehen und sie sei schwarz wie Pech und schwer wie Kohle gewesen.

Statt ihm eine Tracht Prügel zu verabreichen, glaubte die Familie ihm. Sie suchte nach Talismanen und Zauberformeln, und obwohl sie nichts fand, glaubte sie, das könne nur das Werk des Teufels sein, und der Teufel hat immer die Lippen einer Frau.

Ainur

Ich lese veraltete Zeitungen wie der Leuchtturmbewohner. In Wirklichkeit lese ich seine veralteten Zeitungen, die er am Fußende meines Bettes aufgestapelt zurückgelassen hat. Sein einziges Vermächtnis.

Veraltete Zeitungen sind keine Zeitungen mehr. Sie haben sich in Basismaterial zum Basteln von Papierschiffchen oder Narrenhüten, zum Einwickeln von Röstkastanien oder nicht mehr ganz frischem Fisch verwandelt. Sie enthalten Nachrichten, die keine mehr sind, die nicht mehr aktuell sind, die von gestern sind. Die Nachricht von heute vernichtet immer die Nachricht von gestern, selbst wenn es dieselbe Nachricht ist, im Journalismus gibt es weder die Wahrheit noch das Gestern. Etwas wird zur Nachricht, weil es heute interessiert; wenn es gestern interessiert hat, gut, aber was gestern interessiert hat, erregt heute keine Aufmerksamkeit mehr.

Also lese ich veraltete Zeitungen mit Nachrichten, die keine Nachrichten sind. Das ist eine Art, daran zu erinnern, dass auch sein Verschwinden keine Nachricht ist. Er hat sich aus meinem Leben geschlichen. Das ist eine Tatsache.

Ich lese Zeitungen. Veraltete.

Ich lese über den Fall der Zwillinge, die bei ihrer Geburt getrennt wurden. Eines der Mädchen wuchs zusammen mit einem anderen Mädchen, das nicht seine Schwester war, bei deren reichen und schönen Eltern auf. Die andere wuchs als Tochter einer alleinerziehenden Mutter in einem Randgebiet auf. Die eine wurde Richterin. Die andere schlug sich mit Diebstählen und Drogenhandel durch. Und eines Tages trafen sie sich vor Gericht. Die eine sprach Urteile, die andere stand unter Anklage. Die Ähnlichkeit war so verblüffend, dass die Richterin eine DNA-Probe anordnete. Die erbrachte, dass sie Zwillinge waren. Eineiige. Identisch. Über diese Nachricht ist die arme, kriminelle Schwester verrückt geworden. »Ich hätte meine Schwester lieber nicht kennengelernt.« Sie wurde von dem Gedanken gepeinigt, dass ihr Leben hätte anders verlaufen, dass sie eine andere hätte sein können. Bis zu dem Zeitpunkt hatte sie geglaubt, so sei das eben und basta. Sie hatte sich nicht gefragt, warum sie war, wie sie war, auch nicht, warum sie tat, was sie tat. Aber jetzt hatte sie das Spiegelbild ihrer Schwester vor Augen, ihrer unbescholtenen, erfolgreichen Schwester. Sie hatte das Kind eines Junkies abgetrieben. Ihre Schwester hatte zwei entzückende Kinder. Sie hatte nicht mal die Hauptschule absolviert, ihre Schwester war Richterin. Aber das Schlimmste war, es zu erfahren. Zu erfahren, dass es nicht so hätte kommen müssen. Dass sie nicht zu diesem Leben verdammt war, im Gegenteil, dass ihr ein besseres Leben bestimmt gewesen war. Sie hatten sie einfach bei der Geburt vertauscht.

Es gibt viele, die das Gefühl haben, bei der Geburt vertauscht worden zu sein.

Vielleicht habe auch ich irgendwo eine Zwillingsschwester. Und wenn Selene meine Zwillingsschwester war, die nicht räumlich, sondern zeitlich von mir getrennt ist? Hätte ich zu ihrer Zeit gelebt, wäre ich als Hexe verbrannt worden. Was würde sie sagen, wenn sie ihre Zwillingsschwester auf der anderen Seite des Spiegels sehen könnte? Was würde sie tun?

Ich lese veraltete Zeitungen.

Alte Nachrichten schmerzen weniger. Sie sind vor einiger Zeit geschehen, und man kann nichts mehr daran ändern. Sie sind wie mein Leben. Es ist geschehen und lässt sich nicht ändern.

Ich lese veraltete Zeitungen

Selene

Ein einäugiger Riese mit dem Wappen des Dominikanerordens auf dem Wams trat ein, gefolgt von zwei Arkebusiers mit nach oben gerichteten Waffen. Über dem blinden Auge trug er ein schmutziges rotes Tuch, und Selene fand, dass es aussah, als wäre ihm das Auge bei einem wüsten Kampf gerade ausgestochen worden und als hätte er mit dem Tuch das Blut gestillt.

»Im Namen der Inquisition, gebt die Frau heraus! Und Ihr, Frau, lasst Euch freiwillig festnehmen!«, sagte der Scherge.

Dann sah er Selene an.

»Erinnerst du dich an mich? Denn ich habe dich nicht vergessen, ich habe weder das Haar des Teufels noch die Brüste vergessen, die zu verderben beginnen wie Äpfel, die im falschen Haus verfaulen.«

»Du bist im falschen Haus.«

»Du redest nur, wenn du etwas gefragt wirst!«

»Wessen beschuldigt man mich, Euer Gnaden?«

»Ein Angeklagter hat kein Recht, danach zu fragen, wessen er beschuldigt wird, nur das Gericht kennt die Anschuldigungen, Euer Gnaden forsche in Eurem Herzen. Und besinnet Euch Eurer Vergehen und gestehet sie freiwillig, nicht, weil Eure Sünden Euch auf den Scheiterhaufen bringen können, sondern weil sie Euch zur ewigen Verdammnis führen.«

Selene fragte sich, ob sich der Dominikaner an seine Vergehen und Bestechungen, an die vergewaltigten Frauen, die niedergebrannten Höfe und die gepeinigten Seelen erinnerte, die er auf seinem Weg zurückgelassen hatte.

»Nur Euer Ehren kennt den Namen des Gottes, der ihm das alles verzeihen wird.«

Zu ihrem Glück hatte sie das ganz leise gesagt. Und der Arkebusier, der sie zu einem Karren schubste, hatte nur »Gott« verstanden. Er glaubte, die Hexe würde beten.

Ainur

Ich bin den ganzen Nachmittag an den Klippen spazieren gegangen. Die Wolken waren schwarze Wale. Sie hetzten erschrocken nach Süden. Sie wollten weg. Ich weiß nicht, wohin. Das Meer war ein dunkles Loch. Das Gewitter war schon nah. Die Bäume beugten sich wie Feldarbeiter und wimmerten wie Frauen. Hoch oben war der Wind. Unten die Äste. Gesenkt mein Blick. Gesenkt mein Kopf. In der Ferne kreischten Saatkrähen. Ich bin auf dem Heimweg und drücke den *Lazarillo* an meine Brust. Ich habe wieder an die Tür des Leuchtturmbewohners geklopft. Diesmal habe ich eine Nachricht hinterlassen. Eine Nachricht in einer leeren Flasche.

Ich war schlafen gegangen und hatte die Tür offen gelassen wie jede Nacht, in der Hoffnung, er würde zurückkehren. Draußen begann es zu regnen. Ein Ast schlug gegen das Fenster, und es hörte sich so an, als klopfte es an der Tür. Ich hörte Schritte auf der Straße und fragte mich, wohin sie um diese Uhrzeit führten. Dann hörte ich sie nicht mehr, aber nur weil ich einschlief.

Ich schlug die Augen auf und wusste, dass ich angestarrt wurde. Über mir atmete jemand, stockend, ganz nah an meinem Mund. Ich rührte mich nicht. Ich sah, wie sich der dunkle Schatten über mein Bett beugte, und glaubte, der Leuchtturmbewohner wäre zurückgekommen. Sein Mund kam näher und fand meinen. Er biss mir in die Lippe, und erst da, eine Minute zu spät, merkte ich, dass er es nicht war. Ich wand mich. Er drückte mich aufs Bett, als wäre ich eine Fliege. Ich biss in seine Hand, ich biss in seine Zunge. Er schrie auf, ließ mich aber nicht los. Unter seinen Händen gab es mich nicht mehr. Ich versuchte zu schreien, aber er verschloss mir den Mund mit seinem Mund. Es war kein Kuss, es war kein Biss, es war ein Pfropfen, damit ich nicht durch den Abwasserkanal entweiche. Er zog die Decke weg und setzte sich rittlings auf mich. Ich spürte seine animalische Stärke, seinen Wolfsatem, Übelkeit.

»Neeein«, konnte ich nur sagen.

»Sag nicht nein, wenn du ja meinst.«

Es war nicht die Stimme des Leuchtturmbewohners, auch nicht seine sanfte Art. Am Satzende stotterte die Stimme. Ich krallte die Fingernägel in seine Haut, und er schlug mir ins Gesicht.

Es tat weh, es tat sehr weh, bis es aufhörte, wehzutun.

Alles war vorbei. Ich wusste nicht, ob es eine Minute oder Jahrhunderte gedauert hat.

»Behaupte nicht, dass ich dich vergewaltigt habe, denn das stimmt nicht.«

Am Satzanfang stotterte die Stimme ein wenig, sie zischte und wurde dann wieder schneidend wie ein Messer. Ich betrachtete die Szene von oben. Ich sah mich zusammengekauert auf dem Bett liegen, und ich sah, wie mir der Herr der Dunkelheit mit seiner linken Hand und rostigem Wasser die Wunden versorgte, die er mir selbst zugefügt hatte. Er legte seinen Mund auf die Stelle, der er vorher Gewalt angetan hatte. Es war viel Blut auf dem Bett. Wo war ich? Ich schwebte über mir, und es kümmerte mich nicht mehr, was mit mir geschah. War ich tot? Ich hatte das Gefühl, dass ich es schon bald sein würde, wenn es mir nicht gelang, in meinen Körper zurückzukehren. War es ein Traum? Ein Albtraum?

Auf dem weißen Bett breitete sich Blut aus. Ein dunkler Fleck, der einen unbekannten Kontinent zwischen dem Herrn der Dunkelheit und meinem hinfälligen Körper bildete.

Ich wachte auf. Ich war allein mit Satán, der meine Hand leckte. Es war noch dunkel. Der Herr der Dunkelheit war weg, und einen Moment glaubte ich, alles sei ein Traum gewesen. Dann sah ich das feine Blutrinnsal zwischen meinen Beinen. Satán knurrte verhalten. Wo war er gewesen? Warum hatte er nicht gebellt? Kannte er den Herrn der Dunkelheit?

Du bist am Leben, du hast nur deine Menstruation.

Selene

Man beförderte sie auf einem Karren, die Hände mit einem dicken Strick gefesselt und von zwei Arkebusiers sowie vier berittenen Offizieren bewacht. In den Dörfern liefen die Leute herbei, um sie vorbeifahren zu sehen. Kinder auf den Schultern ihrer Eltern, junge Burschen auf Bäumen, und alle schrien und beschimpften sie:

»Auf den Scheiterhaufen! Auf den Scheiterhaufen mit der Hexe!«

Sobald die Leute sie von nahem sahen, wurde es still. Sie war eine kleine, schlanke Frau. Von harmlosem Aussehen, doch mit königlicher Haltung und einer seltsam matten Schönheit. Wie eine Hexe wirkte sie nicht. Doch einen Augenblick später schien es nur logisch, dass sie eine war: Es ist bekannt, dass Satan sich oft hinter der Maske eines Unschuldigen verbirgt. So nutzte die Meute den Augenblick, um Luft zu holen und erneut zu krakeelen, diesmal begleitet von einem Steinhagel und jeder Menge anderer Geschosse: verfaultes Gemüse, Brotbrocken, Holzscheite. Das alles musste Selene über sich ergehen lassen, als der Karren über den steinigen Weg holperte, im Schlamm stecken blieb, in den Wegkrümmungen zum Stehen kam und der Meute bei jedem Halt Gelegenheit für Spott und Häme bot. In einem Nest bei La Braña attackierten die Burschen sie mit Steinschleudern, und ein

Treffer verletzte sie an der Lippe. Der Anblick des Blutes, das ihr vom Mund tropfte, ließ an Vampire denken, und manche Frauen schütteten Bottiche mit kochendem Wasser von den Balkonen herunter. Die Soldaten schossen mit ihren Arkebusen in die Luft, und als sie sich kurz darauf umzingelt sahen, schossen sie scharf. Ein Bursche sank, im Oberschenkel getroffen, zu Boden. Selene erkannte ihn. Im Jahr zuvor hatte sie ihn wegen einer Magenkolik behandelt. Sie hatte ihn geheilt, damit er sie attackieren konnte. Die Arkebusiers schossen sich mit dem Geruch nach Schießpulver und Angst den Weg frei, und die Meute wich kreischend zurück und schwor Rache. In einem anderen Dorf wurde sie mit Eiern beworfen, und eins traf sie am Kopf. Ihr angesengtes Haar hing strähnig wie tote Pflanzenstängel herab. Jetzt sah sie aus wie ein Küken, das gerade geschlüpft war, hilflos und ein wenig lächerlich.

Ainur

Er ist wiedergekommen. Jetzt kommt er jede Nacht. Doch angerührt hat er mich nicht mehr. Zumindest bis jetzt. Und ich weiß nicht, warum ich die Tür offen lasse, nicht einmal, warum ich ihn einlasse. Vielleicht, weil ich die Einsamkeit mehr fürchte als die Angst.

»Du hast dich hier in diesem Dorf versteckt. Wovor? Vor wem? Warum bist du auf der Flucht?«

Manchmal stottert er, so wie jetzt. Er trägt immer eine dunkle Sonnenbrille, als wollte er sich vor der Dunkelheit schützen.

»Ich bin noch nie in meinem Leben vor etwas geflohen, jetzt muss ich vor der Langeweile fliehen. Und du bist das Interessanteste in diesem Dorf. Ich bin dir gefolgt, ich kenne jeden deiner Schritte, deine Vorlieben, die Orte, an denen du mit diesem Luftikus warst.«

»Hast du ihm etwas getan? Weißt du, wo er ist?«

»Ich habe ihm nichts getan, er hat einen Schreck bekommen, wie viele Männer, wenn sie eine richtige Frau kennenlernen. Du bist eine Frau, die einem Angst einflößen kann. Ich habe dich gesehen und wusste, dass du die Mühe wert bist. Du bist der einzig lohnende Grund, das Haus zu verlassen.«

»Und du vergewaltigst einfach alle Frauen, die dir interessant erscheinen.«

»Ich habe dich nicht vergewaltigt. Was ich getan habe, ist nicht schlimmer als das, was die Leute in der Stadt tun. Dinge zu kaufen, die man nicht braucht, nur um ein Loch in sich zu füllen, ein Lücke, die größer ist als Nordamerika. In meinem Fall habe ich eine Leere gesehen, ein Loch, das gefüllt werden musste. Irgendwann wirst du froh sein, mich kennengelernt zu haben.«

Selene

Jetzt war der Weg gepflastert. Am Wegesrand wurden von immer größeren und lauteren Menschenmengen Strohpuppen mit falschen Brüsten aus Lumpen angezündet. Die Vogelscheuchen baumelten an den Ästen der Eichen. Die hitzigsten Schreier verlangten, man solle die Hexe verbrennen, jetzt sofort, an Ort und Stelle, denn an einem anderen Tag müssten sie vielleicht schuften und würden die Ketzerverbrennung womöglich versäumen. Selene hob ihren Kopf nicht mehr. Mit dem Gesicht voller blutiger Kratzer und Bitterkeit im Bauch starrte sie auf den Boden des Karrens, einen Spiegel aus kaputtem Holz, der kein Bild zurückwarf und ihr deshalb erlaubte, sich vorzustellen, dass sie ein anderer Mensch war und zu einer anderen Zeit lebte.

Ainur

Der Geruch versetzt mich in die Vergangenheit. Ich schlafe noch, als mir der Geruch in die Nase steigt. Er ist eine Straßenbahn, die mich, schneller als eine Rakete in die Hölle, in die Vergangenheit fährt. Der aufdringliche Atem des Herrn der Dunkelheit über mir, der Geruch nach Knoblauch, Zigaretten und Alkohol erinnert mich an den Geruch meines Chefs, an seine behaarten schmalen Hände auf mir. Kleine Hände und großer Bauch, als ginge er mit einem namenlosen Monster schwanger.

Wie alle anderen wollte ich nur glücklich sein. Oder zumindest die unsichtbare Grenze überschreiten, die mich von den anderen trennte. Ich fühlte mich wie das Mädchen mit den Schwefelhölzern aus dem Märchen. Die anderen leben in einem Haus und führen ein Leben in Farbe, sie essen und trinken zusammen am warmen Ofen, und ich bin allein, hier draußen in einer Welt in Schwarzweiß.

Ich kann die anderen nur durch eine Glasscheibe sehen. Abgetrennt durch ein Fenster oder einen Bildschirm. Die Kinoleinwand, der Fernsehbildschirm. Ich lege meine Hand auf ihre Gesichter und berühre doch nur das Glas, das uns trennt. Das ist die Kälte von draußen.

Ich träume von der Wärme des wirklichen Lebens.

Ich will doch nur eintreten und aus diesem dampfenden Topf essen, den ich schon so lange auf dem Tisch stehen sehe.

Selene

Als ich das Steingebäude im Fels über dem Abgrund sah, wusste ich, wohin der Weg führte. In die geheimen Kerker der Inquisition, fälschlicherweise geheim genannt, weil alle wussten, wo sie sich befanden. Dieser war einer der schlimmsten, im Haus eines Amtsschreibers namens Lázaro, der nicht zum Leben erweckte, sondern sterben ließ. Eingebildet und selbstherrlich wie die meisten der Inquisitionsfamilie, gebärdete er sich jedes Mal wie ein Pfau, wenn der Inquisitor in der Region eintraf.

Doch noch vor den Stadtmauern kam uns ein Gesandter der Inquisition entgegen und befahl uns, erst nach Mitternacht die Stadt zu betreten. Die Leute wären außer sich, und man befürchtete Lynchjustiz. In jedem Dorf auf dem Weg hatte man mir ein weiteres Verbrechen angelastet, und jetzt schlachtete ich nicht nur Kinder, um mir ihr zartes Fett zunutze zu machen, sondern ich briet sie gar bei Vollmond in finsteren Zeremonien unter Vorsitz der Teufels. Alle Toten, für die es keinen Mörder gab, wurden jetzt mir untergeschoben. Für sie und alle Verbrechen, die nicht gesühnt waren, und für die Schuld, die einer sich nicht einzugestehen wagte, wenn er nachts nicht schlafen konnte, sollte ich bezahlen. Was auch immer ich tun würde, ich trug die Schuld. Ich hatte es auf meinem Weg in den geröteten Augen der Meute und im

Weinen der Babys gesehen. Sie würden mir die Schuld an allem geben, denn es könnte ja sein, dass ich mich schuldig gemacht und es nicht einmal bemerkt hatte.

Ainur

Immer wieder gebe ich mich dem Herrn der Dunkelheit hin. Tag und Nacht. Ich weiß nicht, warum ich das tue. Sollte es Hexerei sein, das Gegenteil von dem zu tun, was man will, ist es Hexerei. Ich unterwerfe mich seinem Willen. Er widert mich an, und ich widere mich an. Vermutlich tue ich es, weil ich immer glaubte, es nicht zu verdienen, glücklich zu sein. Er hat mich beschmutzt, ich bin schmutzig, also ist es auch egal, wenn ich ganz zu Schmutz verkomme. Ich gehe zu ihm, und er kommt zu mir. Ich nenne ihn nie bei seinem Namen, und er nennt mich nicht bei meinem. Ich sage niemals seinen Namen, obwohl das ganze Dorf ihn kennt.

Er nennt mich Selene.

Ich weiß nichts vom Leuchtturmbewohner, aber ich weiß, dass man in einem so kleinen Dorf alles weiß.

Eines Tages öffnet er eine Truhe, die er zusammen mit Kurare-Pfeilen, gotischen Marienbildern, Obsidianschnitzereien und Masken, schwärzer als die Sünde, finsterer als meine Schuldgefühle, aufbewahrt.

»Was du heute sehen wirst, darfst du niemandem erzählen.«

»Darf ich niemandem erzählen? Darf ich nicht aufschreiben? Dann ist das keine große Hilfe für mich oder meine Doktorarbeit, denn was ich nicht erzählen darf, existiert nicht, was nicht ausgesprochen wurde, ist nicht real.«

»Ich zeige es dir nicht, um dir zu helfen, sondern um mir selbst zu helfen.«

Er verdreht mir das Handgelenk und hält mir ein Schriftstück aus Pergament hin. Ich weiß bereits, was es ist, bevor er es mir sagen kann. Bevor er mit seiner tiefen, aber trotzdem schönen Stimme zu lesen beginnt, einer Stimme, die an Predigten und Schreie im Urwald gewöhnt ist. Eine Stimme, die stottert, wenn er lügt oder zweifelt. Lange bevor er mir sagt: »Das habe ich gefunden, als ich noch gut war«, weiß ich, dass es sich um Selenes Prozess handelt, um ihre Geständnisse, um ihre Stimme.

Selene

Der Henker schubste mich in einen fensterlosen Raum, wo mich Pater Carlos, Gaspar de Torre Ciega, ein Amtsschreiber, der mein Geständnis festhalten sollte, sowie ein drittklassiger Quacksalber erwarteten, den die Heilige Inquisition bereitstellte, um zu verhindern oder gegebenenfalls nachzuhelfen, dass ich in die andere Welt überginge.

Ich kannte ihn von der Kirmes in Medina del Campo, wo er für zwei Dukaten alten Männern versprach, sie wieder potent zu machen, und für ein paar Dukaten mehr unglücklichen Ehefrauen weismachte, sie empfänglich zu machen; empfänglich für die Hoffnung, mehr nicht, wie ich glaube, aber die Leute waren leichtgläubig und zahlten, und später hatte er, wie fast alle Mediziner, die ich kennenlernte, zwei Arten von Patienten, wobei keine von beiden seiner Wissenschaft bedurfte: Einige genasen von selbst, und andere konnten nicht geheilt werden, Erstere waren dankbar und machten ihn berühmt, Letztere konnten ihm nach ihrer Beerdigung keinen Schaden mehr zufügen. Ich war entschlossen, mich von besagtem Mediziner nicht anrühren zu lassen, denn noch machte ich mir Illusionen, und aus diesem Grund war mir nicht klar, wo ich gelandet war.

Übrigens hat mich dieser Quacksalber namens Don Miguel

de Molina nach der Folter derart zur Ader gelassen, dass ich dem Tod näherstand als alle Henker, die ich in diesen Kerkern kennenlernte.

Der Herr der Dunkelheit

Der Herr der Dunkelheit wurde auch in diesem Dorf geboren. Ich wusste das nicht, weil er erst zurückkehrte, als ich schon weggegangen war. Einige behaupteten, er sei Jesuit, andere, er sei Comboni-Missionar gewesen. Er hatte über zwanzig Jahre im Amazonasgebiet bei Iquitos und dann in Brasilien an den Ufern des Urururu, des Rio Negro, gelebt. Er hatte eine große Erbschaft gemacht, von der jetzt nur noch das Haus übrig war. Noch am Todestag seiner Mutter hatte er alles den Armen vermacht, beziehungsweise den von der Kirche ausgewählten Armen, und war ins Priesterseminar gegangen mit dem festen Vorsatz, Missionar zu werden. Er träumte davon, wie Pater Damián als Märtyrer in einer Leprastation zu sterben oder wie Álvar Núñez Cabeza de Vaca von den Pfeilen der Ureinwohner niedergestreckt zu werden, Träume von Heiligkeit und exotischen Ländern, von Opfer und Ekstase. Mit den Moskitos hatte er gerechnet, aber nicht mit der Langeweile. Er hatte drei Jahre in Lima die alten Mönche seines Ordens betreut, als man ihn an den Amazonas schickte. Noch nie hatte er einen solchen Fluss gesehen. Wie ein Meer aus Schlamm brauste er an einem vorbei. Er glaubte, der Fluss wäre ein Wasserlöwe. Die Strömung riss Tiere, Steine und die letzten Reste der Zivilisation mit sich. Nach wenigen Tagen entdeckte er, dass der Fluss auch zahm sein konnte. Die Ureinwohner sagten ihm, das sei der Moment, in dem einem die Anakondas auflauerten. Er badete im Fluss und fischte Piranhas aus dem Wasser, in dem er gebadet hatte. Nachts lauschte er dem Quaken der Frösche und suchte am wolkenverhangenen Himmel das Kreuz des Südens. Er konnte es nicht finden. Er wollte den Ureinwohnern helfen, stellte aber fest, dass sie sich alle für Weiße hielten. Sie arbeiteten für ein japanisches Unternehmen und zerstörten von Montag bis Samstag den Urwald. Sonntags zerstörten sie sich selbst: Wenn sie es nicht mit dem Messer taten, machte der Alkohol ihnen einen Ende. Das Leben war hart, aber die Erde war reich. Wenn man das Kerngehäuse eines Apfels fallen ließ, wuchs ein Apfelbaum. Schoss man in den Himmel, landete ein toter Vogel im Topf. Der Herr der Dunkelheit erinnerte sich an die Berge Kantabriens, diese erbärmliche und schöne Erde, die viel verlangte und nichts hervorbrachte. Er verstand nicht, wie die Menschen in einem so reichen Land so arm sein konnten. Er legte sich mit den Kautschukgesellschaften an. Eines Nachts band man ihn an ein paar Lianen und peitschte ihn so lange aus, bis sich seine weiße Haut blau färbte. Er wurde für tot erklärt. Er lag auf dem Boden und sah Spinnen und Schlangen über sich hinwegkrabbeln, ohne zu wissen, ob das Wirklichkeit oder Delirium war. Er glaubte, jetzt würden ihn die Ureinwohner lieben, jetzt würden sie verstehen, dass er gekommen war, um ihnen zu helfen. Sie wandten sich von ihm ab. Niemand grüßte ihn. Alle tuschelten, wenn er vorbeiging. Niemand drehte sich nach ihm um, wenn er in Iquitos zwischen Affenkäfigen, den Verkäufern von Drachenblut oder Schlangenlikör herumspazierte.

Sein Glaube verließ ihn, und da begriff er, warum Männer ihren Lohn mit Alkohol durchbrachten, bis zur völligen Abstumpfung tranken, bei Hahnenkämpfen Wetten abschlossen, die Hände in das Blut der toten Hähne tauchten und sich gegenseitig das Gesicht und die Seele zerschlugen. Auch er begann, zu den Hahnenkämpfen am Ufer zu gehen und zu den Prostituierten, deren Vaginas so groß wie Kaimanmäuler waren. Er ging zu ihnen, weil sie ihn bei seinem Namen nannten und mit ihm über Geld sprachen, wie man mit einem Herrn spricht.

Er hatte gehofft, von allen geliebt zu werden, eine Schule aufzubauen, eine bessere Welt zu gestalten. Niemand besuchte seine Schule. Man hatte ihm gedroht, sie zu schließen. Das war nicht nötig. Er hatte weder Lehrer noch Kinder noch Gläubige und glaubte mit der Zeit nur noch an die Sünde.

Er weiß nicht, was aus ihm geworden wäre, wenn sich der Alte nicht seiner angenommen hätte.

Eines Morgens wachte er so betrunken auf, dass er sich nicht daran erinnern konnte, was er am Abend getan hatte. Er roch Fäulnis, er sah den Urinfleck in seiner Hose und betastete die Wunde an seinem Kopf. Er lag in einer Hütte, die aus Tetrapaks und Dosen gebaut war. Nur das Palmendach überzeugte ihn davon, dass er noch am Amazonas war. Der Alte stand in der Tür. Eine dunkle Silhouette, die die Sonne nicht verdunkelte, sondern offenbarte. Es war der alte Gerardo, dem nachgesagt wurde, Schamane zu sein, und der sein erklärter Feind gewesen war, als er noch von der Kanzel predigte. Aber eines hatten sie gemein: An diesem gesetzlosen Ort glaubten sie beide an etwas, oder zumindest tat es der alte Gerardo noch.

»Wir werden weiter geboren und sterben, wir sterben arm und werden arm geboren. Für uns hast du nichts getan, Gringo. Du hast etwas für deinen Stolz getan.«

Gerardo nahm ihn mit ins Innere der grünen Wildnis voller Vögel. Die Nacht im Urwald war ohrenbetäubend laut. Er musste lachen bei der Erinnerung an seine Mutter und seine Tanten, wenn sie vom Frieden auf dem Land und der Ruhe der Natur gesprochen hatten. Die Natur war nie ruhig. Nur Totes und von Menschen Gemachtes ist ruhig. Kleine und große Tiere bewegten sich durch den Dschungel, und das Licht war grün und unheilvoll. In jener Nacht tranken sie Ayahuasca. Er erbrach sich heftig. Er erbrach die Erinnerungen an das Dorf im Norden, an seine autoritäre und hagere Mutter, an seinen Vater, der auf der Bahnhofstoilette jungen Burschen auflauerte, er erbrach die hohe Meinung, die er von sich selbst hatte, und er erbrach seine Vorurteile. Er suchte am dunklen Himmel das Kreuz des Südens und fand es. Im Morgengrauen hatte er weder den Jaguar noch den Kondor gesehen, aber er hatte aufgehört, die schwarze Magie zu fürchten. Er verbrachte noch zwanzig Jahre in Südamerika und fünf dunkle Jahre im Kongo, er lernte echte und falsche Propheten kennen und war oft selbst falsch und echt, aber nie wieder Priester.

Manche behaupteten, er hätte mit einer Eingeborenen Kinder gezeugt, andere sagten, er hätte Wunder vollbracht. Consuelo behauptete, man hätte ihn exkommuniziert. Doch sie ging weiter in die Kirche, wenn er die Messe las.

»Möglich, dass er kein Priester mehr ist. Im Dorf interessiert das niemanden. Solange es keinen anderen Priester gibt, bleibt er es eben.« Schließlich sind sie eher ihren Traditionen ergeben als der katholischen Kirche. Sie wissen alles, was sie über den Herrn der Dunkelheit wissen müssen. Genug, um an ihn zu glauben.

Also liest er einmal im Jahr die Messe für den Schutzheiligen oder wenn eine Frömmlerin gestorben oder jemandem eine Kuh verendet ist und eine Messe für die Seelen im Fegefeuer abhalten will.

Es ist merkwürdig, ich habe dem Leuchtturmbewohner zugehört, als er mir erzählte, dass der Mensch nicht auf dem Mond gelandet sei, als er mir vom Müll, von den anonymen Briefen, von Selene erzählte. Er hatte keine Zeit, mir zuzuhören, weil ich nichts zu sagen hatte.

Der Herr der Dunkelheit ist widerlich, aber er hört mir zu. Mir fällt keine wichtige Geschichte ein, die ich ihm erzählen könnte. Trotzdem scheint ihn das nicht zu stören, er lauscht aufmerksam meinen Geschichten über Prozesse und Frauen, die Bußgelder verteilen, wobei seine grünen Augen auf mir ruhen, als wäre das für ihn das Wichtigste auf der Welt. Vielleicht gehe ich deshalb jede Nacht zu ihm. Nicht um zuzuhören, sondern um gehört zu werden.

Selene

Euer Ehren sagt, Ihr habt eine Frau gesehen, die vor einer seltsamen Gerätschaft oder vor einem blinden Spiegel saß, dass diese Frau aber nicht unsere Heilige Jungfrau gewesen sei.«

»Nein, Euer Gnaden, sie trug weder einen Umhang, noch war sie von Engeln begleitet, sie hat mir auch keine Botschaft übermittelt. Ich sah eine junge Frau in seltsamen Gewändern.«

»Euer Ehren weiß aber, dass es nur eine Erscheinung des Teufels gewesen sein kann, wenn es nicht die Jungfrau war.«

»Euer Gnaden, ich bin nicht religiös. Ich bin nicht befähigt, über Göttliches und Menschliches zu urteilen. Ich erzähle nur, was ich gesehen habe, und das mit der größtmöglichen Aufrichtigkeit.«

»Gewiss«, sagte der Dominikanermönch wohlwollend und setzte seine Augengläser auf. »Es ist ein Beweis von Redlichkeit, wenn man die Ahnen um ihren Beistand bittet.« Mit zufriedener Miene lehnte er sich in dem Brokatstuhl zurück, und ich wusste, dass er einer der wenigen Richter war, die lieber freisprechen als verurteilen.

Ich wurde dazu verpflichtet, es dem Gericht zur Kenntnis zu bringen, wenn ich diesen Geist wieder sehen sollte, und ihm mit Gebeten zuzusetzen, damit er mir offenbarte, ob er ein heiliger Geist oder ein Teufel sei. Obwohl ich die Wahrheit gesagt hatte, sagte ich ihnen nicht die ganze Wahrheit, denn ich war klug genug, um ihnen nichts von der verblüffenden Ähnlichkeit der Frau mit mir zu verraten.

Schloss ich im Kerker die Augen, sah ich immer dasselbe. Ich sah mich auf höchst merkwürdige Weise schreiben, und wenn ich genauer hinsah, wurde mir klar, dass diese Gestalt nicht ich war, sondern mir nur sehr ähnlich sah, dass sie mehr Haar hatte als ich und noch alle Zähne. Ich glaubte, mein Ebenbild gesehen zu haben und schon bald sterben zu müssen.

Ainur

Warum bist du besessen von der Geschichte einer Frau, die du nicht kanntest? Von einer Frau, die starb, bevor du geboren wurdest? Warum ist sie so wichtig für dich? Hast du etwas zu verbergen?«

Der Herr der Dunkelheit und ich lesen den ganzen Tag über Selene. Er liest alle meine Notizen, er sieht sich das Drehbuch an, das ich für einen möglichen Dokumentarfilm geschrieben habe. Wir nehmen Zuflucht in der Arbeit, weil wir in der Liebe keine Zuflucht finden können. Ich könnte ihn fragen, was ihn an Selene interessiert, aber ich tue es nicht. Was ihn an Selene interessiert, bin ich.

Er rät mir, die überfrachtete Sprache des Amtsschreibers im XVII. Jahrhundert in das heutige Spanisch zu übertragen. »Es muss ein verständlicher Sprachduktus mit einem Echo der Vergangenheit sein, aber nicht die Sprache der Vergangenheit. Es muss so natürlich klingen, wie Selene und ihre Richter miteinander redeten.« Er interessiert sich für meine Arbeitsmethode. Er kommentiert, kritisiert, korrigiert. Er überprüft alles und druckt es für mich aus. Er scheint von Selene und ihrem Prozess fasziniert zu sein, aber ich weiß, dass das nicht stimmt. Für ihn ist beides nur ein Weg. Weder er noch ich wissen, wohin er führt.

Selene

Es kam der Zeitpunkt, da mir all dies normal erschien. Ich glaubte, es gäbe kein anderes Leben als dieses und dass das, was ich als mein Leben betrachtet hatte, nur ein Traum war, eine Sinnestäuschung, ausgelöst durch reichlich Essen und Trinken, woran es mir jetzt fehlte. Normal war *das*: mich vor Angst anzupinkeln, wenn ich die Stiefel des Kerkermeisters hörte, und die Feuchtigkeit meiner Tränen zu vermissen, denn sie waren das einzig Gesunde und Salzige hier unten, wo sich ohne jeden Zweifel und entgegen allen Behauptungen meiner Peiniger das wahre Reich des Bösen befand.

Das ist die Hölle, und die Teufel sind sie.

Sie sind die wahren Feinde Gottes, die Diener Satans.

Ainur

Ich gehe oft an die Klippen. Dort verweile ich lange und beobachte, wie sich die Wellen am Leuchtturm brechen, und lasse in Gedanken mein Leben an mir vorüberziehen. Mit jeder Welle kommt eine Erinnerung, die an den Felsen zerschellt und zerbricht. Ich erinnere mich daran, wie der Bürgermeister mich bat, ihm Handtücher aufs Zimmer zu bringen. Ich rieche das Aroma seiner Zigarre und spüre seine ungeschickten Hände auf meinem Körper. Ich schlucke den metallischen Geschmack meines eigenen Blutes, als ich mir im Prozess auf die Zunge biss.

Und mit den trägen Wellen ohne Wind reise ich noch einmal in dieses Dorf und lerne den Geruch des Leuchtturmbewohners kennen. Ich reise in die Dunkelheit mit dem Mann, der in einem Haus lebt, in dem es immer Nacht ist. Und die Wellen zerbrechen Erinnerung um Erinnerung.

Ich betrachte die Wellen, als könnten sie mir sagen, warum ich jeden Morgen schwöre, den Herrn der Dunkelheit nie wiederzusehen, und ich mich dann jeden Abend dabei ertappte, wie ich gegen meinen Willen das Gartentor zu seinem Haus aufstoße.

Eine heftige Welle bricht sich an mir, und plötzlich erinnere ich mich an die Wespen, als wären nicht über dreißig Jahre vergangen.

Lange bevor ich Erinnerungen hatte. Bevor es etwas zu erinnern gab, gab es schon die Wespen. Ich war ein Baby, ich konnte weder sprechen, noch kannte ich die Bosheit oder die Gesichter der Menschen. Ich aß und schlief und versuchte mit meinem Weinen zu beweisen, dass ich unschuldig war. Die Häuser im Dorf sind groß, und zu jener Zeit war ein Baby noch etwas Gewöhnliches, auch wenn es schon bald zu einem seltenen Gut werden sollte. Ich schlief in einer von Mäusen angenagten Holzwiege, die seit mindestens dreihundert Jahren den Kindern der Familie diente. Der Wespenschwarm fiel über mich her, und wäre meine Tante María nicht in der Nähe gewesen, wäre ich vielleicht gestorben. Sie stachen mich so heftig, dass mir nicht mal Zeit zum Weinen blieb, ich konnte nur einen erstickten Schrei ausstoßen, dem Jaulen einer Wildkatze ähnlicher als einem Menschenbaby. Dann kam das Fieber. Meine Großmutter fand schnell heraus, woher die Wespen kamen.

Am dritten Tag mit hohem Fieber, als das Baby in so kritischem Zustand schwebte, dass nur noch seine Händchen und Lider zuckten, als versuchte es, zu einem Schrei anzusetzen, als man das Wehklagen meiner Mutter schon vom Weg aus hörte, als die Fensterläden geschlossen und die Augen meiner Mutter gerötet waren, gab es niemanden, der den drei erschrockenen Nachbarn öffnete, die laut an der Tür klopften. Es waren unsere Cousins und Nachbarn, die Calatravos; sie trugen ihre besten Kleider, die sie nur zu Beerdigungen anzogen. Es waren der Vater, hager und groß, mit einem wunderbaren Glasauge, das die Krämerin des Dorfes später geerbt hat, davon bin ich überzeugt, und seine beiden Söhne, eineiige Zwillinge, die nur darin zu unterscheiden waren, dass dem einen von Geburt an das rechte Auge und dem anderen das linke Ohr fehlte, das ihm, wie man mir später erzählte, von einer Ratte abgebissen wurde, als er ein noch kleineres Baby war als ich. Die drei hatten einen Korb mit braunen Eiern dabei, den besten, die Eier des gefleckten Huhns. Da ihnen niemand öffnete, die Tür aber nicht abgeschlossen war, schlichen sie sich an den Ort, wo die Frauen des Hauses die Babywiege umringten, als wäre das Baby der Heilige Christus und die Wiege das Kreuz, was gar nicht so abwegig war, denn das Baby, also ich, war ein von Wespenstichen verunstaltetes und geschwollenes Etwas. Was mir nicht die Wespen angetan hatten, hatte die Allergie erledigt. Genau wie die Jünger Jesu hatte das Familienoberhaupt den Todeskampf und das Warten nicht ertragen. Mein Vater war Holz hacken gegangen. Später behauptete er, das Leid an jenem Tag sei so groß gewesen, dass er sich gezwungen sah, meine Mutter zu verlassen. Die Frauen, meine Mutter, meine Großmutter und meine Tante, blieben, sie weinten leise und schrien laut und legten mir in Lavendel und Anis getränkte Tücher auf die Stirn. Die Calatravos knieten nieder, bekreuzigten sich und beteten mit lauter Stimme den Rosenkranz. Sie reichten meiner Großmutter den Korb mit den Eiern, als wäre er eine Opfergabe für die Jungfrau Maria.

Und sie begannen weinend zu erklären, dass sie den Wespenschwarm zu uns geschickt hatten, dass sie aber nie, niemals, beabsichtigt hätten, einem unschuldigen Kind etwas zuleide zu tun, sondern meine Großmutter bestrafen wollten, weil sie eine Hexe sei, denn eine Woche zuvor hatten sie sie getroffen, als sie auf Kräutersuche war, und sie hatte sie lächelnd gegrüßt; keine fünf Minuten später sei ihr Karren an einer Krümmung der alten römischen Straße ins Wanken geraten und umgekippt, hätte dabei eine ihrer besten Kühe mitgerissen, die samt dem Karren, seiner Last und den wenigen Ersparnissen der Calatravos die Böschung hinabstürzte. Sie hätten keinen Moment daran gezweifelt, dass meine Großmutter ihnen einen Fluch auferlegt hatte, und beschlossen, sich zu rächen, doch jetzt würde ein unschuldiges Wesen sterben und sie in der Hölle schmoren.

Zu einem bestimmten Zeitpunkt der Schlacht spürst du nicht einmal mehr die Schläge.

Selene

In dem Jahr, in dem sie die Pest überlebte, hatte sie zum ersten Mal Trauer darüber verspürt, am Leben zu sein. Eine Art grausamer Schuldgefühle, weil sie trotz allem überlebt hatte. Damals begann sie zu ahnen, dass das Überleben einen Menschen zum Monster macht.

Nach einem Monat im Kerker fühlte sie sich viel schlimmer als ein Monster.

Menschen sterben, wenn sie hier eingesperrt werden. Wer in diesen Kerkern überlebt, wird zur Missgeburt. Sie litt stärker an ihren Gedanken als an Demütigungen, Hunger und Durst. Heute machte es sie traurig, dass die Zeugenaussagen Casildas und vieler Bürger, in denen sie berichteten, wie sie ihnen im Jahr der Pest geholfen hatte, nicht zu ihren Gunsten ausfielen, sondern dass sie als Beweis für ihren Pakt mit dem Teufel galten, weil es der Teufel und nicht Gott gewesen sein konnte, der ihr geholfen hatte, Menschen von einer Krankheit zu heilen, an der so viele Gerechte gestorben waren. Casilda hatte stundenlang ausgesagt und detailliert ihren Mut und ihre Hingabe geschildert. Jedes ihrer Verdienste wurde umgedreht wie ein Handschuh und als Schuldbezichtigung gewertet. Sogar atmen war bei ihr ein Verbrechen.

Selene spürte, dass sich ihre seelische Verfassung verschlechterte. Ihre Niedergeschlagenheit in jenen Tagen trug einen anderen Namen: Lebensmüdigkeit. Es lohnte sich nicht, zu kämpfen, um weiter in einer Welt voller boshafter Menschen und Lügner zu bleiben, die den Namen Gottes missbrauchten. Sie sank auf den Boden ihres Verlieses, um auf den Tod zu warten. Da spürte sie, wie jemand ihre Hand drückte. In ihrem Fieberwahn glaubte sie, es wäre die Hand eines Skeletts, das sie holen käme. Sie schlug die Augen auf und blickte in die grünen Augen eines Herrn im roten Überrock. Sie dachte, der Tod käme sie in seiner verführerischsten Gestalt holen, um sie an die wenigen erinnerungswürdigen Augenblicke zu erinnern, die ihr Freund und Begleiter, das Leben, ihr geschenkt hatte. Sie vernahm seine Stimme und wusste, dass er es war, auch wenn sie sich nicht vorzustellen vermochte, wie er an diesen traurigen Ort gelangt war.

»Ich heiße Samuel. Samuel de la Llave«, sagte der Herr im roten Überrock.

Ainur

Am Montag ein erdrosselter Rabe auf dem Fensterbrett. Am Dienstag ein totes Kaninchen auf den Stufen vor der Kirche. Am Mittwoch hängt eine Katze am Wetterhahn des Kirchturms. Wir hatten die erstochenen, aufgeschlitzten Tiere vergessen. Tiere, die von irgendeinem Verrückten getötet wurden, dessen Motive wir nicht einmal ahnten. Sie waren wie der Leuchtturmbewohner aus unserem Leben verschwunden, und jetzt klopfen die mysteriösen Toten genauso unvermittelt, wie sie verschwunden waren, wieder an die Tür.

Es ist Donnerstag. Noch haben sie kein Tier gefunden. Sie werden eines finden, in einem Garten, in einem Haus, auf dem Friedhof. Was auch immer es sein mag, ist zurück.

Ich lausche dem Herrn der Dunkelheit, er ist langsam besessen von dem Thema mit den toten Tieren. Er sagt, dass man im Dorf redet. Über ihn. Über mich.

Er versteht nicht, warum ich mich nicht bemühe herauszufinden, wer mir anonyme Briefe und tote Tiere schickt.

Er möchte, dass wir Selene vergessen und nachforschen, was hier und jetzt geschieht, in diesem Jahrhundert. In diesem Dorf, das im Mittelalter lebt.

Er klagt an.

Er klagt mich an.

Er ist mein Inquisitor.

Selene

Ich glaubte, Gott hätte mir die Gnade erwiesen, diese Welt nicht verlassen zu müssen, ohne erfahren zu haben, wie meine einzige Liebe heißt. Ich berührte ihn, ich packte ihn am Rock, ich klammerte mich an ihn, als würde ich ertrinken, bis ich erkannte, dass er so wirklich war, wie man es unter den gegebenen Umständen behaupten konnte, denn seit Tagen zweifelte ich an der Wirklichkeit. Auch er berührte mich und erkannte, dass ich vor Fieber glühte. Er war entsetzt über den schrecklichen Ort, über den morastigen Boden, über die Ratten, die um uns herum fiepten. Er drückte mich sanft auf dem Strohsack und streichelte mir übers Haar.

»Mein Gott, wie ich mich für unsere Kerker schäme.«

Als ich diese Worte hörte, erkannte ich, dass er nicht mehr den roten Überrock trug. Im Gegenteil, seine Kleidung war grau und rau wie das Ordenskleid eines Mönchs.

Er folgte meinem Blick.

»Ja, am Ende bin ich Priester geworden, wie meine Eltern es wünschten, und jetzt bin ich Inquisitor und Untersuchungsrichter in den Prozessen vieler Sünder, und auch in deinem.«

Vermutlich verlor ich die Besinnung, denn in meinem Fieberwahn glaubte ich, er wiederhole wie das Salve Regina:

»Ich bin Samuel de la Llave und habe keinen Moment aufgehört, an dich zu denken.«

Ainur

Du siehst die Menschen nicht, du glaubst, sie seien Teil einer allgemeinen Verschwörung der Welt gegen dich. Einer Welt der gesichtslosen Feinde, derjenigen, die du kennst und die du noch nicht kennst, die du aber kennenzulernen hoffst. Blinde Vollstrecker deiner Lebensmüdigkeit, deiner Trägheit, deines fehlenden Glücks, Komplizen des Lebens und des Pechs, Schergen der Langeweile und des mangelnden Sinns. Du glaubst, du seist immer das Opfer, du siehst nicht, dass du den ersten Stein geworfen hast und dass das, was jetzt passiert, die Wellen sind, die der Stein beim Aufprall auf die vermeintlich glatte Oberfläche deines Lebens ausgelöst hat. Das Leben ist wie das Wasser, es gibt immer etwas unter seiner Oberfläche, eine Leiche oder eine Perle, die in ihrer Muschel entsteht; und darunter gibt es noch etwas ganz anderes: ein Monster oder eine Sirene. Du wirfst einen Stein und triffst etwas, das auf dich gewartet hat. Täusch dich nicht, du bist nicht das Opfer, du hast den Stein geworfen.

Der Herr der Dunkelheit

Der Herr der Dunkelheit erzählte mir, dass er bei einem Eingeborenenstamm gelebt hatte, den Senoi, die weder Gewalt noch Krankheit kennen. Die Senoi richteten ihr Leben nach ihren Träumen und nutzten ihre Träume zur Verbesserung ihres Lebens. Jeden Morgen erzählte jedes Familienmitglied der Mutter, was es nachts geträumt hatte, und einmal am Tag trafen sich alle Familien, um die Träume der Gemeinschaft unter Leitung der Mutterhexe zu analysieren. Ich sagte, die Senoi seien das Volk der Psychoanalyse, Freuds Traum mitten im Urwald. Er überredete mich, ihm meine Träume von Selene zu schildern. Nach jenem ersten Traum von ihr empfahl er mir, dass ich vor dem Schlafengehen an alle Dokumente, die ich gelesen hatte, an alles, was ich über sie wusste, denken sollte, damit sie mir im Traum erschien.

Selene

Ich erwachte und sah, dass man meine Zelle gesäubert hatte und dass der Strohsack, auf dem ich lag, mit einem geflickten, aber sauberen grünblauen Wolltuch überzogen war. Neben mir saß der unselige Chirurg, den zu sehen und kennenzulernen ich später noch oft die unangenehme Gelegenheit haben sollte. Er hatte mich gerade geschröpft, und es schien, als würde er sich wie eine Zecke an meinem Blut ergötzen.

»Der Inquisitor hat befohlen, dich gut zu behandeln und dich am Leben zu erhalten. Und mein Wort darauf, ich werde mich um dich kümmern, als wäre ich selbst das Feuer, das dich verschlingen wird.«

»Der Inquisitor?«, wiederholte ich wie im Schlaf und bat um Wasser.

Er gab mir keines, aber es war, als würde er mir welches geben, als er antwortete:

»Der Inquisitor Don Samuel de la Llave, der trotz seiner Jugend den Ruf hat, eine gerechter Richter und Gelehrter der Gesetze und Gebete zu sein.«

Selbst im schlimmsten Kerker kann immer noch etwas Gutes geschehen, denn am nächsten Tag, als das Fieber ein wenig gesunken war, sah ich das Zettelchen auf dem Krug, der mir als Nachttopf diente. Es war eine Botschaft von Samuel, und schon bald gelang es mir, ihm zu antworten, indem ich das Papier benutzte, in das die Kräuter gewickelt waren, die man mir zum Kochen überließ. Ich schrieb mit einer Substanz, die ich aus Kohle und Öl anfertigte.

Unsere Botschaften verwandelten den Kerker in ein Paradies.

Ainur

Mit anderen Worten, die Geschichte in der dritten Person ist das, was du anhand der Dokumente erzählst. Und die Geschichte in der ersten?«

»Das ist Selenes Stimme. Sie führte ein Tagebuch, es wurde entdeckt und diente im Prozess als Beweismittel gegen sie. Außerdem gab es die Botschaften. Botschaften an einen unbekannten Geliebten. Sie schrieb sie auf das Papier, in das die Kräuter gewickelt waren, die sie vom Kerkermeister erhielt. Sie fabrizierte eine Art Tinte aus zerstoßener Kohle und Öl und benutzte als Feder ein Stückchen Weide aus dem Korb, in dem man ihr das Essen brachte. Sie hinterlegte die Zettel an verschiedenen Orten beim Ausgussstein des Kerkers. Sie versteckte sie in zerbrochenen Krügen und hinter den Rohren dieses finsteren, maroden Ortes im tiefsten Innern des riesigen geheimen Inquisitionsgefängnisses. Sie riskierte ihr Leben, um ihre Geschichte zu erzählen, vielleicht weil sie wusste, dass sie ihr Leben schon verwirkt hatte. Zu leben, um davon zu erzählen, ist, wie zu leben, um darüber zu reden. Doch uns Verlierern, denjenigen, die spüren, dass sie verdammt sind, bleibt nur das Recht, unsere Geschichte zu erzählen, damit uns jemand an einem anderen Ort oder zu einer anderen Zeit erlöst, damit uns jemand zuhört und als Barbarei wahrnimmt, was heute eine Gewissheit ist. Das sagt Selene, und es ist noch immer wahr. Wenn ich das lese, spüre ich, wie mir ihre Stimme ins Ohr flüstert, als hätte sie es für mich aufgeschrieben. Nur für mich.

Seit drei Tagen gehe ich mit ihm die Prozessaufzeichnungen durch und schreibe Tag und Nacht bei verschlossenen Fenstern, esse nicht mehr als das Stückchen Käse mit trockenem Brot, das noch in der Speisekammer liegt. Ich schreibe und schreibe. Über Selenes letzte Stunden. Ich habe in diesen Tagen siebenundzwanzig Seiten gefüllt, meine Augen und meine Handgelenke schmerzen. Und als ich das Dokument abspeichern will, bleibt plötzlich der Pfeil hängen, erstarrt: Ich kann weder vor noch zurück, als wäre das nicht ein Dokument, sondern das reale Leben, mein Leben in diesem Augenblick. Der Dinosaurier, der auftaucht, um Bill Gates' Hexerei zu offenbaren, von dem es heißt, er benutze die Zahl des Teufels, hat sich gelb gefärbt. Ich bin unfähig, das Dokument abzuspeichern, unfähig, das Programm zu beenden. Ich fürchte den Verlust der Änderungen meiner Arbeit von drei Tagen, der letzten Tage Selenes. Ich rufe den Herrn der Dunkelheit, der im anderen Zimmer döst. Wir lassen nichts unversucht. Die Worte sind hängengeblieben, Gefangene des Computers. Seliger Cervantes, der per Hand schrieb! Ich habe immer gewusst, dass Geräte keineswegs die Sklaven des Menschen sind, sondern seine Gebieter. Ich verbeuge mich vor dem Herrn Computer. Er ist ein unbarmherziger Gebieter. Wir sind Gefangene, kein Wort bewegt sich. Unbeweglich die

Konsonanten, unbeirrbar die Vokale. Die Worte haben sich im Wald der Zeichen aneinandergekettet. Am Ende schalten wir, während wir uns die Haare raufen, den Computer aus und flüchten aus dem heiligen und verfluchten Wald. Als ich ihn wieder einschalte, ist es, als wäre nichts geschehen: Die Worten sprudeln aus meinen Fingern hervor, aber das Dokument über Selenes Ende ist verschwunden.

Ich bin verzweifelt und müde und habe Hunger. Das ist nicht gerecht. Nichts ist gerecht. Ebenso wenig wie für die Hebamme in der Vergangenheit, sie suchte die Wahrheit. Ich suche die Worte, die ich fand. Ich stelle meine Anmerkungen zu Selene noch einmal zusammen und schreibe über das, was sie in jenen heißen Augusttagen vor Jahrhunderten oder Minuten im Geheimkerker geschrieben hat. Diesmal habe ich den USB-Stick eingesetzt. Das ist, als vergewaltigte man die Vagina des Computers mit einem digitalen Penis. Der Computer wimmert nicht, sondern gehorcht. Augenscheinlich. Denn plötzlich taucht eine graue Botschaft auf, und das Dokument verwandelt sich in rätselhafte Zeichen wie Fragen der Algebra oder der Kabbala. Da schreie ich auf.

Selene

Als sie die ersten Wehen spürte, schrie Selene auf. Sie schrie nicht wegen der Schmerzen, sondern um die Aufmerksamkeit der Kerkermeister zu erregen. Die Qualen konnte sie ertragen, nicht aber die Ungewissheit. Noch nie in ihrem Leben hatte sie solche Angst gehabt. Der Zellenboden war voller Pfützen und Fäkalien, die Ratten liefen frei herum. Würde sie hier niederkommen, würden sie und das Kind nur schwerlich überleben. Sie schrie weiter, während ihr Bauch hin und her wogte wie ein kenterndes Boot. Es vergingen Stunden. Sie war heiser vom vielen Schreien. Es kam niemand.

Als die Nacht hereinbrach, erschien wie jeden Abend der Kerkermeister, um ihr ihre Essensration zu bringen, und fand sie zusammengekrümmt vor Schmerzen, die jetzt ein Erdbeben waren.

»Bitte den Teufel um Hilfe, der dich geschwängert hat.«

»Das war nicht der Teufel.«

Jetzt, nachdem der Kerkermeister sie gesehen hatte, bestand die Möglichkeit, dass jemand käme, dass er käme. Die Nacht war lang. Durst und Angst peinigten sie fast ebenso wie diese in gleichmäßigen Abständen wiederkehrenden Schmerzen. Sie waren wie die Gezeiten, wie Wellen; zwischen der einen und der anderen Welle dankte sie Gott, den Namen des Kindsvaters zu kennen und das Glück gehabt zu haben, nicht von einem Angehörigen der Inquisition oder dem einäugigen Riesen schwanger geworden zu sein, der sie in diesem Kerker so gequält hatte. Sie hatte versucht, Raute zu bekommen, aber in dieser Abgeschiedenheit war das zu schwierig.

»O Herr, lass Samuel kommen!«

Sie wusste, dass dies unmöglich war, dass ein Inquisitor nicht bei der Niederkunft einer Gefangenen zugegen sein konnte, aber in ihrer Verzweiflung trieb ihre Phantasie Blüten. Der Schmerz war jetzt wie ein Meer, in dem sie ertrank. Sie wollte sterben. Sterben und diesen Todeskampf beenden.

Sie hatte bei Hunderten von Geburten geholfen, und jetzt war sie allein. Sie hatte so viele Frauen gerettet und wusste nicht, wie sie sich selbst retten sollte. Sie stieß einen spitzen Schrei aus und spürte kurz darauf den Kopf des Babys. Gott sei Dank kam es nicht in Steißlage und hatte auch nicht die Nabelschnur um den Hals gewickelt. Schwarze Brühe stieg ihr in den Mund. Sie erbrach Blut. Sie hatte nichts, womit sie das Kind bedecken konnte. Sie rief wieder nach Samuel. Beim Rufen seines Namens würde sie sterben.

Bis zum letzten Moment akzeptierte Selene nicht, dass der Vater ihres Kindes nicht bei ihr war. Dass sie allein sterben würde.

»Samuel, Samuel, warum hast du mich verlassen?«

Ainur

Haben Selene und ihr Sohn überlebt?«

»Ihre Tochter, es war eine Tochter. Man sagt, das Kind sei lebend zur Welt gekommen. Und Selene musste ja überleben, damit man sie auf dem Scheiterhaufen verbrennen konnte.«

»Was ist aus der Tochter geworden?«

»Sie wurde zu den Klarissinnen gebracht, die in einem zerstörten Kloster am Eingang des Dorfes lebten. Es heißt, Samuel de la Llave habe sie entführt an dem Tag, als Selene in den Himmel aufstieg.«

»Eine Legende.«

»Eine Art, die Wahrheit zu vertuschen, um sie auszusprechen.«

Ainur

Das klingt nach Hexerei«, sagt der Herr der Dunkelheit ungerührt. Obwohl es mitten in der Nacht ist, trägt er seine Sonnenbrille und zieht auch trotz der Hitze nicht den langen schwarzen Ledermantel aus, der so altmodisch ist wie alles in diesem Haus.

Ich lächle nicht. Ich habe meine letzte Kraft in den Versuch gesteckt, alles noch einmal zu schreiben, jetzt habe ich keine mehr. Ich werde Selenes Geschichte nicht zu Ende bringen. Sie bleibt unvollendet, wen interessiert sie denn schon.

Mich jedenfalls nicht, verfolgt von bezahlten Totschlägern, die mich dafür bestrafen wollen, die Wahrheit gesagt zu haben. Mit so großer Angst vor dem Alleinsein, dass ich mit einem Zeitvampir in einer Welt lebe, in der immer Nacht ist. Da sollte mich das Schicksal einer Frau, die vierhundert Jahre vor meiner Geburt starb, wohl kaum interessieren.

Es interessiert mich aber.

»Sie will nicht, dass du das Ende erfährst. Noch nicht«, sagt der Herr der Dunkelheit und gibt der schwarzen Katze, die sich, wie jede Nacht, zärtlich an ihn schmiegt, einen Tritt. »Vorher muss noch viel passieren.«

Aussage von Miguel de los Rios, Majordomus und Kerkermeister der geheimen Inquisitionsgefängnisse.

Er erklärte, dass er am gestrigen Montag, dem Zehnten des Monats, bei Betreten des Raumes, wo sich der Brunnen und der Ausgussstein befinden, auf besagte Selene traf, die Wasser für ihre Zelle holte und hinter einem zerbrochenen Rohr, das sich in der Ecke unter dem Fenster befindet, ein paar Zettelchen versteckte, die er als Zeuge aufhob und als das Papier erkannte, in das die Kräuter eingewickelt waren, mit denen sie kochte, und dass sie darauf mit einer Tinte, augenscheinlich aus Kohle und Oel hergestellt, etwas geschrieben hatte; auf einem der Zettelchen steht:

»Mein Liebster, bitte Gott darum, mir eigenhändig das Leben zu nehmen, denn es ist klar, dass sie beabsichtigen, mich zu verbrennen, um meinem ehrenwerten Geschäft und meiner Wissenschaft ein Ende zu machen. Und nicht nur meiner, sondern der all jener, die sind wie ich.

Komm zu mir, ich muss Dich sehen, wenn nicht, wird es kaum nötig sein, mir das Leben zu nehmen. Ich werde vor Sehnsucht nach Dir sterben.«

Angesichts dieses Fundes befahl ich in meiner Funktion als Majordomus, besagtes Zettelchen wieder an seinen Platz zu legen und strenge Überwachung walten zu lassen, um herauszufinden, wer der Empfänger der Botschaft sei. So wurde es gemacht, und obwohl man niemanden hinuntergehen oder heraufkommen sah, fand sich anderntags ein Zettel, auf dem stand:

»Meine Liebste, ich kann weder heute noch morgen zu Dir kommen. Du musst nachgeben und Deine Schuld bekennen. Verfalle nicht in Hochmut, er ist die schlimmste aller Sünden, gestehe, dass Du Hexenkünste angewandt hast, zeige Reue und bitte um Vergebung, und ich werde bewirken, dass Dir die Beichte abgenommen und vergeben wird, Du im Schoße der heiligen Mutter Kirche aufgenommen wirst und Dir höchstens das Büßerhemd auferlegt wird. Ich flehe Dich an, um unserer Liebe willen und des Erbarmens unseres Herrn Jesus Christus.«

Und am nächsten Tag fanden wir im Ausgussstein unter demselben Rohr folgende Botschaft:

»Ich kann nicht gestehen, was ich nicht getan habe, ich bin keine Hexe, sondern Heilerin, ich benutze die Wissenschaft, die ich von Gottes Gnaden erlernt habe, um Körper und Seelen zu heilen; würde ich etwas gestehen, was nicht wahr ist, würde ich lügen, und würde ich lügen, um mein Leben zu retten, wäre das niederträchtig. Zudem bleibt mir nach Missbrauch und Folter nichts mehr, was man Leben nennen könnte, Liebster. Ich wurde meiner Tochter und meiner Würde beraubt. Ich kann mich kaum auf den Beinen halten. Das ist kein Leben, sondern nur ein Schein. Lieber sage ich die Wahrheit und füge mich in mein Schicksal.«

Woraufhin der geheimnisvolle Adressat sogleich Folgendes antwortete:

»Selene, ich flehe Dich an, denk nach, gestehe und bereue und bitte um Vergebung. Ich bete Tag und Nacht dafür, dass die Heilige Jungfrau uns retten möge. Ich sterbe vor Verlangen, Dich zu sehen, doch über mir schwebt ein Verdacht. Meine Dir gewogene Haltung ist nicht unbemerkt geblieben. Ich traue nicht einmal der Sicherheit dieser Korrespondenz. Gott möge uns verzeihen. Amen.«

Dieser Fund verstärkte unseren Verdacht, doch mangels ausreichender Hinweise blieb uns nichts anderes übrig, als zu warten. So fanden wir zum Zeitpunkt der Zellenreinigung hinter einem Rohr einen in ein Stück zinnoberroter Wolle gewickelten Zettel, auf dem stand:

»Ich habe bereits nachgedacht. Was zu tun notwendig war, ist getan, worüber nachzudenken war, ist nachgedacht. Was es zu entscheiden gab, ist entschieden, jetzt musst Du sehen, ob Du imstande bist, Deinen Part zu erfüllen.«

Weitere Botschaften gab es nicht. Deswegen unterrichteten wir den Inquisitor Don Samuel de la Llave davon. Er wurde blass, bekreuzigte sich und sank auf seinen Stuhl. Anschließend sagte er, das sei ein Werk des Teufels, und bekreuzigte sich erneut. Schon damals kam mir sein Verhalten verdächtig vor, weshalb ich empfahl, an Prozess und Urteil besagter Selene einen älteren und erfahreneren Inquisitor mitwirken zu lassen. In dieser Absicht schrieb ich an den Hochrat des Ketzergerichts, der so freundlich war, den berühmten Don Prudencio Villaroel, Ketzerhammer und Stolz dieses Tribunals, zu entsenden.

Ainur

Um Selenes Geschichte zu erfahren, musst du ein Rätsel lösen, dessen Fragestellung du noch nicht kennst.« Der Herr der Dunkelheit sprach es wie ein Urteil und machte sich zum Mond auf, er ist auf dem Weg zu den Klippen verschwunden.

Ich weiß nie, wann ich ihn ernst nehmen kann, denn wie soll ich die Lösung eines Rätsels herausfinden, dessen Fragestellung ich nicht kenne?

Das ist das Geheimnis, hat er gesagt, und wenn nicht …

»Vergiss diese Geschichte, sie nützt nichts, schreibe sie nicht auf. Eine Soundso, die vor Jahrhunderten gestorben ist, kann nicht wichtiger sein als dein Leben. Du darfst nicht zulassen, dass sie wichtiger wird als dein Leben.«

Die Worte des Herrn der Dunkelheit hallen in meinem Kopf wider, werden zurückgeworfen und finden Echos, die ich nicht erwarte, denn jetzt ist es meine eigene Stimme, die mich verrät.

Ja,

nein,

ja,

ich weiß nicht,

ich weiß, dass ich sie schreiben muss, denn wenn es mir gelingt, herauszufinden, was mit ihr geschah, werde ich irgendwie auch erfahren, was mit mir geschieht. Wenn ich meine Doktorarbeit beende, werde ich imstande sein, den Bürgermeister zu besiegen. Wenn ich Selenes Geschichte aufschreibe, hätte ich endlich etwas Angefangenes zu Ende gebracht. Seit meiner Kindheit habe ich Wetten mit dem Leben abgeschlossen, und das Leben hat sie immer erfüllt. Ich sagte mir: Wenn ich in fünf Minuten bei der Kurve bin, wird der Bus kommen, und er kam. Ich dachte: Wenn ich für meine Mutter koche, wird der Junge, der mir gefällt, mich küssen. Und er tat es. Jetzt weiß ich, dass ich die Wahrheit über Selene herausfinden muss, um die Wahrheit über mich zu erfahren. Ich muss mein Leben anhalten. Es kann nicht sein, dass ich es regelrecht herausfordere, verfolgt zu werden, und dass nicht doch etwas schlecht an mir ist; ich kann nicht die Hände in den Schoß legen, solange ich verunglimpft werde, ich muss etwas tun.

Ainur

Ich schalte den Computer wieder ein und schreibe:

Eine Doktorarbeit zu schreiben bedeutet, die Sprache des XVII. Jahrhunderts in die Sprache zu übersetzen, die heute gesprochen und verstanden wird. Es bedeutet, der Hexe eine Stimme zu geben, ihre eigene Stimme, die nach ihrer Epoche klingt, aber mit dem Vokabular von heute. Schreiben ist Übersetzen. Eine Doktorarbeit zu schreiben heißt zitieren. Autoren, die Autoren zitieren, damit sie zitiert werden. Schreiben, forschen und warten, dass man zitiert wird.

Doktorarbeiten sind Bücher der Zitate. Originalität, die bei kreativer Arbeit so wichtig ist, tötet die Geschichtsschreibung. Der Historiker versucht nicht, originell zu sein, sondern gut zu kopieren und gut zu zitieren. Natürlich kann man davon ausgehen, dass, ebenso wie ein guter Schriftsteller nie wahrhaft originell ist, der gute Historiker immer über ein Fünkchen Originalität verfügt, über einen anderen Blick und einen anderen Erklärungsansatz als frühere Autoren.

Und es geschieht nichts, das Dokument verschwindet nicht und verändert sich auch nicht. Die Zauberkunst hat mich im Stich gelassen, zumindest heute. Und ich schreibe weiter, während sich Satán zu meinen Füßen rekelt und der Herr der Dunkelheit meinen Hals küsst, und ich denke, wenn ich es schaffe, diese Geschichte aufzuschreiben, wird der Bürgermeister mich nicht finden, ich werde davonkommen und einen Weg finden, weiterzuleben.

Selene

Als mir klar wurde, dass ich diesen Ort nicht lebendig verlassen würde, dass ich meine Feinde zu Lebzeiten nicht besiegen würde, bat ich Samuel, mich den Tag meiner Hinrichtung selbst wählen zu lassen und mir alles Nötige zu besorgen, wenn er mich schon nicht retten konnte. Ich benutzte die verbliebenen Zettelchen, um ihm genau zu erklären, was und wie alles vorbereitet werden musste. Ich schrieb ihm auch, wo die Goldtaler in meinem Haus versteckt waren, das die Inquisition immer wieder vergeblich durchsucht hatte, denn an meinen Besitz zu kommen war gewiss einer der Gründe für den Prozess. Jetzt verlangte man fünfzehn Dukaten von mir für das Feuerholz und die Ausgaben für meine Hinrichtung, was, wäre es nicht so lächerlich gewesen, einem Diebstahl gleichkam. Mein Geld, das Geld der Seelen, die geheilt wurden, und der Körper, die gesundet waren, sollte dazu dienen, Fünffingerkraut, Schlafmohn und alle anderen wertvollen Bestandteile zu bekommen, die wir brauchten. Der Rest wäre für meine Tochter. Ich würde nichts für die Beerdigung hinterlassen. Für den Pomp meines Todes auf dem Scheiterhaufen sorgte schon die heilige Mutter Kirche.

Ainur

Selenes Verurteilung sollte ein Musterprozess werden, und es heißt, dass fast alle späteren Prozesse diesseits der Pyrenäen sich an ihn anlehnten. Bis zum Schluss sagte man ihr, sie solle beichten und ihre Verbrechen gestehen, sie solle die ihr auferlegte Strafe akzeptieren, um dem Scheiterhaufen zu entkommen, doch sie beharrte darauf, unschuldig zu sein, selbst wenn man sie verfluchte und das Aussprechen der Wahrheit ihren Feuertod bedeutete.

Selene

›Verbrennt sie alle, und Gott wird die Seinen erkennen.‹ Das hat der Großinquisitor gesagt, den der Hochrat des Ketzergerichts aus Madrid zu meiner Überwachung geschickt hat. Als ich ihm erzählte, dass du im Ruf stehst, eine Heilige zu sein, weil du dein Leben riskiert hast, um die Pestkranken zu retten, während die Geistlichen wie die Ratten geflohen sind, hat er mir wiederholt: ›Kann sein, dass sie unschuldig ist; wenn sie es ist, wird Gott sie entschädigen, und wenn nicht, wird er sie bestrafen. Mehr kann ich nicht tun, weil ich auch nur ein Mensch bin.‹«

Samuel redet und redet. Er möchte Lärm machen, damit ich nicht nachdenke, damit ich unsere elternlose Tochter vergesse und weder an die Folter noch an die Ungerechtigkeit denke.

An manchen Tagen insistiert er, ich solle meine Schuld gestehen und um Gnade bitten, an anderen schlägt er mir vor, zusammen zu fliehen.

»Wohin?«, frage ich. »Gibt es etwa einen Ort, wo niemand verfolgt wird?«

»Wenn du gestehst, eine Hexe zu sein, besteht die Möglichkeit, dass sie dich begnadigen, und wenn nicht, dass sie dich zumindest strangulieren, bevor sie dich verbrennen.«

»Armseliger Trost für die Sünde des Lügens! Wenn ich gestehe, dass ich eine Hexe bin, lüge ich nicht nur, ich gebe ihnen auch noch recht, und das haben sie nicht.«

So verbringen wir die Tage, seit alles verloren ist und er mich wieder besuchen kommt.

Seit wir wissen, dass ich verurteilt bin, kommt er jeden Nachmittag herunter mit der Ausrede, ein Porträt von mir zu malen. Bisher ließ er mich das Bild nicht sehen. Er sagt, er lasse es niemanden sehen. Aber heute zeigt er es mir. Heute, das weiß ich, ist der letzte Tag. Samuel de la Llave hat mich wie die Büßerin Magdalena gemalt. Er hat weder die Kerkerwände noch die Wanzen gemalt, sondern hohe italienische Bäume, die weder er noch ich je gesehen haben. Hier bin ich gefangen, auf der Leinwand bin ich frei. Auf dem Bild trage ich schwere Gewänder, Spitzen und Brokat. In Wirklichkeit bin ich schmutzig und verwelkt, meine Kleider zerrissen. Aus Angst, Verdacht zu erregen, wagt Samuel es nicht, mir bessere zu bringen. Das Gemälde rechtfertigte er damit, dass ich sehr schwach sei und es vielleicht notwendig würde, mich als Bildnis zu verbrennen. Dieses Bildnis auf der Leinwand ist unschuldiger als ich, aber es ähnelt mir. Samuel hat mir einen Heiligenschein über dem Kopf gemalt.

»Du hast eine Hexe wie eine Heilige dargestellt.«

»Ich sehe da keinen Unterschied, was dich betrifft.«

Da begreife ich, dass er es nicht ertragen kann. Ich kann nicht mehr. Ich darf nicht zulassen, dass er meine Angst, meine Verzweiflung spürt.

»Versprich mir, dass du tun wirst, was ich dir sage. Du schüttest das Pulver in die Brunnen. Und du besorgst mir Schlafmohn, um das Feuer zu besiegen.«

Er verspricht es. Er schwört mir, mit dem Kind an einen Ort zu fliehen, wo ihn niemand kennt und wo keine Ketzer verbrannt werden.

»Ich möchte nicht in den Himmel kommen, wenn du nicht dort bist«, sagt er zu mir. Und ich streichle ihm übers Haar, ich tröste ihn über meinen Tod hinweg.

Am nächsten Tag ist er verschwunden. Mir wird gesagt, dass ich ihn nicht wiedersehen werde, mir wird gesagt, ich solle meine Sünden bereuen, aber ich fürchte den Tod nicht mehr.

Ainur

Der Herr der Dunkelheit sagt, manche Bücher verändern die Welt. Die meisten verändern das Leben desjenigen, der sie schreibt, und gute Bücher können das Leben desjenigen, der sie liest, verändern. Bücher, die die Welt verändern, sind gefährlich. Der Koran führte zum heiligen Krieg, und die Bibel lenkte das Geschick von Millionen Menschen. Er glaubt nicht daran, dass dies das Jahrhundert der Bücher ist, er glaubt, dass Bücher zu einer geheimen Religion einiger weniger werden, die in rätselhaften Höhlen voller Bücher, die man heutzutage noch als Buchhandlungen kennt, von empfindsamen Priestern, genannt Buchhändler, zelebriert wird. Wir, sagt er, werden das nicht mehr erleben, aber so wird es kommen. Inzwischen müssen wir die Mehrheit erreichen. Niemand wird deine Doktorarbeit lesen, und was niemand weiß, verändert nichts.

Der Herr der Dunkelheit hat mich dazu überredet, mich auf einen Dokumentarfilm über Selene und die vielen tausend verfluchten Frauen zu konzentrieren, deren Güter enteignet wurden, deren Körper gefoltert wurden.

Frauen, die starben, weil sie Frauen waren, und von allen Hexen genannt wurden.

Selene

Ich liege kraftlos auf dem Strohsack, von dem ich mich seit der Folter nicht mehr erhoben habe, überzeugt davon, dass dieser übel zugerichtete und gemarterte Körper zu nichts mehr zu gebrauchen ist. Seit ich von meiner Verurteilung weiß, will ich nur noch diesen Brief beenden, den Brief einer Verdammten, die hofft, dass es eines Tages keine Verdammten mehr geben wird, dass es uns Frauen gelingen wird, mit einem Teufel zu paktieren, der uns die Macht gibt, frei zu sein, zu fliegen, ohne Geistliche oder Ehemänner um Erlaubnis bitten zu müssen, überallhin zu gehen, ohne uns dafür unsichtbar machen zu müssen, ohne Angst zu heilen, vernünftig zu urteilen und ohne Schmerzen zu gebären und alles andere, was uns angeblich der Teufel verliehen hat und wovon ich hoffe, dass Gott es uns verleihen möge, und sollte dem nicht so sein, bitte ich darum, dieser Zaubertrunk möge das neidische und sündhafte Volk erlösen und den fälschlicherweise so genannten Medizinern beweisen, dass wir Frauen etwas von Alchemie verstehen, zumindest genauso viel wie jeder als Mann geborene Mensch. Ich werde meiner Tochter schriftlich hinterlassen, wo er versteckt ist, und ich hoffe, dass sie ihn an ihre Tochter weitergibt. Ich werde die Formel gut verwahren, sicher vor der Angst und dem Feuer. Ich fürchte nicht den Tod, aber ich fürchte den Schmerz, den Schmerz, den ich mein Leben lang bekämpft habe und der sich jetzt an mir rächt. Mit der Gnade Gottes und meiner Intelligenz werde ich nicht mehr hier sein, wenn sie mich holen kommen. Von der anderen Seite des Feuers aus werde ich meine Feinde auslachen, und mein Gelächter wird die Zeit stillstehen lassen.

Ainur

Am Tag der Urteilsverkündung trank ich in der Nähe des Gerichts einen Milchkaffee. Es war noch früh, und ein Tag, der ohne Kaffee beginnt, ist eigentlich kein Tag. Außerdem bin ich vor zwölf Uhr mittags gar nicht richtig existent, ich bin nur ein Gespenst, das auch ganz anders heißen und etwas anderes machen könnte. Ainur tritt aus dem Schatten, wenn die Sonne schon kräftiger scheint oder von Nebel oder Regen oder was auch immer vertrieben wird. Ein bisschen später, wenn der Tag schon seinen Namen kennt. Wenn nicht, braucht sie zumindest einen Zaubertrank, der sie aus dem Schattendasein holt. Kaffee ist der billigste und spielend leicht zu bekommen. Doch es gibt keine Cafés mehr, wie man sie früher in Spanien hatte, auch nicht in Barcelona. Und deshalb betrat ich diese Bar, obwohl der Boden übersät war mit Zetteln und zerknüllten Papierservietten, mit Zahnstochern und Olivenkernen, obwohl das Lokal nach Frittierfett stank und das zahngelbe Lächeln des Inhabers sowie des einzigen Kellners kein bisschen Freude verriet. Der Prozess hatte sich so lange hingezogen, dass ich dieses Lokal in- und auswendig kannte. Der Fettgeruch und die sauberen, von der heißen Spülmaschine zerkratzten Gläser wirkten beruhigend auf mich, sie waren mir während des Albtraums der Zeitungsartikel und der Gerichtsverhandlungen ein Halt gewesen. An diesem Tag wurde ich aufmerksam auf ein paar Frauen, die neben mir Kaffee tranken. Sie interessierten mich nicht etwa, weil sie Frauen waren in dieser Kaschemme der Hosenschlitze und Zigaretten, in der man nur selten Frauen oder kubanische Zigarren sah. Ich wurde auch nicht wegen ihrer grün reflektierenden Jacken auf sie aufmerksam, sondern weil die größte, die mit der schrillsten Stimme, mich mit ihrer Empörung über den Kaffeepreis zusammenzucken ließ: »Wo soll das bloß hinführen mit dem Euro!« Sie hatte eine Adlernase und trug ein seltsames Teil im Ohr, es sah aus wie ein gottloses Amulett, und ich brauchte eine Weile, bis ich erkannte, dass es sich um das Headset eines Handys handelte, ein Bluetooth, das weder blue noch blau war, sondern eine Art Geierkralle vor dem Gesicht der Frau. Ich begriff, dass ihr Geschrei weder mir galt noch dem Barbesitzer oder dem schmutzig grauen Morgen beziehungsweise den nahen Gerichtsgebäuden, sondern dass es sich durch dieses Höllengerät vor ihrem Mund telepathisch in ein unschuldiges Ohr übertrug, das weit weg von Fett, von Nebel, von diesem traurigen Morgen all das und noch viel mehr mittels Freisprecher und mit Hilfe der gottlosen Mächte dieser Frau über sich ergehen ließ.

Als sie schließlich bezahlt hatte und gegangen war, verjagt von den gelblichen Zähnen des Wirts, der an diesem Morgen noch kein einziges Mal gelächelt hatte, bogen sich seine Zähne zu seinem freundlichsten Grinsen:

»Sie ist eine Hexe.«

Ich fragte ihn, warum.

»Das sind alles Hexen. Sie arbeiten für den Kommunalen Ordnungs- und Sicherheitsdienst und verteilen den ganzen Tag Bußgelder an die armen Pechvögel, die fünf Minuten zu lange Kaffee trinken oder weil das Kind keinen Kindersitz hat, und darauf sind sie auch noch stolz.«

Zu anderen Zeiten hätten die Leute sie auf einem öffentlichen Platz verbrannt.

Ich erinnerte mich an den gewaltigen Stapel von Bußgeldern zu Hause, ich erinnerte mich an die ständige Lauferei, um den Parkschein zu erneuern, diese Form der mittelalterlichen Sklaverei, die bewies, dass die Stadt keinerlei Freiheit mehr verhieß, und vor allem erinnerte mich die Rabenfrau an Selene, die wichtigste Hexe in meinem Leben, die des gescheiterten Prozesses und der gescheiterten Doktorarbeit, und ich wusste, was ich mit der Entschädigung tun würde, sollte ich zu guter Letzt den Prozess doch noch gewinnen.

»Deshalb hast du Barcelona fluchtartig verlassen?«, fragt der Herr der Dunkelheit verlogen, als würde er das Ende der Geschichte kennen.

Und ich sage ihm im Gegenzug nicht die Wahrheit, ich erzähle ihm nicht, dass ich das nie getan hätte, dass ich Barcelona nie fluchtartig verlassen hätte, wenn der anonyme Brief nicht eingetroffen wäre. Denn meine Großmutter hatte recht, ich traue mich nur, in Büchern zu leben. In Wirklichkeit habe ich genauso viel Angst, mir meine Träume zu erfüllen, wie mich mit meinen Albträumen auseinanderzusetzen.

Selene

Ich glaubte nicht, dass ich Samuel jemals wiedersehen würde. In der Nacht vor der Hinrichtung ging die Zellentür auf, und ich sah einen Dominikanermönch eintreten. Die Kapuze bedeckte sein Gesicht, seine Stimme war schroff, er ging wie ein Betrunkener. Er schwenkte ein großes Kreuz, als wäre es eine Peitsche. Ich spuckte ihn an und wartete auf die Bestrafung. Ich wollte nichts wissen von denen, die behaupteten, Menschen zu sein, aber Bestien waren. Er zog die Kapuze ab, und ich sah wie eine Erscheinung Samuel vor mir: dünner, die Augen von roten Äderchen durchzogen. Er kniete vor mir nieder.

»Ich wusste, dass du kommen wirst«, sagte ich, doch das stimmte nicht, ich hatte bis zum letzten Moment geglaubt, dass ich allein sterben würde, dass ich ihn nie wiedersehen würde.

»Ich habe sie davon überzeugt, dass ich dich zum Beichten deiner Sünden und zum Eingestehen deiner Schuld überreden könnte. Außerdem kann ich nicht zulassen, dass du ohne Beichte stirbst.« Seine Stimme brach. »Ich kann nicht zulassen, dass du stirbst.«

Wir verharrten reglos wie zwei Bäume, aneinandergeschmiegt, eng aneinandergeschmiegt im Versuch, Wurzeln zu schlagen und durch den Boden zu entfliehen.

»Gibt es keine Hoffnung auf ein Entkommen?«, fragte ich ihn.

»Nur ein Wunder«, schluchzte Samuel. »Ich habe vergebens darum angesucht, man möge dir Absolution erteilen; wärst du nicht so starrköpfig, hättest du Ihnen gestanden, eine Hexe zu sein. Sie haben dir auf der Folterbank das Handgelenk gebrochen, und nicht einmal danach hast du gestanden. Deshalb ist es für sie eindeutig, dass Luzifer dir hilft.«

»Ich kann nicht gestehen, was ich nicht getan habe, und mach dir nichts vor, sie haben mein ganzes Hab und Gut konfisziert, was auch immer ich tue, sie werden mich so oder so verbrennen.«

»Ganz gleich, sie können dir das Büßerhemd, Konfiszierung deines Hab und Guts, die Verbannung auferlegen, aber nicht den Tod, nicht einen so schrecklichen Tod.«

»Wenn du tust, was ich dir sage, wenn du mich nicht verlässt und mir heute Nacht die Kräuter bringst, um die ich dich gebeten habe, wenn du all das tust und dann mit unserer Tochter fliehst, werde ich zwar nicht leben, aber ich werde über meine Feinde triumphieren.«

Ainur

Ich möchte ihm nicht alles erzählen. Ich kämpfe mit dem Wunsch, jemand alles zu erzählen. Obwohl er als Einziger in der Lage ist, mir zuzuhören, darf ich ihm nicht alles offenbaren. Ich glaube, solange ich noch ein Geheimnis vor ihm habe, werde ich ihm nicht wirklich gehören; solange ich fähig bin, ihm etwas zu verheimlichen, auch wenn es nur ein Fünkchen meines Verstandes ist, habe ich es nicht aufgegeben, auf die Rückkehr des Leuchtturmbewohners zu warten.

Ich brauchte sehr lange, bis mir auffiel, dass ich den Herrn der Dunkelheit nie hatte schlafen sehen.

Ich habe ihn auch nie nach seinem Namen gefragt. Es war nicht nötig.

Niemand konnte mir sagen, was mit dem Leuchtturmbewohner geschehen war. So geheimnisvoll, wie Magic im Dorf aufgetaucht war, war er wieder verschwunden. Ich fragte jeden nach ihm, und nicht einmal Consuelo, die alles von allen wusste, konnte etwas über seinen Verbleib sagen.

Der Wind,
der Wind, der faucht,
der Toten Hauch.

Das sang meine Großmutter.

Der Wind in den Obstbäumen.

Der Wind kam bei Vollmond und verjagte die Wolken. Jetzt befanden sich die Wolken irgendwo hinter den Bergen, wo er sie nicht erreichen könnte. Sie hatten ein paar Schleierwölkchen zurückgelassen, die an den Schieferdächern hängen geblieben waren. Die meisten Wolken schienen ins Meer gefallen zu sein. Im Mondlicht wirkte das Meer silbrig und voller aufgebrachter Wolken. Die Bäume peitschten an die Fenster, und ein Steinmarder verschluckte auf dem Dach das Herz des Windes. Ein Monster scharrte am Haus, das quietschte und wimmerte wie eine Jungfrau in ihrer Hochzeitsnacht, nur dass es seit langem weder Jungfrauen noch Hochzeiten im Dorf gab, es war lange her, seit man zum letzten Mal das Weinen eines Babys gehört hatte und den Wind nicht mehr fürchtete.

Jetzt wussten alle im Dorf, dass eines schönen Tages ein Sturm aufkommen und ihre Häuschen hinwegfegen könnte, er würde die Menschen wegfegen, er würde sogar die Namensschilder des Dorfes wegfegen. Alles würde irgendwo hinter den Bergen landen, und es würden nur ein paar Staubflocken wie Fragezeichen oder Tränen im silbrigen Meer zurückbleiben. Oder vielleicht nicht einmal das. Wahrscheinlicher war, dass nichts zurückblieb. Der Wind würde die Tränen hinwegfegen; er würde das Lachen ebenso verscheuchen, wie er das Schreien der Kinder und das Husten der Sterbenden vertrieben hatte, und am Ende wäre nicht einmal mehr der Ruf des Steinkauzes zu hören, der einen Tod ankündigte.

Der Unheimliche trägt einen langen dunklen Umhang und hat langes, schlohweißes Haar. Ich weiß nicht, wo er diese unheimliche Kleidung findet, die dunkel und schmierig ist und aus einem Sarg zu stammen scheint, vor allem, weil sie voller Lehm und Erde ist wie die Gewänder Draculas, wenn es ihn gäbe. Aber Dracula ist nicht echt, dieser Bursche dagegen schon, siehst du, sagt mein Freund.

Der Unheimliche scheint nicht echt zu sein, doch er schiebt einen echten Rollstuhl. Einen der teuersten Rollstühle auf dem Markt, auf dem kein Funken Wirklichkeit sitzt, nur eine unheimliche Puppe: ohne Hände, ohne Beine, die Augen extrem schwarz geschminkt und mit kohlrabenschwarzem Haar. Es ist der Unheimliche, der ihr hilft, sich zu schminken, der sie vögelt. Der Unheimliche heißt Gago. Tagsüber trägt er die ansprechende Uniform des Landbriefträgers, nachts verkleidet er sich als Grufti. Er fährt den Landrover, der die Nachbarn zur Bushaltestelle an der asphaltierten Straße bringt. Er ist der Einzige, der jede Woche das Dorf verlässt. Consuelo hat mir erzählt, dass sich die beiden vor dem Unfall, der die Frau zur Querschnittsgelähmten machte, nie so angezogen hätten, oder vielleicht hatten sie sich nur nicht getraut. Jetzt verzeiht ihnen das Dorf alles. Wegen des Unheils, sagt Consuelo, sie haben schon genug Unheil erlitten, sollen sie doch anziehen, was sie wollen. Wie es aussieht, gehen die Dorfbewohner mit körperlichem Unheil verständnisvoll um. Unsichtbare Wunden können sie nicht erbarmen. Hätten die beiden Gruftis zu Zeiten Selenes gelebt, wären sie am Galgen oder auf dem Scheiterhaufen gelandet, man hätte sie gefoltert, und wenn kein Henker zur Stelle gewesen wäre, hätte man einen aus einem entlegenen Dorf herbestellt, der sie nicht kannte, und das Schlimmste an allem ist, dass ihnen das vielleicht gefallen hätte, dass sie vielleicht nicht mehr unheimlich, sondern glücklich gewesen wären.

Consuelo

Ich sage weder ja noch nein. Sie wissen doch, dass ich nicht zu denen gehöre, die ihre Ansichten zu äußern wagen. Ich weiß, was ich weiß, und ich habe gesehen, was ich gesehen habe. Zuerst waren es die toten Tiere. Eine Ratte an der Kirche. Heilige Mutter Gottes! Eine Ratte. Dann Simóns Pferd, danach Kaninchen, Katzen, Hunde … Inzwischen haben wir den Überblick verloren. Später ging es dann los mit den anonymen Briefen. Jetzt kommen wieder die Wölfe von den Bergen herunter. Wölfe, die wir das letzte Mal vor dem Krieg gesehen haben. Was wollen Sie noch, um mir zu glauben? Alles fing an, als sie zurückkehrte. Diese Rothaarige ist des Teufels. Sie ist eine Hexe. Sie ist verflucht. Und sie hat den Fluch über dieses Dorf gebracht.

Würde sie nicht über seltsame Mächte verfügen, hätte so ein erbärmliches Gerippe wohl kaum in nur einem Monat die beiden einzigen interessanten Männer dieses Dorfes gehabt. Die hätten sie gar nicht erst angeschaut. Und der arme Leuchtturmbewohner ist verschwunden. Sie wird ihn umgebracht haben oder Schlimmeres. Ich sage Ihnen, sie hat die beiden verhext. Sie hat uns alle verhext.

Ainur

Der unheimliche Briefträger, der tagsüber sympathisch und freundlich ist und ein Gasfeuerzeug benutzt, hat mich mit seinem Landrover zum Linienbus gebracht. Obwohl ich kein Gepäck bei mir habe, wünscht er mir viel Glück, als würde ich für immer fortgehen.

Ich verstehe ihn. Das hier ist kein Ort, wo die Leute kommen und gehen. Für ein paar Tage, ein paar Wochen. Die Leute kehren hierher zurück, um zu bleiben, oder sie gehen fort, um nie wiederzukommen.

Ich wollte jedoch nur ein paar Tage Abstand zwischen mich und den Herrn der Dunkelheit bringen. Mich trieb nicht nur die geringfügige Hoffnung, eine definitive Spur von Selene zu finden, sondern auch der Wunsch, etwas über den Verbleib des Leuchtturmbewohners zu erfahren. Ich hatte die Adresse seiner Eltern in der Stadt.

Wachmann eines Sicherheitsdienstes zu sein bedeutet, sich wie ein Polizist zu fühlen, der nicht auf der Akademie studieren musste, wie ein Polizist ohne Vorgesetzte. Ein armer Teufel. Vielleicht. Doch mit dem Recht, sich mit aller Welt anzulegen. Schon in den Konzentrationslagern hat man die Auswirkungen des Uniformtragens auf Wesen gesehen, die als normal eingestuft und noch mit dem positiven Gattungsnamen Mensch versehen wurden. Der Wachmann ist ein Wesen, das sich nicht hinterfragen möchte. Der Student befindet sich in einem Lebensabschnitt, in dem er sich praktisch ständig hinterfragen muss. Student zu sein hat sich seit Mai 68 bis Tiananmen in einen Status verwandelt, egal ob man viel oder wenig studiert. Der Student studiert oder gibt vor, zu studieren. Im Fall des Studenten ist es wichtig, was er studiert. Im Fall des Wachmanns ist es nicht wichtig, ob er bewacht oder aufspürt, sondern dass er die ganze Zeit vorgibt, es zu tun. Seine Aufgabe ist nicht, zu bewachen, sondern zu demonstrieren, dass er bewacht, indem er die Schwachen belästigt, die Starken behelligt und allen klarmacht, dass es ihn gibt. Daher stammt der sprichwörtliche Missmut des vereidigten Wachmannes. Ein Polizist könnte dich anlächeln, ein Wachmann nicht. Der Wachmann arbeitet für eine Zeitarbeitsfirma und weiß, dass er der Dumme ist. Der Wachmann einer Bibliothek hält sich für etwas Besseres als die Studenten, die diese Bibliothek aufsuchen, deshalb fühlt sich der Wachmann verpflichtet, jeden Einzelnen, der sie betritt, böse anzuschauen. Des Lesens schuldig, so schuldig wie er, weil man ihn dafür bezahlt, dort zu sitzen und sie zu überwachen. Der Wachmann könnte freundlich sein, doch das ist nicht angemessen. Er ist ein Hund, der glaubt, dass sein Herrchen ihm nur Brot hinwirft, wenn er bellt. Je nutzloser dem Wachmann seine Aufgabe erscheint, desto mächtiger legt er sich ins Zeug, denn der Wachmann weiß, dass seine Arbeit die Arbeit der Zukunft ist. Von nichts eine Ahnung zu haben und alle zu bewachen. Die Zukunft gehört nicht Big Brother, sondern Little Brother, der alles den Eltern hinterbringt. Dem Petzer. Der Sicherheitsmann versteht sich als Mitglied einer Sekte von Auserwählten, keine Ausbildung, aber auserwählt, keine Manieren, aber auserwählt. Die Welt gehört ihm, er muss lediglich warten. Er sagt dir, du sollst die Vorschriften lesen, und weiß, dass es nur eine Frage der Zeit ist, bis du dich auf deinen Lorbeeren ausruhst und er über dich herfallen kann. Denn solche Schlaumeier wie du sind seine Spezialität.

Wenn der Sicherheitsmann, der Wachmann, seine Uniform auszieht, kann er ein ganz normaler Mensch sein, solche Fälle kennt man zur Genüge. Andersherum ist es problematisch.

Was geschieht, wenn der Wachmann oder die Wachfrau großartig mit dem Partner gevögelt und das bis zum nächsten Morgen nicht vergessen haben? Dann kann es passieren, dass sie etwas von sich mit zur Arbeit nehmen, dass sie jemanden anlächeln, freundlich die Vorschriften erklären, das wäre der Anfang vom Ende. Zum Glück geschieht das nur selten.

Selene

Das hier ist die Hölle, und die Teufel sind sie. Sie sind die wahren Feinde Gottes, die Diener Satans. Deshalb heißen ihre Kerker Geheimgefängnisse. Weil sie sich dafür schämen.

Ainur

Jetzt lacht der Wachmann der Landesbibliothek, als er mir das Handgelenk verdreht. Mit der anderen Hand beschlagnahmt er das einzige Exemplar über Selenes Prozess.

Der Wachmann lacht, die zerrissene Seite in seiner Hand. Und er weiß, dass ich keine andere Möglichkeit habe, als zu tun, was er von mir verlangt.

Ich ließ mich in der Toilette der Landesbibliothek von einem widerlichen Wachmann begrabschen, der ein unbedeutender Teufel sein könnte, aber nur ein armer Teufel ist.

Ich ließ ihn meine Brüste kneten und befummeln und sogar an ihnen saugen. Ich erlaubte ihm, seine schmutzige Hand in meinen Rock zu stecken, meinen Bauchnabel zu berühren und wie ein Mäuschen zum Nabel seiner Welt vorzudringen. Aber weiter ließ ich ihn nicht gehen, ich schüttelte ihn ab, wie man sich in Bibliotheken den Staub abschüttelt:

»Jetzt reicht's, es ist nur ein Buch.«

(Eigentlich waren es nur ein paar Blätter, aber es waren *die* Blätter.)

»Glaub ja nicht, dass ein Buch so viel wert ist«, wiederholte ich.

Dem stimmte er zu.

Ich ließ den Wachmann mit mir machen, was ich meinem Vorgesetzten nicht erlaubt hatte; wärst du deinem Chef so entgegengekommen, hätte es keinen Prozess, keine Totschläger, keine Morddrohungen gegeben. Hättest du dich zum richtigen Zeitpunkt anfassen lassen, hättest du ein anderes Bild von dir.

Ich konnte die Stimme meines Chefs, meine eigene Stimme hören, die mir sagte: »Du Nutte, wenn du dich jetzt anfassen lässt, hättest du dich auch vorher anfassen lassen können.«

Es ist nicht dasselbe.

Ich habe es für ein Buch getan, ich tue es für ein Geheimnis.

Ich tue es für mich.

Ich erniedrige mich, um mich zu retten.

Selene

Seit drei Tagen hörte man im Kerker nur die höllischen Schläge der Zimmerleute, die mit Feuereifer das Podest für den Scheiterhaufen errichteten. Es heißt, das Holz sei auf Schiffen herbeigeschafft worden, denn in den nicht so fernen Zeiten der Pest, als Selene noch keine Hexe, sondern eine Heilige war, hatte man noch den letzten Baum zum Sarg verarbeitet. Die Schläge hämmerten in Selenes Kopf wie ein Lied. Sie hatte ihre Tante auf dem Scheiterhaufen sterben sehen und wusste, was sie erwartete. Damals hatte sie den Henker bestochen, damit er trockenes Holz benutzte, und sie selbst hatte Leinen und Wolle hingeschafft, damit das Feuer rascher und barmherziger wäre. Sie war dabei gewesen und wusste, dass das nicht reichte. Sie hörte das Lied des Feuers Tag und Nacht und verspürte keine Angst, wie ihre Feinde glaubten. Ihr Verstand arbeitete auf Hochtouren und immer schneller, als hätte er sich ein Leben lang für diesen Moment aufgespart, um sich jetzt in voller Größe zu entfalten. Denn auch wenn alles verloren war, blieb noch viel zu tun. Sie, die geschlagene, vergewaltigte, verleumdete Selene, die sich kaum noch von ihrem Strohsack erheben konnte, war nicht bezwungen. Verurteilt ja, bezwungen niemals. Sie schlief nicht, sie aß nichts. Der brennende Scheiterhaufen in ihren Augen gönnte ihr weder Tag noch Nacht eine Verschnaufpause.

Ainur

Ich stahl, oder besser: ich lieh mir die Prozessakten über Selene aus der Landesbibliothek, die sich im selben Gebäude befand, wo damals das Inquisitionsgericht eingerichtet worden war, das Selene verurteilte. Heute wurden in diesem Gebäude Ferienkurse und Konferenzen angeboten, an denen niemand teilnahm.

Ich wusste nicht, warum ich das tat. Ich hatte noch nie in meinem Leben etwas gestohlen. Und es wäre auch nicht nötig gewesen. Ich hätte meine Doktorarbeit dort schreiben können, im Schutz der dicken Mauern dieses Gefängnisses der Körper, das zum Gefängnis der Seelen geworden war. Ich tat es, weil ich spürte, dass Selene mir gehörte, dass sie nur mir gehörte.

Oder vielleicht tat ich es, weil ich Angst vor der Kleinstadt aus Stein hatte, vor den Schritten in den Gassen um die Kathedrale herum, Schritte, die auf andere Schritte folgten, die Hunderten von Jahren der Langeweile, des Tratsches, des Getuschels, der Regentinnen folgten. Vielleicht glaubte ich, dass mich die Totschläger in der Kleinstadt finden würden, dass das Dorf meiner Großmutter ein sichereres Versteck für mich und die Hexe aus der Vergangenheit wäre, und trotzdem wusste ich aus Erfahrung, dass man ein Buch besser unter Büchern versteckt und einen Menschen unter Menschen, in der

Anonymität einer Stadt. Meine Großmutter pflegte zu sagen, dass Ratten und Menschen verrückt werden, wenn zu viele von ihnen auf engem Raum zusammengepfercht leben. Vielleicht führen deshalb nur Ratten und Menschen Krieg. Ich fühlte mich in dieser Stadt wie eine Ratte. Somit ist es auch nicht verwunderlich, dass die Stadt mich wie eine solche behandelte.

Im Elternhaus des Leuchtturmbewohners traf ich niemand an. Die Haustür roch nach Ammoniak und Hundepisse. Eine Frau mit Schürze und Kopftuch wischte den Gehweg. Es hatte den Anschein, als würde ihr ganzes Leben daraus bestehen, immer wieder den Gehweg zu wischen, während die Leute an ihr vorbeigingen, lebten und starben.

»Sie sind weggezogen«, sagte sie. »Ins Dorf der Großeltern.«

Ich lebte ihm Dorf der Großeltern.

Doch alle Welt hat vier Großelternteile, und die Welt hat vier Himmelsrichtungen.

Alles, was du brauchst, ist hier, vor deinen Augen, es besteht keine Notwendigkeit, dieses Haus zu verlassen, keine Notwendigkeit, dieses Dorf zu verlassen, es war immer da, es war immer in dir, du konntest es nur nicht finden«, sagt der Herr der Dunkelheit und zeigt dabei auf die Truhen, die morsche Bibliothek, das riesige Pfarrhaus, in das kein Tageslicht fällt.

»Du willst mir also sagen, dass alles, was ich brauche, in mir steckt, du redest von Philosophie. Es war nötig, von hier wegzugehen, dich nicht zu sehen, im historischen Archiv der Landesbibliothek nachzuforschen, und wenn ich weiterkommen will, werde ich nach Madrid fahren müssen, um in den Archiven der Nationalbibliothek zu forschen.«

Er ergriff meine Hand, führte sie sich an die Lippen und erlegte mir Stillschweigen auf. Ich gehorchte. Bestimmt machte sich Graf Dracula auf diese Weise andere gefügig, er weckte in mir dieselbe Art von Anziehung und Abneigung wie Bela Lugosi, dem in den Filmen meiner Kindheit viele Jungfrauen ihr Fenster geöffnet hatten. Eigentlich interessierte mich Selenes Geschichte nur marginal, ich war es, die gerettet werden musste.

»Was ich dir jetzt zeigen werde, darfst du niemandem verraten.«

»Warum?«

»Niemandem. Versprichst du mir das?«

»Ich kann es nicht versprechen, wenn ich nicht weiß, was es ist.«

»Vertrau mir.«

Ich kannte niemanden, dem ich weniger Vertrauen schenkte.

»Ich liebe dich nicht«, gab ich ihm zur Antwort.

»Ich weiß, vertrau mir und verrate es niemandem. Niemals.«

Er ähnelte tatsächlich dem Grafen Dracula mit dem dunkelbraunen Umhang, den er in dem Moment über seinem nackten, braunen und muskulösen Körper trug, keineswegs der Körper eines älteren Mannes, sondern eher der eines alterslosen Mannes mit schwarzen, grausamen Augenbrauen und grünen, in der Dunkelheit funkelnden Augen. Es gibt viele Arten von Vampiren, dachte ich und sagte:

»Ich vertraue dir, ich habe sonst niemandem, dem ich vertrauen kann.«

»Du wirst es nicht bereuen.«

»Das hier war das Pfarrhaus, und Pfarrer bewahren seltsame Schätze auf, Beichtgeheimnisse, Vermächtnisse von Frömmlerinnen, den letzten Willen von Hexen …«

Er kniete vor einer Schatulle, die neben dem Bett stand, auf dem ich nackt lag. Der Umhang rutschte zur Seite, und sein breiter Rücken kam zum Vorschein, der mir wie der Rücken einer anderen Spezies vorkam, wie der eines Neandertalers.

Das Pergament auf meiner Brust fühlte sich rau an. Es war mit alter Tinte beschrieben, in der schnörkeligen und unmöglichen Schrift eines Amtsschreibers des XVII. Jahrhunderts.

»Ich kann das nicht lesen.«

»Vertraue mir«, wiederholte er und begann mit seiner tiefen Stimme vorzulesen, einer Stimme, die aus den Tiefen des Meeres zu kommen schien, das an der fernen Steilküste rauschte:

»… Bin auch ich eine Hexe und weiß es nur nicht? … An der Stelle ist das Pergament unleserlich, die Schrift zittrig … Heute Morgen hat man die alte Penélope auf dem Scheiterhaufen verbrannt. Im Feuerwahn bezichtigte sie ihre fünfzehnjährige Tochter. Es heißt, sie sei festgenommen worden und werde jetzt gefoltert. Werde auch ich verrückt? Werde auch ich meine Tochter beschuldigen? …«

»Hat sie das geschrieben? Das hat Selene geschrieben. Sie hatte eine Tochter.«

»Ich sagte dir doch, dass du mir vertrauen sollst. Und du täuschst dich in mir. Ich bin nicht Graf Dracula. Ich bin der Wolfsmensch«, sagte er und verschlang mich erneut.

Ich fragte mich, ob ich meine Gedanken laut ausgesprochen hatte, dann fragte ich mich nichts mehr.

Der Herr der Dunkelheit genießt es, mir an den ungewöhnlichsten Stellen Botschaften zu hinterlassen. In der Schublade mit den Strümpfen. Zwischen der Schmutzwäsche in der Waschmaschine. Im Besteckkasten. Im Kühlschrank. Bei meiner Unterwäsche. Im Obstkorb. An der Wäscheleine.

Es sind nicht wirklich Liebesbotschaften. Manchmal sind sie sehr kurz. Andere füllen ganze Seiten mit seiner violetten Schrift, oft so schwer zu verstehen wie er selbst:

Alles ist Magie. Alles ist Hexerei.
Du bewirkst jeden Tag etwas Magisches. Auf jeder Straße, in jedem Haus.
Du steckst etwas Zylindrisches in geheimnisvolle Löcher in der Wand, und eine Vielzahl von teuflischen Apparaten setzen sich in Betrieb. Du drückst einen Knopf, und die Nacht wird zum Tag. Du drückst einen anderen, und eine tote Kiste ist plötzlich voller Menschen, die reden und sich bewegen, Menschen, die weit weg sind. Du hebst eine kleine schwarze Gabel und hörst auf der anderen Seite des Atlantiks eine Stimme. Das Licht und den Computer, das Auto oder die Waschmaschine ein- und ausschalten, ein Flugzeug abheben lassen oder ein U-Boot versenken. Das alles ist normal für dich, denn du bist in diesem Jahrhundert ge-

boren; unter anderen Umständen wird es dir genauso normal vorkommen, über die Fähigkeit zu verfügen, die Körpertemperatur und deinen Herzschlag zu drosseln, wie es die australischen Aborigines tun, oder Gedanken zu übertragen oder zu bewirken, dass Dinge geschehen, die du dir wünschst. Hättest du irgendetwas davon im XVII. Jahrhundert getan, hätte man dich als Hexe verbrannt, obwohl es als Sünde schon ausreichte, eigenständig zu leben und zu denken, um verbrannt zu werden.

Hör gut zu, kleines Mädchen, schreibt der Herr der Dunkelheit weiter. *Etwas Magie, Hexerei, Wissenschaft oder Technologie zu nennen ist lediglich eine Sache des Blickwinkels. Manchmal eine Modeerscheinung. Die Macht des Lebens ist eine. Wir können versuchen, ihr Namen zu geben. Wir können sie nicht aufhalten.*

Und wir sind nicht einmal fähig, die Macht des Todes aufzuhalten, dachte ich, auch nicht die Mächte, die mich an den Herrn der Dunkelheit binden.

Ich zerknüllte das Papier und warf es in den Eimer mit den Kohlen, mit denen die Küche beheizt wird. Dort sind alle Botschaften des Herrn der Dunkelheit gelandet. Das Papier war sehr nützlich zum Anfeuern des großen Kohleherds. Und der Winter war noch nicht zu Ende.

Der Herr der Dunkelheit sprach wenig. Und wenn er sprach, klang seine Stimme alt. Es war, als würde er rezitieren. Als würde er etwas, das ihm hundertmal erzählt worden war, auswendig vortragen.

Er sprach von seinem Leben in den Tropen, als hätte es ewig angedauert. Es sagte Dinge, die ich wusste, und andere, von denen ich noch nie gehört hatte, und dennoch klangen sie wahr, als ich zum ersten Mal davon hörte.

Er sagte, die Reinen würden nicht überleben. Nur die, die sich mischen, die Unreinen, überlebten.

Sie werden niemals erfahren, ob es sich gelohnt hat, zu überleben.

Die Leute kamen, um sie zu sehen, und die Eingeborenen starben. Sie töteten sie, indem sie sie anstarrten. Ihre Neugier brachte ihnen die Grippe, die Windpocken, die Pocken, den Scharlach: den Tod.

Hunderttausende Menschen wurden Opfer der Blicke der Weißen und der unsichtbaren Wesen, die mit ihnen gereist waren. Denn die Weißen hatten Macheten, die Feuer spuckten, sie hatten Lanzen, so stechend wie der Hunger, und Pfeile, die so weit flogen wie der Wind, aber das war nicht das Gefährlichste. Die wirkliche Gefahr ist für die Augen immer unsichtbar. Die tödliche Waffe der Weißen konnte man nur unter einem Mikroskop sehen. An manchen Orten vermischten sich die Eingeborenen mit ihnen. Manchmal triebgesteuert und andere Male durch Gewalt. Ihre Kinder erbten die Widerstandskräfte gegenüber den unsichtbaren Übeln von ihren Vergewaltigervätern. In Amerika retteten die Ureinwohner ihr Blut, indem sie es mit unserem mischten und es unrein machten wie das unsere. Unrein und widerstandsfähig wie das böse Blut der Europäer.

Ich weiß, dass ich schuldig bin, aber nicht, wessen ich mich schuldig gemacht habe. Gewiss ist jedoch, dass ich an etwas sehr Schlimmem schuld sein muss. Ich kann mich nicht länger selbst betrügen und mir ständig wiederholen, das sei alles Zufall. Ein Zufall, dass mich die Mädchen in der Schule hänselten, ein Zufall, dass man mir in der Nachbarschaft die Schuld an allem gab, ein Zufall, dass mein Chef mit mir schlafen wollte und mir danach das Leben zur Hölle machte. Es muss etwas an mir geben, das nicht stimmt. Etwas, das bewirkt, dass andere auf mich aufmerksam werden und mich vernichten wollen. Ich sage mir immer wieder, dass ich nichts getan habe, dass ich unschuldig bin. Doch Unschuldige müssen ihre Unschuld nicht laut kundtun. Nur die Schuldigen geraten in Erklärungsnot. Und mein ganzes Leben bestand aus Erklärungen und Entschuldigungen, mir selbst und anderen gegenüber. Ich habe mein Leben lang versucht, so zu sein wie alle anderen, mir den Unterschied nicht anmerken zu lassen, denn ich muss etwas an mir haben, das in anderen Menschen einen Jagdinstinkt auslöst, etwas, das bewirkt, dass auf der Straße die Katzen hinter mir herlaufen und die Hunde mich beschnüffeln. Ich stehe auf der anderen Seite. Sie sind auf der guten Seite, der Seite der Mehrheit. Ich bin allein. Allein zu sein bedeutet, im Irrtum zu sein.

Vielleicht haben sie recht, und ich bin ein Monster. Ich glaube, dass ich normal bin und nachts im Traum Dinge tue, an die ich mich hinterher nicht erinnere. Das wäre eine Erleichterung. Eine Erklärung. Es ist besser, schuld zu sein, als Opfer zu sein. Ich ertrage es nicht länger, verfolgt zu werden; jedes Mal, wenn ich mich in Sicherheit wiege, geht es wieder los. Ich bin vom Land in die Stadt geflüchtet. Ich dachte, in der Großstadt würde mich niemand kennen, ich wäre gefeit gegen die Scherze und boshaften Bemerkungen meiner Klassenkameraden. Später floh ich aus der Großstadt, wo sich niemand für dich interessiert, in ein so kleines Dorf, wo sich niemand an dich erinnert, doch es hat nichts genützt, es gibt keinen noch so fernen Ort, an dem mich mein Schatten nicht einholt.

NORDANZEIGER

PANORAMA

Star-Reporter verschwunden

Der Star-Reporter Antonio García, der mit dem aufsehenerregenden Fall von sexueller Gewalt am Arbeitsplatz, dem Fall Ainur Méndez Álvarez, in unserem Land von sich reden machte, ist spurlos aus seiner Wohnung verschwunden. Glaubwürdigen Quellen zufolge soll er brutal zusammengeschlagen worden und aus der Stadt geflohen sein. Seine Familie fürchtet das Schlimmste. Seit sich der Bürgermeister von Idumea zum Rücktritt gezwungen sah, war García Opfer zahlreicher Drohungen. Man gab ihm auch die Schuld an der Niederlage seiner Partei bei den letzten Kommunalwahlen. Antonio García war ein redlicher Mann, der in seinen Interviews gern anmerkte, man solle »nicht übertreiben«. »In einem anderen Land wäre das normal«, behauptete er und: »Wir haben einen weiteren Schritt in Richtung Demokratie gemacht.« Das waren zwei seiner Kommentare in seinem bisher letzten Interview für diese Zeitung am 28. des Monats. Die Polizei hat keine Erklärung zu seinem Verschwinden abgegeben, was das Verschwinden der ebenfalls bedrohten Klägerin Ainur Méndez wieder an den Tag bringt, deren Aufenthaltsort unbekannt und die möglicherweise nicht mehr am Leben ist. Der ehemalige Bürgermeister von Idumea, der noch das Amt des kommunalen Parteichefs innehat, weigerte sich, eine Stellungnahme abzugeben.

Consuelo

Ja, ich habe angerufen. Ich wusste nicht, dass sie umgebracht werden sollte. Ich dachte, man wollte sie in einer dieser albernen Fernsehshows haben, wo sie ihren zudringlichen Chef wiedersehen würde und die beiden sich umarmen würden, um die Dummköpfe vor dem Fernseher zu Tränen zu rühren. Ich wusste nicht, dass man sie umbringen wollte. Aber wissen Sie, ich hätte vielleicht auch angerufen, wenn ich es gewusst hätte. Nein, nicht des Geldes wegen. Ich mache mir nichts aus Geld. Das, Herr Reporter, hätten Sie schon längst begriffen haben müssen. Ich las lediglich die Anzeige mit der Belohnung und habe dort angerufen. Ich wusste nicht, dass man sie umbringen wollte.

Ainur

In jener Nacht, der Nacht, in der fast alles passierte, spülte das Meer einen Toten an den Strand. Niemand aus dem Dorf kannte ihn, und anfangs konnte ihn auch niemand erkennen. Die Fische hatten seine Ohren, seinen Penis und sogar seinen rechten großen Zeh gefressen, aber sie hatten die Konturen seines Schattens respektiert, als wäre er eine Landkarte. Was von seinen Händen übrig war, steckte in zerfetzten roten Handschuhen, die mir vertraut waren.

Die Fische hatten alle seine Finger, den Penis und die Ohren abgefressen, sie hatten seine Lider gefressen, seine offenen Augen jedoch verschont. Sie waren weder grün noch blau, sondern hatten die Farbe des Himmels bei einem Gewitter oder in manchen Albträumen.

Der Ertrunkene, dunkel am dunklen Strand, wirkte wie einer der Wale, die durch Radarwellen die Orientierung verlieren und, an Land gespült, im Sand verenden. Das militärische Radar sendet dieselben Signale aus wie schmackhafte Plantonbänke. Das militärische Radar verwandelt das Land in Meer und das Meer in Land. Nur dass Wale außerhalb des Wassers nach wie vor verenden. Der gestrandete Körper wirkte unpassend, zurück an Land war er fehl am Platz. Das Land war sein Element gewesen, als er noch ein Mensch war, aber als Ertrunkener war sein Territorium jetzt das Meer. Vielleicht war deshalb das ganze Dorf damit einverstanden, ihn dorthin zurückzubefördern, statt die Polizei und den Richter zu rufen, die ihn mit einer Aluminiumfolie zugedeckt und viel zu viele Fragen gestellt hätten. Sie gaben ihn dem Meer zurück, damit das Meer seine Grabstätte werde.

In der Nacht, als die Wasserleiche auftauchte, wurde zum letzten Mal ein anonymer Brief ans Kirchenportal genagelt.

Es war die letzte Nacht, in der ein totes Tier auf den Stufen vor meiner Haustür lag.

Die letzte Nacht, in der ich es wagte, im Meer zu schwimmen.

In der doppelten Finsternis ihrer Zelle, in die an manchen Tagen weder Tageslicht noch das Licht eines klaren Gedankens fiel, kroch Selene zur Wand und schob sich langsam an ihr hoch. Sie stellte sich vor, dass ein Lichtstrahl auf sie herabfiel und sie durchdrang. Das Licht setzte sich unter ihren Fußsohlen fort und verästelte sich wie eine leuchtende Wurzel im schmutzigen Wasser voller Exkremente, das knöchelhoch den Boden bedeckte. Es versickerte in der Dunkelheit und der kühlen Erde, lief in die verborgenen Weinkeller unter den Zellen, ergoss sich über einen jüdischen Friedhof und die Ruinen dessen, was einmal ein Mitra-Tempel gewesen war, es schlängelte sich zwischen verkohlten Knochen und Schichten präromanischer Städte hindurch und gelangte schließlich zu einem tonhaltigen Gelände, das nie von Menschen betreten worden war. Dort entledigte sich Selene ihrer schlimmsten Erinnerungen: die Ablehnung durch ihre Mutter, der Feuertod ihrer Tante Milagros, die Vergewaltigung des Hexenjägers, der Neid des Mediziners und Verräters, die lange Haft, die Folter – die Hoffnung und die Angst versickerten in der Erde und wurden für immer unter diesem Verlies begraben. Die Lichtwurzeln führten noch etliche Kilometer weiter, bis sie zum heißen und zähflüssigen Herz der Mutter Erde gelangten: ein flüssiges Magma aus Feuer und Energie. Die Wurzeln sogen es auf und transportierten es nach oben, durchzogen tote Friedhöfe und eingestürzte Wände. Sie durchstießen den schmutzigen Boden des Verlieses und schlängelten sich an Selenes Beinen hoch zu einem Punkt in ihrem Innern, wo, wie man in der Antike glaubte, die Seele wohnt. Dann stiegen die Lichtstrahlen in ihren Kopf und gelangten durch ihre ausgestreckten Arme in die feuchte Zellenwand. Sie durchdrangen sie, erklommen die Wachstube und die Folterkammern und setzten sich fort bis an den Ort, wo sich der Großinquisitor in seinem Brokatbett schlaflos hin und her wälzte. Sie drangen durch das Holzdach und verloren sich im Nachthimmel, im Vollmond, der auf den Steinpalast und die Holzhütten herabschien. Die besten Erinnerungen ihres Lebens sandte Selene dem Mond: ihre Gefühle, als sie den Wolfshund fand, als sie den Schriftgelehrten liebte, als sie zu heilen lernte, als sie ihre Tochter in den Armen hielt und als sie gebärenden Frauen das Leben rettete. Und dann spürte sie, wie das Licht wie ein schützender Regenschirm auf sie herabstrahlte. Es fiel durch das Dach in ihr Herz und verschmolz mit der Hitze aus dem Erdinneren. Da öffnete sie die Augen und ließ die Arme sinken. Sie war schwach und erschöpft, fühlte sich aber besser. Und sie wusste, was sie tun musste. Und sie wurde gewahr, dass sie verurteilt, aber nicht besiegt war.

Ainur stieg beißender Qualm in die Nase, gleich darauf hörte sie ein Trommeln. Nahe. Näher. Es kam aus dem Erdinneren. Laut. Lauter. Kriegstrommeln. Erst als sie den kalten Boden der Krypta spürte, wusste sie, woher das laute Trommeln kam.

Es kam mitten aus ihrem Herzen. Sie sah ihr gebrochenes Herz. Klaffende Herzkammern wie Sprungfedern eines ausgeweideten Puppenkörpers, an dem man ablesen konnte, wie einfach und beschränkt sein Mechanismus war. Das laute Trommeln hatte aufgehört, und sie wusste, dass es für immer verstummt war. In der Stille sah sie ihren Körper reglos in der Krypta der Knochen liegen. Mit offenen Augen. Nach innen geschlossen, nach außen offen. Ihr Körper war nach vorn ausgestreckt, als hätte sie bis zum letzten Moment auf Hilfe gehofft, die nicht gekommen war. Da lag ihr schlaffer Körper, nutzlos, als wäre er aus Stroh. Sein Mechanismus war kaputt, aber das war unwichtig. Da lag sie. Sie wusste nicht, was los war. Sie sah die offene Luke und zwängte sich hindurch. Sie bewegte die Flügel in der Nachtluft. Sie waren schwarz. Schwarze Flügel. Sie überflog den Platz und achtete darauf, sich die Flügel nicht zu versengen. Die Nacht war taghell. Die Umgebung des Dorfes schimmerte wie die Glanzbilder zum Ausschneiden, mit denen sie als kleines Mädchen gespielt hatte. Sie sah die krumme Alte mit dem Glasauge, die allen einen Branntwein vom Fass spendierte. Sie sah die Totschläger in der Uniform der Angst. Sie sah ihren Vorgesetzten, den Bürgermeister von Idumea, auf dem Boden hocken und sich erbrechen, als wäre ihm vom Qualm des Feuers schlecht geworden. Sie sah den Grufti im Rollstuhl seiner Gruftifrau sitzen. Er hatte sie sich auf den Schoß gesetzt und befingerte ihre gefühllosen Pobacken. Sie überflog den Friedhof und das Steinkreuz und wieder den Dorfplatz. Überall war Rauch, und der Himmel glühte rot. Ihr Haus brannte nicht mehr. Es war nicht mehr da. Und die Leute waren nicht dieselben, sie trugen seltsame Kleidung. Mitten auf dem Dorfplatz brannte ein Scheiterhaufen. Davor knieten Menschen und schrien etwas, das sie nicht verstand. Sie sah sich selbst wie eine Wachsfigur auf dem Scheiterhaufen, die roten Haare in Flammen, in eine menschliche Fackel verwandelt. Aus dem Feuer stieg eine große weiße Rauchwolke auf, ihr Gesicht hatte es noch nicht berührt. Sie sah nach unten und erkannte Satán, der fröhlich bellte. Sie wollte sich der Frau im Feuer, die sie selbst war, nähern. Ihre Augen waren geschlossen, der Mund stand halb offen, über ihre Wangen liefen Tränen. Sie versuchte, näher an sie heranzukommen. Sie musste von diesen Tränen trinken. Sie spürte, wie das Feuer ihre Flügel versengte. Da öffnete die Gestalt im Feuer die Augen, lächelte (sie wusste, dass sie sie anlächelte) und schloss sie wieder. Ihr Kopf fiel zur Seite, und Ainur sah den Tod, der kalt und einsam war und nach Feuchtigkeit roch. Sie schlug die Augen auf, und da war nicht der Tod. Da war die Krypta der Knochen. Sie lag auf dem Boden und hatte Blut im Mund.

Wie war sie hierhergekommen?

Sie erinnerte sich an ihren wahnsinnigen Lauf durch die Nacht, an das Rauschen des Blutes in ihren Ohren, an den metallischen Blutgeschmack im Mund. Sie hatte ihren Magen im Mund, das Herz in ihren Händen gespürt. Sie war bei den Klippen angekommen. Sie hatte innegehalten und sich nach vorn gebeugt. Niemand war ihr gefolgt. Sie war noch immer im Besitz des Schlüssels zum Memento mori. Sie musste mit dem Kopf entkommen, nicht mit den Füßen. Das würde ihre Verfolger ablenken. Der ideale Zeitpunkt, um sich in der Höhle des Memento mori, der Totengruft, zu verstecken. Das hatte ihr der Herr der Dunkelheit gesagt. Er wusste es, er hatte gewusst, dass das geschehen würde.

Vielleicht wäre das die einzige Rettung: sich in einem Grab zu verstecken, möglicherweise ohne Hoffnung, und ohne Nahrung darin zu sterben, sich zumindest vor der Dummheit dieser absurden Lynchjustiz zu retten, den endgültigen Sieg ihres Vorgesetzten zu vereiteln, ihm die Zähne einzuschlagen, damit er nicht mehr lachen konnte, sich selbst zu zerstören, um ihn um das Vergnügen zu bringen, von ihm zerstört zu werden.

Aber so war sie nicht hierher gelangt. Der Weg, der sie hergeführt hatte, war viel länger und gekrümmter, er machte sinnlose Schlenker wie unser Leben auch. Er windet sich wie eine Schlange, und wir wissen nicht, wohin er uns führt, denn er führt nirgendwohin. Und dennoch hatte alles angefangen, als die beiden großen Männer im Dorf aufgetaucht waren. Schwarz gekleidet. Wie Bestatter.

Oder wie Raben.

Bist du dir sicher?«, fragte ich den Herrn der Dunkelheit.
»So sicher wie der Tod.«
»Hast du sie gesehen?«
»Ich habe sie um dein Haus schleichen sehen, sie haben bei der Kirche herumgelungert und an der Friedhofsmauer gelehnt. Groß, aufrecht, in schwarzen Anzügen, die wie geliehen wirkten.«
»Wie Raben.«
»Oder Geheimpolizisten.«
»Vielleicht Touristen.«
»Hier? Hier kennen wir uns alle, und diese beiden erregen viel zu viel Aufmerksamkeit. Sie laufen herum, beobachten alles, befragen alle. Und sie reden nicht miteinander.«
»Glaubst du, dass sie hinter mir her sind?«
»Hinter irgendjemandem.«
»Was können wir tun?«
»Sollte etwas passieren, musst du mir versprechen, genau das zu tun, was ich dir jetzt sage. Ganz genau so und in derselben Reihenfolge.«
»Warum sollte ich dir vertrauen?«
»Weil ich der Einzige im Dorf bin, der sich nicht darüber freuen würde, wenn dir etwas zustieße.«

Die Ungewissheit, die länger bestehen sollte als Selenes Knochen, länger als meine Ängste, länger als der Fluch der Frauen, begann, soweit ich es weiß oder erzählen kann, mit einer Leiche, die unbedarft an den Strand trieb, und einer toten Katze, deren Augen offen standen.

Im tiefsten Innern dieser Augen hatte sich der Schatten ihres Mörders eingegraben, er war das Letzte, was sie gesehen hatten.

Daran musste ich denken, als ich in ihnen forschte. Ich fuhr mit der Hand über ihren Rücken, als könnte ich sie mit meinem Streicheln wieder zum Leben erwecken. Sie war für immer tot. Starr und ein wenig klebrig. Das Einzige, was mir ihre Augen zurückwarfen, war mein entsetztes Gesicht und der Schrei, mit dem ich sie nach einer ewigen Minute fallen ließ.

Ich ging ins Haus und wusch mir die Hände. Sie waren noch immer klebrig und schmutzig. Ich duschte, aber nicht einmal nach dreimaligem Einseifen fühlte ich mich sauber. Die Worte des anonymen Briefes hatten mich stärker beschmutzt als die klebrige Berührung des toten Katzenkörpers.

Es waren nur drei Worte:

Du wirst

sterben

Ich hatte den Zettel nicht gleich gesehen. Oder ich hatte ihn gesehen, aber nicht wahrgenommen, angezogen vom blinden Magnetismus der toten Augen. Betrachten ist nicht sehen. Ich betrachtete sie. Das weiße Ding in den herausquellenden Eingeweiden der Katze hatte ich nicht gesehen. Als die Katze zu Boden fiel, sprang das Papier heraus wie ein wildes Tier auf der Lauer.

Ein Schauer lief mir über den Rücken. Ich sah nach draußen, in die bedrohliche Nacht. Er musste ganz nah sein. Derjenige, der das geschrieben hatte. Lauernd wie das Papier, darauf wartend, über die Beute herzufallen.

Und seine Beute war ich.

Ich konnte nicht still in meinem Bau verharren. Jeder Ort in diesem Dorf war eine Falle. Ekelerregende Hitze waberte vom Meer herauf. Sie wehte den Geruch nach modrigem Schilf und Algen heran, nach toten Fischen, die von den Gezeiten an den Strand gespült werden.

Ich musste zu dem einzigen Freund, den ich in diesem Dorf hatte.

Der Mond war groß, riesig wie ein Kürbis. Vollmond.

Ich lief zum Strand. Auf Befehl von Selene, der Mondfrau, waren die Wellen weiße Mäuse.

Nackt versank ich im Schoß des einzigen Freundes, der mich in diesem Dorf nicht verriet. Wenn ich ein Problem lösen wollte, vertraute ich dem Schoß des Meeres.

Ich drehte mich um und sah niemand. Der Strand war verwaist. Ich wusste, dass ich das Schicksal herausforderte. Wenn mir jemand etwas antun wollte, dann am besten hier und jetzt. Meine Leiche wäre schon nackt, dargeboten wie eine Opfergabe.

Ich schwamm los. Das Meer war geschmeidig wie Öl. Es leckte meine Wunden. Ich ließ mich im Schaum treiben. Das

Meer sprach mit seiner jahrhundertealten Stimme. Ich wollte eins sein mit dem Meer. Mich treiben lassen, bis ich mich im Wasser aufgelöst hatte wie ein Stück Zucker. Nicht mehr ich sein.

Meer sein.
Treiben, treiben, zum Horizont treiben.
Ohne zu denken.
Und nicht mehr
sein.

Ich glaube, ich hätte es getan, wenn da nicht plötzlich etwas gewesen wäre, etwas Schwarzes und Behaartes, bedrohlich wie eine Riesenspinne.

Es war Satán.

Er zog mich ans Ufer, ins Leben.

Er war mir gefolgt. Und er wäre mir bis zum Horizont gefolgt.

Mein anderer Freund, eifersüchtig auf meinen Geliebten, das Meer.

Als wir schon fast am Ufer waren, drehte Satán plötzlich ab, schnappte nach meinem Arm, und ich schwamm ihm nach ins offene Meer hinaus.

»Ist ja gut, alter Freund, wenn du glaubst, es ist das Beste, tiefer kann ich nicht fallen, mehr können sie mich nicht leiden lassen. Verzichten ist siegen, wenn ich an all die glücklichen Momente denke, die mich erwarten, und sie aufwiege gegen die schlechten Momente, mit Krankheit, Alter und am

Ende des ganzes Kampfes der unvermeidlichen Niederlage des Sterbens. Verzichten ist siegen. Über dem Leben stehen. Über diejenigen triumphieren, die dich töten wollen. Wenn ich sterbe, gibt es nichts zu töten, und sie wären gescheitert.«

Es liegt in meiner Hand, sie scheitern zu lassen.

Du bist gekommen, um mir den Weg zu weisen.

Und zum dritten Mal in dieser Nacht stieß ich unfreiwillig auf einen Körper. Etwas Dunkles, Klebriges, Blankes und Weiches im Mondlicht, in der sternlosen Nacht.

Es war eine Leiche. Satán war zu einem Ertrunkenen geschwommen und zog ihn jetzt an den Strand.

Ich spürte, dass das Meer nicht mehr mein Freund war.

Denn ich erkannte sofort, wer in den Resten der Kleidung steckte, die roten Handschuhe, das von den Fischen entstellte Gesicht.

Ich weiß nicht, wie ich nach Hause gekommen bin. In meinem Kopf gibt es eine rote Lücke. Ich lag in der Küche auf den Bodenfliesen. Satán saß neben mir. Ich wusste, dass er mich gerettet hatte. Ich wusste weder wie noch wovor.

Ich hätte mir einreden können, dass alles ein Traum gewesen sei, aber meine Haut fühlte sich anders an. Beim Berühren des Toten hatte ich etwas im Meerwasser verloren.

Wenn mir einfiele, was es war, könnte ich vielleicht wieder sprechen.

Ich duschte zum sechsten Mal in dieser Nacht, obwohl ich es wusste. Ich wusste, dass ich nie wieder sauber werden würde. Trotzdem musste ich es versuchen.

Ich schrubbte mich mit dem Küchenschwamm ab. Alles an mir roch nach Tod. Es war ein süßlicher Geruch, der jetzt für immer meiner war. Ich wusste, es lag nicht daran, dass Schmutz an meiner Seele klebte, denn nach diesem Bad im Meer war meine Seele selbst beschmutzt. Nur das Gefühl, schmutzig zu sein, und der Ekel vor mir selbst verhinderten, dass die sich in mir ausbreitende Leere mich verschlang.

Ich wollte weinen, hatte aber keine Tränen. Mit offenen Augen starrte ich in eine rote Dunkelheit.

Es war meine Schuld. Ich wusste es.

Wegen etwas, das ich gesagt oder nicht gesagt hatte.

Weil ich nicht da oder zu oft da war.

Auf dem Küchenboden liegend hörte ich den Wasserhahn tropfen. Der Mülleimer ragte wie ein Schloss über meiner Nasenspitze auf.

Er roch schlecht, aber nicht so schlecht wie ich.

Als ich schließlich aufstehen konnte, sah ich noch immer rot, aber die Konturen der Dinge waren deutlich genug im ockerfarbenen Nebel zu erkennen, um stolpernd vorwärtszukommen.

Jedenfalls hätte ich das Ziel, das ich ansteuerte, auch mit geschlossenen Augen erreicht.

Ich sah mit geschlossenen Augen. Dauerhaft geschlossen für die Dinge, die ich normalerweise spürte. Ich blieb blind für jegliche Gefühle. Ich spürte nichts, als ich an der Magdalenenkirche mit ihrer Krypta der Knochen vorbeiging und das Gartentor zu dem Haus aufdrückte, in dem es nie Tag wurde.

»Du hast ihn umgebracht«, bezichtige ich den Herrn der Dunkelheit.

Er drückt mich ganz fest an sich, als liefe ich Gefahr, zu fallen. Wir sind nackt. Sein Brusthaar kitzelt auf meiner Haut. Er stottert wieder. Wenn er lügt, stottert er immer.

»Ich habe ihn nicht umgebracht, habe mir aber gewünscht, dass er stirbt. In meinem Fall ist das fast dasselbe.«

»Warum?«

»Offensichtlich wegen dir.«

»Du hast mich doch gar nicht gekannt.«

»O doch, ich kenne dich und alle, die so sind wie du, schon lange, sehr lange. Ich wollte dich für mich allein.«

»Du hast mich ja nicht einmal jetzt. Verschwinde!«, schreie ich.

»Du weißt, dass ich nichts getan habe.«

»Verschwinde!«, wiederhole ich. »Sonst wünsche ich mir deinen Tod.«

»Die Dorfbewohner sind aufgebracht. Es wird geredet. Es gibt Gerüchte. Die Hitze hat sie irregemacht. Wenn sie die Leiche finden, werden sie wahnsinnig. Sie sind keine Stadtbewohner. Dass wir im 21. Jahrhundert leben, interessiert sie nicht. Sie glauben an Geister, die Tiere schlachten. Sie halten für die Seelen im Fegefeuer Messen ab. Es heißt, du wärst mit den beiden einzigen ungebundenen Männern im Dorf ins Bett gegangen. Sie geben nicht zu, wie neidisch sie das macht. Es heißt, da müsse Hexerei im Spiel sein. Ein dünner, hässlicher Rotschopf, eine junge Frau aus der Stadt, die glaubt, sie wäre etwas Besseres. Es geht das Gerücht, dass sie dein Haus anzünden wollen. Ich glaube nicht, dass sie es tun werden. Sie werden es nicht wagen, solange ich bei dir bin. Du brauchst mich.«

»Ich brauche dich nicht.«

»Man erzählt sich, dass gestern Abend zwei Fremde aufgetaucht sind, es heißt, sie wären gekommen, um dich zu töten.«

»Du willst mir Angst machen wie einem kleinen Mädchen. Ich brauche dich nicht.«

Ich hatte Angst davor, ihn zu brauchen. Es kommt der Zeitpunkt, an dem Gewohnheiten zu Notwendigkeiten werden. Wenn dieser Zeitpunkt gekommen ist, bist du verloren.

Ohne Eile stand er auf. Er sagte, er ginge Billard spielen. Obwohl es Nacht war. Obwohl es kein Samstag war. Ich lag regungslos in der Dunkelheit. Kurze Zeit später kehrte er zurück. Er erzählte mir, dass seine rechte Hand die linke besiegt hätte. Vielleicht sei er kein Linkshänder mehr. Oder nicht mehr unschlagbar. Ob ich glaubte, dass er jetzt das Dorf verlassen müsste, fragte er. Nach so langer Zeit hatte er die Wette gegen sich selbst verloren. Ich zuckte die Schultern.

Er setzte sich die Sonnenbrille auf und zog den Ledermantel an, als würde ihn das Mondlicht blenden und die Hitze, die durch die Lücken unseres Lebens eindrang, frieren lassen. Wie so oft machte er sich auf den Weg zu den Klippen. Satán, der ihn sonst immer begleitete, blieb auf meinem Kleid liegen, und ich forderte ihn auf, ihm zu folgen. Es machte mir Angst, dass er allein ging. Der große schwarze Hund antwortete mir mit einem langen, traurigen Blick.

Es war das letzte Mal, dass ich den Herrn der Dunkelheit gesehen habe.

Am nächsten Morgen wusste ich, dass ich schwanger war.

»Wenn etwas passiert«, hatte er zu mir gesagt, »wenn ich nicht zurückkomme, musst du dich in der Krypta des Memento mori verstecken.«

Sie ist wie ein Grab.

Sie ist ein Grab, und ein Grab ist der einzig sichere Ort in diesem Dorf.

Consuelo

Ich sagte Ihnen ja schon, Herr Reporter, es ist passiert, was passieren musste. Mein Freund der Briefträger, ja, ich weiß schon, dass er sich etwas merkwürdig kleidet, aber er ist kein schlechter Kerl. Seine Frau sitzt im Rollstuhl, wie ich schon sagte, mein Freund der Briefträger, der Sie hergebracht hat. Er hat den einzigen Landrover im Dorf. Ja, der mit dem schwarzen Umhang und dem Ring in der Nase wie ein Stier. Er hat alles gesehen. Er war mit seiner Frau in der kleinen Höhle, da gehen sie öfter hin. Was soll ich Ihnen sagen, sie machen dort bestimmt nichts Gutes, Joints rauchen oder Schlimmeres. Nun ja, das muss man den Armen nachsehen. Wo die Frau doch, abgesehen von ihrer Querschnittlähmung, auch ein wenig zurückgeblieben ist … Man muss Erbarmen mit ihnen haben. Wir müssen gute Christen sein. Es ist nur so, die beiden haben alles gesehen, aber da die Frau nicht spricht, hat er es mir erzählt. Der arme Mann stand allein auf der Klippe, er hatte die Arme nach oben gestreckt und laut geschrien, der Hund lief im Kreis um ihn herum. Da brach das Gewitter los. Der Himmel blinkte wie ein Karussell, als würde man den Wolken Elektroschocks geben, sagte mir der Junge. Der Mann ging in die Hocke und streichelte das lange schwarze Fell des Hundes. Das ist ein sehr merkwürdiger Hund. Was ich Ihnen alles erzählen könnte! Und wir sahen, ja, es ist, als hätte auch ich es gesehen, wir sahen, wie der Feuerblitz vom Himmel schoss und die diabolische Figur des Hundes zeichnete, bevor er einschlug. Der Mann fiel getroffen zu Boden. Der Hund nahm keinen Schaden, er lief davon. Als ich hinkam, war der Herr der Dunkelheit, na ja, der Dorfpriester, wir nannten ihn nur so … Ein guter Mann, er hatte seine Marotten, aber er war ein guter Mann. Nein, es ist nicht nötig, im Bistum anzurufen. Eigentlich war er gar nicht mehr Priester, aber er hat uns beschützt, er las die Messe und so. Und Sie wissen ja, das Priestertum prägt den Charakter. Wenn einer mal geweiht ist, verliert er diese Gabe nie. Was ich sagen wollte, der Herr der Dunkelheit atmete noch, aus seinem Mund quoll grüner Schaum, seine Augen waren verdreht, er lag noch zehn Minuten im Todeskampf. Das ganze Dorf kam angelaufen, um ihn zu sehen, wir wussten nicht, was wir tun sollten. Sofort rief jemand nach Rache. An wem? Na, an wem schon! An ihr! Der Hund gehört ihr. Er kam aus dem Nebel und verschwand im Nebel, und sie hat ihn aufgenommen. Seltsam. Was man so seltsam nennt, es ist ziemlich seltsam. Der Arzt aus der Provinzhauptstadt sagte, er hätte schon mal von so einem Fall gelesen, aber noch nie einen gesehen. Nein, wie es scheint, war das nichts Übernatürliches. Das Hundefell hat die Elektrizität weitergeleitet, als wäre es ein Kabel, Sie verstehen schon, deshalb ist ihm nichts passiert, dem Hund, dem Hund ist nichts passiert. Den Mann hat sie getötet. Sagen wir mal, er war nicht geerdet und wurde von einem Stromschlag getötet. Er wurde vom Blitz getroffen. Aber klar, ist doch normal, dass wir erschüttert waren. Und dann kommen Sie und fragen nach Ainur, nach allem, was in diesem Dorf passiert ist.

Eigentlich finden wir Ainur nicht mehr so wichtig. Kaum einer erinnert sich mehr an sie. Na ja, ich schon, Herr Reporter, denn ich bin das Gedächtnis des Dorfes. Sie haben schon richtig gehört, ein einäugiges, verkrüppeltes Gedächtnis, aber letztendlich ein Gedächtnis.

Ainur

Als sie den Herrn der Dunkelheit zu mir brachten, schrie ich, ich schrie, bis ich heiser war. Ich fiel zu Boden, als wäre auch ich vom Blitz getroffen. Ich wälzte mich hin und her und versuchte, meinen Körper an den Steinfliesen zu verletzen. Ich wollte mir Schmerz zufügen, der mehr schmerzte als der, den ich gerade empfand.

Ich vergoss keine einzige Träne.

Das nahmen mir die aus dem Dorf übel. Immer wieder hörte ich Consuelo sagen:

»Sie hat keine einzige Träne vergossen.«

Und ich dachte: Warum sollte ich auch nur einen Tropfen meiner Tränen wegen ihm vergießen? Dieser Mann hatte mich vergewaltigt, und ich hatte mich erniedrigt, als ich mich ihm hingab. Er war meine dunkle Seite.

Ohne ihn blieb nichts von mir übrig. Ich war allein.

Irgendwie hatte ich ihn hingenommen, wie man mit der Zeit das hinnimmt, was einem an sich selbst nicht gefällt. Ich habe ihn hingenommen, und dieses Hinnehmen war nur ein anderer Ausdruck für Liebe.

Eine düstere und seltsame Liebe.

Wie er.

Besser als dieses Nichts, das er hinterlassen hatte.

Ich stand an der Klippe des Schicksals und wurde mit jeder verstreichenden Minute älter. Es war das schlimmste Jahr meines Lebens, schlimmer als damals, als mein Chef sich von mir Handtücher aufs Zimmer bringen ließ, schlimmer als damals, als er mich vergewaltigte. Ich war schwanger und wusste nicht, von wem. Vielleicht vom Teufel.

Ich wusste nicht, was ich tun sollte. Es begann zu regnen. Das Wasser fiel wie Stahl herab. Es ließ meine Haut aufspringen und rann über Satáns Fell, der meine Finger leckte und an meinem Ärmel zog, als wollte er mich von dort wegbringen. Zu meinen Füßen rief der Abgrund mit rauer Stimme nach mir, der Schaum brach in tausend Scherben. Er peitschte mich, und mein Bauch zerbarst in alle Richtungen. Dieses Dorf hatte mich geformt wie das Wasser den Felsen. Ich glaubte, stärker zu sein als sie, doch sie waren stärker als ich. Hier hatte ich nichts mehr verloren. Ich musste gehen, auch wenn ich nicht wusste, wohin. Fliehen, vielleicht vor mir selbst fliehen.

Wer hatte die Tiere getötet? Wer hatte am Kirchenportal die seltsamen, mit »Satan« gezeichneten Briefe hinterlassen? Bezog sich diese Unterschrift auf den Teufel oder auf den Namen meines Hundes? Hatte Consuelo mit ihren Anschuldigungen mir gegenüber recht? Möglich, dass ich Dinge getan hatte, an die ich mich nicht erinnerte, Taten, die zu begehen mir unmöglich erschien. Ich glaubte zu wissen, wer ich bin. Obwohl diese Gewissheit – wie alle anderen in meinem Leben mit der Zeit schon ein wenig abgenutzt – in diesem vom Salpeter und der üblen Nachrede gegeißelten Dorf zu Bruch gegangen war. Es musste einen Grund geben, weshalb man mich bei der Arbeit, im Eigentümerverband, in der Schule und jetzt schon wieder verfolgte. Vielleicht bin ich wirklich ein anderer Mensch, als ich zu sein glaube, und tue Dinge, die ich mir nicht eingestehe. Nur so wäre dieser Wahnsinn zu rechtfertigen.

Seitdem die Leiche des Leuchtturmbewohners aufgetaucht ist, bin ich unfähig, zu weinen. Nichtsdestotrotz tränen meine Augen andauernd, als führten sie ein Eigenleben und würden hinter meinem Rücken aus freien Stücken weinen.

Sie weinen über Selene, sie weinen über den Herrn der Dunkelheit, sie weinen über mich.

Consuelo hat alle Dorfbewohner in ihrem Laden versammelt. Sie hat ihnen ein Gesöff serviert, das sie selbst zubereitet und Branntwein nennt, und ihnen gesagt, dass sie herausgefunden habe, wer für den Tod der Tiere verantwortlich sei: dieselbe Person, die den Leuchtturmbewohner in den Selbstmord getrieben habe. Eine unattraktive Frau, die die beiden einzigen ungebundenen Männer in diesem Dorf um den Verstand gebracht hat. Eine Fremde, die uns schon früh verließ, weil wir sie schon damals nicht mochten. Wir haben weder sie noch ihre Mutter jemals gemocht.

Ich bin dort und höre zu, als würden sie nicht über mich reden. Eigentlich reden sie über mich, als wäre ich gar nicht anwesend. Wie man es nur mit Kellnern und kleinen Kindern tut. Sie halten mich für ein Wesen aus einer anderen Welt, in der meine Worte widerhallen. Sie wollen darüber abstimmen, was sie mit mir tun sollen. Das ganze Dorf ist dafür und hebt die Hand. Alle außer mir. Denn es ist klar geworden, dass ich nicht zum Dorf gehöre. Sie haben kein Recht, mich zu verurteilen. Ich sage es ihnen. Sie zucken die Achseln. Gerechtigkeit ist nicht ihre Stärke. Sie verstehen nur etwas von Schicksalsschlägen. Die blonden Riesen bringen mit ihren Holzbeinen den Boden zum Dröhnen. Sie verlangen Gerechtigkeit. Der Grufti zuckt die Schultern, und seine Frau im Rollstuhl zwinkert mir mit einem Auge voller Wimperntusche und Tränen zu. Ich sehe die blauen Flecken in ihrem Gesicht. So wie viele andere ist auch sie froh, nicht selbst auf der Anklagebank zu sitzen. Wie im Altertum trifft der Fluch der Götter immer diejenigen jenseits der Stadtmauern. Nichts ist logischer, als dass die Fremde die Angeklagte ist. Ich lasse sie weiterschreien, ihre Papierservietten auf den Boden werfen und fluchen. Sie merken nicht, dass ich gehe, genauso wie sie vortäuschten, meine Anwesenheit nicht wahrzunehmen. Ich bin ein Gespenst. Das Recht, zu existieren, gewähren sie mir nicht.

Wie konnte ich nur so dumm sein. Ich muss herausfinden, wer die Raben, die Ratten, die Kaninchen getötet hat. Wer Botschaften von Satan an das Kirchenportal genagelt hat.

Wer es war, ist unwichtig, solange bewiesen wird, dass ich es nicht gewesen sein kann.

Sie zu überzeugen bedeutet, mich zu überzeugen. Ich weiß, wer ich bin.

Consuelo

Du glaubst, das Opfer zu sein, die arme Kleine, und dass wir dich alle grundlos hassen. Hast du etwas für uns getan? Hast du uns geholfen? Nein, nicht wahr? Für dich sind wir ein Dorf voller Krüppel, und du siehst uns hochmütig an. Alle Welt verfolgt dich, und du bist an nichts schuld. Und was hast du für die anderen getan, wenn du so gut bist? Glaubst du, du bist etwas Besseres? Glaubst du, du bist die Verfolgte? Und ich? Bin ich keine Verfolgte? Hat man mich nicht Hinkefuß, Hexe und hässlich genannt?

Wenn du recht hast, sind wir alle im Irrtum.

Und wir sind in der Mehrzahl.

Es gibt keinen schlimmeren Schuldigen als denjenigen, der sich unschuldig glaubt.

Ainur

Sie gehen von Haus zu Haus und verlesen die Namen der Hexer. Es sind viele. Ich kann Consuelo mit ihrem Glasauge und ihrem Holzbein und die blonden Riesen ausmachen. Sie sind vor dem Haus des Herrn der Dunkelheit stehen geblieben. Sie wagen es nicht, seinen Namen auszusprechen. Sie kommen näher.

Sie bleiben vor meinem Haus stehen. Sie haben Kanister dabei und schütten Benzin an die Hauswände. Jetzt werde ich gleich aufwachen, denke ich, aber ich wache nicht auf.

Das ganze Dorf ist versammelt. Seit die Wasserleiche angeschwemmt wurde, geben sie mir die Schuld am Tod des Leuchtturmbewohners.

Und auch die Fremden sind dabei. Ich kann sie deutlich erkennen. Sie sind schwarz gekleidet und größer, mit Bürstenschnitt, als befänden sie sich noch im Trainingslager. Sie beschuldigen mich anderer Dinge.

Flammen steigen auf und durchbohren mich, und endlich wache ich auf.

Und da sind sie, wie in meinem Traum.

Nur dass sie noch nicht auf dem Platz angekommen sind, sie biegen gerade in die Straße ein. Noch sind sie kaum zu erkennen. Es sind Flammen zu sehen, wie Irrlichter tanzen sie auf dem Friedhof. Wie die Augen eines Monsters in der Dunkelheit. Hätte ich es nicht geträumt, wüsste ich nicht, dass es Fackeln sind. Sie gehen schweigend, sie kommen auf mein Haus zu. Ich kann weder fliehen noch mich verstecken. Sie werden mein Haus mit mir darin abfackeln. Und da halten sie inne, gehen in eine andere Richtung. Ich brauche ein paar Sekunden, bis ich begreife, dass sie das Haus des Herrn der Dunkelheit ansteuern. Wie gelähmt stehe ich da, bis ich die Flammen in den Himmel züngeln sehe. Sie erleuchten die dunkle Nacht. Sie bevölkern sie mit Tieren aus Rauch. Schwarze, verbrannt riechende Gespenster verdunkeln den Mond.

Noch bevor mein Verstand einsetzen kann, haben sich meine Beine in Bewegung gesetzt. Sie bewegen sich scheinbar planlos und aufs Geratewohl, als wären sie verrückt geworden. Ich atme beißende Luft, die verbrannt riecht, nach Fleisch, das langsam auf dem Feuer gart. Mir läuft ein Schauer über den Rücken. Ich brauche einen Moment, um zu begreifen, dass ich im Freien bin. Ich laufe los.

Im Dunkeln. Immer weiter. Ich fliehe. Vor mir, vor allen. Die Bäume sind Arme. Die unteren Äste zerkratzen mir das Gesicht. Lange Schatten. Türen, die nicht gut schließen, sich nur schwer öffnen lassen. Mit Mühe und Not ist es mir gelungen, den Zugang zum Memento mori zu öffnen. Erst klemmte die Bodenklappe. Und jetzt lässt sie sich nicht von innen schließen. Keuchend ziehe ich mit aller Kraft daran. Schließlich höre ich ein Klicken. Die Klappe ist zu. Das Grab ist verschlossen. Ich irre durch die Dunkelheit und suche in meinen Taschen nach einem Streichholz, ein Streichholz, auf dass es Licht werde, aber ich finde keines. Ich bin blind. Sosehr ich auch die Augen aufreiße, ich bin blind. Ich trete auf etwas Totes und schreie auf. Ich taste mit der Hand danach. Es ist eine tote Ratte. Ich glaube, es ist eine Ratte, aber es könnte auch etwas anderes sein, klein und bösartig. Mehr Erleichterung als Ekel …

Blind. Etwas krallt sich in den Saum meiner Hose, hält mich fest. Ich kann mich nicht bewegen. Ich spüre den Knochen, die fleischlose Hand. Ich winde mich. Mein Herz rast wie ein Hubschrauber. Im Begriff, zu zerschellen. Ich schreie, schreie, schreie. Die knochige Hand lässt nicht los. Etwas zerreißt. Und ich falle vornüber.

Ich bin der Länge nach auf die Skelette der Fürstenkinder gefallen. Ein Skelett hält ein Stück Stoff in der Hand wie eine Fahne. Es stammt von meiner Hose. Ich bin nicht mehr blind. Helles Mondlicht fällt in die Krypta. Ich erkenne einen Schlitz im Fels, wie ein Auge in der Nacht. Ich hätte sterben können vor Angst. Ich sterbe vor Lachen. Und da fällt mein Blick auf das Messbuch in den Händen des Kindes, auf die offene Schatulle, auf das Fläschchen voller schwarzen Sands, Selenes Vermächtnis …

Das Vermächtnis … Ich hatte geglaubt, es existiere nicht, es sei nur eine Erfindung des Herrn der Dunkelheit.
Zwar habe ich noch ein paar Streichhölzer gefunden, aber ich kann dennoch kaum lesen, was da steht:

Ich bin gestorben und auferstanden.
Du bist gestorben und auferstanden. Du weißt, dass Worte Macht haben. Du weißt, dass Worte Magie haben. Vergiss das nicht. Du bist gestorben und auferstanden.

Ich las Selenes Brief noch einmal. Ich fragte mich, wie sie es im Gefängnis geschafft hatte, an so feines Pergament zu kommen. Tierhaut. Die Haut ungeborener Lämmer. Ein Verbrechen für ein paar Worte. Worte für mich. Dieser an die Zukunft gerichtete Brief war meine einzige Hoffnung. Wenn es einen Weg gab, mein Leben zu retten, dann stand er hier geschrieben. Die Buchstaben tanzten einen makabren Tanz. Sie zitterten vor meinen Augen wie die Flamme der Streichhölzer, in deren Schein ich ein Fragment nach dem anderen las. Voller Angst, voller Hoffnung, wie bei einem Gebet oder einer Urteilsverkündung. – Hier und da war die Tinte verblasst. Manchmal war die Schrift unleserlich.

Ich las noch einmal das wenige, was ich verstanden hatte.

Ich bin gestorben und auferstanden.
Du bist gestorben und auferstanden. Du weißt, dass Worte Macht haben. Du weißt, dass Worte Magie haben. Vergiss das nicht. Du bist gestorben und auferstanden.

Um ehrlich zu sein, hatte ich gar nichts verstanden.
Überhaupt nichts.

Ich spiele mit den Kindern, die niemals wachsen werden, Ringelreihen. Wir befinden uns im Nimmerland. Es ist ein Land aus Knochen, wo die Schienbeine wie Blumen sprießen und die Schädel für immer lächeln.

Auch die Kinder mit ihren weichen Kinderschädeln und offenen Fontanellen lächeln, als warteten sie noch auf eine einfallsreiche Idee. Ihre offenen Schädel atmen mich an, sie lächeln und strecken mir die Hände entgegen. An einer glänzt ein Ring, die anderen halten eine Schatulle. Sie tragen ihre besten Kleider und sind hier, bei mir, für immer, sie spielen mit mir das Spiel, nicht tot zu sein. Mit jedem Schatten bewegen sie sich und kreischen wie Kinder, was sie auch sind.

Auf meinen Reisen vor langer Zeit, als ich noch eine andere war, habe ich die toten Kinder auf Bäumen wachsen sehen. Versteckt, nicht in einer verzauberten Höhle, sondern im Herzen des Baumes. Die Kinder auf Sulawesi wachsen immer. Aber meine Kinder werden nicht mehr wachsen. Sie werden weder Enttäuschung noch den Verrat durch Freunde noch die Wiederholung der Liebe, weder Lebensmüdigkeit noch Altersangst kennenlernen, weil sie nie alt werden. Jetzt spielen sie mit mir und versuchen, mich verrückt zu machen, indem sie spielen, noch am Leben zu sein.

Bei jedem Flackern meiner Laterne lachen sie über mich

und mit mir. Die Kinder des Grafen, die mir hier unten Gesellschaft leisten, für immer versteckt, immer spielend. Sie haben keine Angst. Sie haben das Wort *immer* berührt, und es bestand aus Knochen. Ich habe Angst vor diesem *immer.* Ich habe Angst vor den Lebenden, die das Wort *immer* nicht respektieren, weil sie es nicht kennen. Sie wissen noch nicht, dass *immer* auf der anderen Seite ist, dass *immer* nur für den Tod gilt. Für das Leben ist *immer* gleichbedeutend mit *noch immer.*

Das Nimmerland, das Nochimmerland. Ich suche das Versprochene.

Der Herr der Dunkelheit sagte, dass es hier unten etwas für mich gäbe, etwas mehr als einen Schlupfwinkel.

Ich bin zum Tier geworden, das sich versteckt und zum Aberglauben neigt. Ich habe mich mit der dunklen Seite eingelassen und befinde mich jetzt in der Dunkelheit.

Er erzählte mir von einem Zaubertrunk, der die Menschen verändert.

Die Schüchternen macht er zu Weisen, die Langweiler zu Spaßvögeln, die Jungfrauen zu Kurtisanen, die Krüppel zu Riesen …

»Du redest vom Sidra«, sagte ich.

»Ein Zaubertrunk«, sagte er, »für den die Pharmaindustrie Millionen bezahlen würde.«

Sie wird die Formel an irgendeinem Ort schriftlich hinterlegt haben.

Er sagte mir, wo ich sie finden kann.

Die Skelette der Grafenkinder halten eine Schatulle in den Händen. Eine Opfergabe für das Jenseits. Sie war nie versteckt gewesen. Sie war immer im Blickfeld der Menschen. Über

Jahrhunderte hinweg hätte sie jeder finden, benutzen oder zerstören können.

»Sie ist für dich. Wenn sie dir nützt, ist sie für dich. Und wenn du sie findest, dann hat sie auf dich gewartet. Wie im Kindermärchen.«

»Nein, wie in den Albträumen der Erwachsenen.«

Das kleinste der Grafenkinder hält ein Messbuch in Händen. Es fällt zu Boden. Vor meine Füße. Der Staub der Jahrhunderte macht mich blind wie Rauch.

Es ist ein Exemplar der Erstausgabe des *Lazarillo de Tormes*, 1554 in Flandern gedruckt. Selenes Geheimnis ist ein Buch.

Sie hörte Schreie, so etwas wie Wolfsgeheul und Donnern. Ihre Finger tasteten nach dem Holz in der Wand, suchten vergebens den Riegel. Ein Holzsplitter bohrte sich in ihre Hand, der Schmerz war stechend und belebte sie. Sie berührte etwas Metallisches, mit dem Mund erwischte sie den Riegel und schob ihn beiseite. Pfeifend wehte Salpeter mit der Nachtluft herein und hauchte der Höhle ein wenig Leben ein. Es war kaum mehr als eine vergitterte Ritze, durch die ihr Haus und der kleine Platz zu sehen waren, die Augen auf der Höhe der abgetretenen Platten. Dann füllte sich alles mit Füßen und Fußtritten.

Es war schwierig, durch den schmalen Spalt im Dunkeln einzelne Gesichter in diesem unförmigen Haufen zu erkennen, der sich vor ihrem Haus auf der anderen Seite des kleinen Platzes abzeichnete. Sie sah nur die Teerfackeln. Sie flackerten, und die Welt zuckte in ihrem rötlichen Schein. Sie erkannte die Krüppel nicht an ihren Gesichtern, sondern am Nachziehen der Beine. Wie kaputte Karren hinterließen sie Spuren im Schlamm. Und schließlich sah sie am Ende der Straße die zwei Männer auftauchen: große, kräftige Schatten, die sich direkt auf das Feuer zubewegten. Ein Blitz gleißte am Himmel, und für eine Sekunde erschien die Szenerie in taghellem Licht, wie ein Bild oder ein Albtraum. Trotz des kurzen Augenblicks hatte Ainur den flüchtigen Schatten eines aufgeblähten, unförmigen Bauches erkannt, das dazugehörige Gesicht könnte sie nicht einmal hier, im Versteck bei den Toten, vergessen. Das hängende Doppelkinn, die kleinen, grausamen Augen, die Glatze und die vier nach vorn gekämmten Haarsträhnen. Er war es. Der Mann, den sie immer bei sich trug. Das Gesicht, von dem sie jede Nacht träumte. Der Mann, den Ainur mehr hasste als alles andere auf der Welt. Sie tastete nach der Narbe am Kinn, die sie ihm zu verdanken hatte, weil er sie im Marmorbad des Hotels Amigo zu Boden und ins Verderben gestoßen hatte. Es war der Bürgermeister von Idumea. Ihr Vorgesetzter, der ihr befohlen hatte, ihm Handtücher zu bringen, und der sie vergewaltigt hatte, als sie noch unschuldig war. Vor so langer Zeit …

Sie fragte sich nicht, was der Bürgermeister hier zu suchen hatte. Er hatte sie eingeholt wie die Zeit, wie das Feuer, wie der Tod sie einholen würde. Es war sinnlos geworden, zu fliehen oder sich zu verstecken. Es donnerte. Das Gewitter kam näher. Bevor der Regen einsetzte, ging Ainur auf die Straße hinaus. Um die zu treffen, die nach ihr suchten, um sie zu töten.

Heute Nacht werden sie es tun. Sie werden mich bei lebendigem Leib verbrennen. Es wird wie ein Unfall aussehen. Wenn die Feuerwehr von Arriondas eintrifft, wird es zu spät sein. Irgendwer wird behaupten, er hätte versucht, mich zu retten. Ich drücke das Buch an meine Brust. Das Buch mit der verzauberten, von Selene mit Salben imprägnierten Seite, das ich aus den Händen der toten Kinder habe. Dort war es die ganze Zeit gewesen. Ein altes Buch in den Händen eines Skeletts. Staubige Lettern, die das Wasser zum Leben erweckt. Erde zu Erde, Staub zu Staub. Selenes Worte … an mich.

Sie hat einen Brief an ihre Tochter und die Töchter ihrer Tochter geschrieben. Einen Brief, beschrieben mit Blattsilber und getränkt von ihrer Wissenschaft. Ein Pergament aus feinster Tierhaut, zum Beweis, dass die Hexe Medizinerin und Alchemistin ist. In Wasser aufgelöst, können die Worte des Briefes das Leben schenken und nehmen.

Ich weiß nicht, ob der Zaubertrunk nach so langer Zeit noch wirken wird oder sich in ein tödliches Gift verwandelt hat. Aber ich habe keine Wahl. Im Morgengrauen werde ich Selenes Brief in die Zisterne werfen, die diesem Dorf das Wasser liefert, und heute Abend werde ich darauf warten, dass sie kommen. Sie sind schon da. Wie in meinem Traum haben sie

Sicheln und Sensen, Benzinkanister und Kreuze dabei. Sie schreien, und ihre Gesichter sind so entstellt, dass ich sie nicht wiedererkenne. Vor dem Kirchenportal stachelt Consuelo sie alle ein letztes Mal auf. Sie gibt mir die Schuld an den anonymen Briefen und den toten Tieren, am Ertrinken des Leuchtturmbewohners und am Tod des Herrn der Dunkelheit. Einige haben Angst. Der Himmel ist violett, und mit dem letzten Schrei erlischt der letzte Lichtstrahl. Sie kommen näher. Sie bleiben vor dem Haus stehen. Ich höre das Quietschen von Wagenrädern.

Selene

Während der Karren unter Schmähgeschrei langsam vorankam, schloss Selene die Augen, und jedes Mal, wenn sie sie schloss, sah sie die Frau aus ihrem Traum, genau wie im Kerker über ein geheimnisvolles Gerät gebeugt, die Lippen und Hände bewegend. Sobald sie die Augen wieder aufschlug, erblickte sie die Fackeln und fühlte sich müde, sehr müde, so müde, dass ihr nichts mehr wichtig war, so müde, dass sie nur noch wünschte, es wäre ein für alle Mal vorbei. Sie wusste, dass die Droge wirken würde, dass sie bereits wirkte und sie in die Traumwelt versetzte, in der sie nicht sie selbst, sondern eine andere war, in eine seltsame Welt mit Vögeln aus Metall, die einen über ebene Wege, gleich einem Sandstrand, transportierten. Dort gab es viele Frauen, die heilten und wie Hohepriesterinnen weiße Gewänder trugen. Sie sah auch ein Feuer, obwohl es nicht das Feuer eines Scheiterhaufens war, sondern ein größeres Leuchten. Es war ein großes Steinhaus, das brannte. Ein Haus, das sie noch nie gesehen hatte, gegenüber der Magdalenenkirche, wo es jetzt noch Gärten gab. In ihrem Traum war alles anders. Nur die Kirche und sie waren dieselben. Selene war bei den Skeletten in der Krypta und entdeckte die Schatulle und das Buch mit dem Brief an ihre Tochter, dem Brief, der mit dem Heilmittel gegen alle Übel getränkt war und den sie selbst versteckt hatte.

Und jetzt öffnete sie mit weit aufgerissenen Augen die kleine Öffnung in der Wand und sah …

… das Dorf der Krüppel, das sich um die Totschläger und den Schlimmsten ihrer Feinde wie ein Heer formierte. Der Rauch der Flammen ihres lodernden Hauses brannte Ainur in den Augen. Große Tränen kullerten herab. Sie spürte, wie ihre Kräfte schwanden. Der Himmel war der Boden. Die Hände hingen zu beiden Seiten ihres Körpers herab, der so schlaff war, als hätte man einer Marionette die Fäden abgeschnitten. Sie schloss die Augen, und als sie sie wieder aufschlug, sah sie sich auf einem Karren, umringt vom Pöbel mit schmutzigen Gesichtern und zerzausten Haaren. Eine wie zum Karneval verkleidete Menschenmasse. Es gab Tiere, zerlumpte Kinder, von Windpocken vernarbte Gesichter. Der Karren fuhr über einen holprigen Weg, und der Gestank nach Urin, Pferdeäpfeln und ranzigem Käse störte sie mehr als die Schmähungen. Schwarze Rinnsale aus Fäkalien tropften von den Rädern des Karrens. Sie sah ein großes Podest, um das herum Holz für den Scheiterhaufen aufgestapelt war, daneben lauerten unheilvolle Schatten … Sie schüttelte den Kopf. Ainur wollte aus diesem Traum erwachen und in die Wirklichkeit zurückkehren, auch wenn die Wirklichkeit dieses andere Feuer bedeutete, das sie zum Träumen gebracht hatte: das echte Feuer des brennenden Hauses der Witwe Rius, das ihr Haus gewesen war, das einzige, das sie auf der Welt hatte. Die reale Gefahr der Totschläger und des rasenden Dorfes. Sie drückte die Augen fester zu. Sie musste wieder zu klarem Verstand finden, wenn sie entrinnen und heil davonkommen wollte. Sie hatte weder ein Auto, noch konnte sie fahren, doch als sie die Augen öffnete, sah sie kein Fahrzeug, sondern den Ochsenkarren und ein paar Leute, die zu Pferd näher kamen. Sie erkannte den Ort wieder. Es war dieselbe Stelle, an der ihr Haus stand. Sie erkannte die Magdalenenkirche. Doch ihr Haus war nicht da, an seiner Stelle erstreckten sich Gemüsegärten, Getreidefelder und Tennen. Auch das Meer war dasselbe, aber sein Geruch war viel kräftiger, es wehte den Geruch nach Getreide und nach Verbranntem herüber, der jedoch gegen den Gestank des Todes nicht ankam. Unvermittelt entdeckte sie, dass er von einem verglimmenden Scheiterhaufen stammte, über dem ein verkohltes Gespenst mit einem großen Schild hing. Sie war zu weit weg, um es lesen zu können. Wenn das, was sie sah, ein Traum war, musste sie aufwachen, denn diese Gefahr war geträumt, die andere Gefahr jedoch real. Sie öffnete wieder die Augen und spürte erneut das Rattern des Karrens. Es war ein altes Ritual. Sie boten eine Opfergabe dar, um die Götter zu beschwichtigen, die in ihren Eingeweiden schlummerten. Jemand, der für alle bezahlte, der an ihrer Stelle stürbe.

Die Menschenmenge wurde unruhig. Es waren mehr Pfiffe als Schmähungen zu hören. Der Henker trat von einem Fuß auf den anderen, als wäre ihm langweilig, die Fackel zum Einsatz bereit, während sich der Amtsschreiber am Fuße des Galgens am Kopf kratzte und darauf wartete, ob es ein Geständnis gab, das sich festzuhalten lohnte. Er würde über das Wunder Rechenschaft ablegen. Die Menschen geiferten angesichts des bevorstehenden Opfers wie ein Hund vor einem exquisiten Happen. Sie schrien und hüpften. Eine schwangere Frau verdrehte die Augen, und ein buckliges Männlein tanzte eine Art Volkstanz. Die Alten reckten die Arme, die Kinder wollten von ihnen hochgehoben werden. Ein fetter Mönch aß in aller Seelenruhe Krapfen. Der Inquisitor war noch nicht da. Schließlich tauchte ein Priester auf, der dem Henker etwas ins Ohr flüsterte. Der hielt die Fackel ans Holz, und die Flammen schossen empor wie Klatschmohn. Sie verschlangen Selene mit dem Brüllen eines hungrigen Löwen und dem Zirpen von Grillen. Einen Augenblick wurde es still. Alle warteten auf die Schmerzensschreie der Hexe. Selenes Haar war offen, und das Licht des Feuers bildete eine Art Heiligenschein darum, eine Art Krone. Die Flammen züngelten um ihre Knöchel. Sie schien keinerlei Schmerz zu verspüren. Ihr Gesicht wirkte gelassen, die Lippen standen halb offen. Dann öffnete sich ihr Mund, aus dem aber kein Schrei drang, sondern ein Gesang, der erst verstummte, als sich das Feuer ihres Haares bemächtigte.

Beim Vernehmen dieses Klanges wie von einer Harfe, den sie nie zuvor gehört hatte, verstummte die brüllende Meute. Eine Frau sank auf die Knie und schluchzte:

»Heilige! Heilige! Heilige!«

Und die Menschenmenge antwortete wie ein Echo.

»Heilige! Heilige! Heilige!«

Alle waren ergriffen von der Schönheit und Würde der Frau in den Flammen. Es gab keinen Zweifel, dass die Engel oder die Teufel sie vor dem Schmerz bewahrt hatten, und jetzt schien es ihnen, als schwinge sie sich über sie empor, als stiege sie wie der Rauch in den Himmel auf.

Sie haben das Gefühl, als würden ihnen Beine wachsen, die Körperteile, die ihnen fehlten, durchdringen sie jetzt feucht wie das Verlangen. Consuelo spürt, dass ihr an dem Stumpf ein Bein aus Verlangen wächst.

Alles, was ihnen fehlte, hat sich in eine Feuerzunge verwandelt. Sie durchdringt sie, sie durchbohrt sie. Die amputierten Beine wachsen und wachsen, sie sind höher als die Berge, sie verbinden sich mit den Wolken, und sie, wir sind größer als die Berge, wir stehen über allem. Wir sind alles.

Wir sehen die Welt von oben und lieben sie zum ersten Mal, wir erkennen jede Pore in der Haut des anderen und wünschen uns, sie zu berühren, sie zu besitzen, sie zu einem Teil von uns selbst zu machen, denn wir sind Wolken, und der andere ist Wasser, er ist das Wasser, das uns fehlt, um unseren Durst zu löschen. Lippen auf Lippen, Haut an Haut, Krüppel mit Riesin, Fremder mit Krämerin, Große mit Kleinen, Grufti mit älterer Dame. Die ganze Welt ist ein Stumpf, der wächst, bis er uns von innen umfasst.

Der Tag, an dem sich Selene und Ainur im Feuer trafen, der Tag, an dem sich ihre Blicke über diesem reißenden Fluss, den wir Zeit nennen, begegneten, der Tag, an dem Ainur fast gestorben wäre, war ein 23. Juni, als in allen Dörfern an der Küste und im Norden, wo es nie dunkel wird, die Feuer zu Ehren des heiligen Johannes am höchsten lodern, nicht jedoch in diesem Dorf. Es heißt, dass seit dem Verbrennen der Heiligen oder der Hexe, denn da ist man sich nicht einig, hier keine Feuer mehr angezündet wurden. Und das Holz ließ sich wahrlich besser nutzen. Es war ein windiger Tag mit Wolken, die sich wie Weintrauben dicht aneinanderdrängten. Selene würde ihn nie vergessen: den letzten kühlen Tag. Danach würde die Hitze für immer währen.

Inmitten des Gewimmels aus sich windenden Zungen, Armen und Beinen lief Satán wie eine vom Teufel besessene Seele panisch davon. Ich machte mich, so gut ich konnte, aus der Umarmung der einäugigen Consuelo los, die vergeblich versuchte, meine Lippen mit einem langen, klebrigen Kuss, der nichts Keusches an sich hatte, zu verschlingen. Ich schubste sie zu Boden und lief meinem Hund hinterher. Er wedelte mit dem Schwanz und bellte fröhlich, als hätte er einen Freund getroffen. Consuelo hinkte hinter mir her und rief mir Kosenamen zu. Gemeinsam gelangten wir zum alten Steinkreuz. Wir sahen, wie sich der große schwarze Hund im Nebel verlor. Mit ihm verschwand der alles schluckende Lichtrausch. Consuelo, die mir gerade über den Hals lecken wollte, wandte sich ungestüm ab und spuckte voller Ekel auf den Boden.

Alle haben gesehen, wie der große schwarze Hund auftauchte. Später behaupteten sie, es sei der Teufel gewesen.
Er kam aus dem rauchenden Scheiterhaufen oder dem Nichts, denn Rauch ist nichts, er ist Luft von etwas, das war.

Der Scheiterhaufen war schon halb niedergebrannt, aber das interessierte niemand. Das Volk, das auf die Knie gesunken war, wälzte sich jetzt auf dem Boden. Sie hatten das Gefühl, als würde ihre Brust vor Hitze vergehen, als würde ein Strahl aus Licht sie durchbohren. Das war der unumstößliche Beweis für die Heiligkeit dieser Frau. Solange sie noch sprechen konnten, priesen viele ihr Verhalten in den Zeiten der Pest, als sie so viele gerettet hatte. Dann redeten sie nicht mehr, das Gefühl, mit der Welt vereint zu sein, Feuer zu sein, Rauch zu sein, mündete in Ekstase, in Stöhnen. Wir wurden alle eins, Consuelo und ich und sogar der Bürgermeister von Idumea, der zu mir gekrochen kam, mich »mein Mädchen« nannte und mir die Hand küsste, und ich liebte ihn. Wir alle hatten vom Wasser aus Selenes Worten getrunken, ohne zu wissen, dass sie unser Fleisch und unser Blut waren. Jetzt verschmolzen wir. Wir wurden alle eins, es bekümmerte uns, so schlecht voneinander gedacht zu haben, aneinander gezweifelt zu haben, einander wehgetan zu haben, obwohl wir immer da waren, im Begriff, vom anderen entdeckt zu werden, versteckt hinter unserer Haut, als wäre sie eine Mauer, mit denselben Ängsten, denselben Wünschen, im Begriff, uns zu berühren, so wie jetzt, uns zu erfreuen, so wie jetzt, ohne es tun zu können, Gefangene unserer Angst, unseres Widerwillens gegenüber den Kleinigkeiten, die uns trennten, ohne das Katzenschnurren zu hören, das uns eint, das uns für immer vereint, weil der Vollmond in uns zunimmt und wir das Feuer schon nicht mehr riechen. Ich fürchte die Pistolen der Totschläger nicht mehr. Einer wohnt Consuelo bei, und der andere leckt am Ohr des Gruftis. Ihre Hosenschlitze sind offen, und sie liegen auf dem Boden. Sie können mir nicht wehtun, weil sie mich lieben, ebenso wie ich sie liebe, denn sie sind, so wie ich, noch immer am Leben.

Ich blickte in die Menschenmenge. Darunter mussten viele Menschen sein, die ich kannte, Menschen, die ich geheilt hatte, auch der eine oder andere, dem ich das Leben gerettet hatte. Ich suchte nach ihnen, aber ich konnte niemand erkennen. Die Masse hat nur ein Gesicht, eine tausendfach vervielfältigte Fratze. Glänzende Augen, offene Münder. Alle waren ein einziger Schrei.

Sie schrien sich die Seele aus dem Leib, und ich verstand nicht, was sie schrien. Ein Brausen in mir fegte ihre Worte hinweg. Ich fragte mich, ob die Droge wirken würde. Ich hatte den ganzen Rest genommen. Sie war so stark, dass sie mich umbringen könnte. Das war alles, was mir zu tun blieb, selbst über meinen Tod zu bestimmen, statt es ihnen zu überlassen, aber ich wusste nicht, ob die Kräuter stärker wären als das Feuer. Ob ich stärker wäre als das Feuer.

Ich sah in den Himmel. Große Wolkenbänke schoben sich ineinander wie Bruchstücke eines Lebens, mein Leben, verwandelt in Rauch und Wolkenschweif. Mir blieb nur noch wenig Zeit, ich musste mich treiben lassen, im Schlafmohn über den Wolken schweben. Eine Wolke betrachten und mein ganzes Leben sehen. Die ganze Welt. Jetzt war der Himmel rot, und mein Leben hing an ihm. Wie zum Trocknen aufgehängte Wäsche sah ich die Fragmente und suchte nach einer Zeichnung, einem Muster. Jeder meiner Schritte hatte mich diesem Augenblick näher gebracht. Ich hatte so große Angst.

Endlich war ich vor der Angst in Sicherheit. Endlich konnten sie mir nicht mehr wehtun. Das hatten sie schon getan. Ich sah mich auf der Suche nach Leinen, das den Todeskampf meiner Tante Milagros lindern sollte. Sie hatte geschrien, es war nicht ihr Schrei, es war nicht der Schrei eines Menschen, es war der Schrei eines zerfetzten Tieres. Hier war ihr Schreien nicht mehr zu hören. In der Traumwelt des Schlafmohns lächelte meine Tante auf dem Scheiterhaufen wie ich.

Im Rot des Himmels bewarfen mich Kinder mit Steinen und erzählten mir von meinem Vater, dem Schmied. Ich sah, wie der Schriftgelehrte mir das Weihwasser reichte und wie der Inquisitor sich über mich beugte. Ich bezwang den Hexenjäger am Bach. Ich sah meine Tochter, die ich nie gesehen hatte, und sie war rothaarig wie ich. Ich traf den jüdischen Mediziner, meinen Bruder im Feuer, und ich tröstete Casilda über ihre Gewissensbisse hinweg. Alle waren da. In Sicherheit. Auf der anderen Seite des Feuers.

Consuelo und die verkrüppelten Riesen, der Leuchtturmbewohner und der Herr der Dunkelheit, meine Großmutter und der unheimliche Briefträger, alle tanzten um das Feuer herum, und es war nicht nötig, Selene zu fragen, ob es stimmte, dass der junge Inquisitor die Brunnen vergiftet hatte, oder ob er den Zaubertrunk ins Weihwasser geschüttet oder gar unter Consuelos Branntwein gemischt hat. Ich muss sie nichts fragen, weil ich Selene bin und mit Selene sterbe.

Manche behaupten, dass der Tod aller meine Schuld sei, aber ich glaube das nicht. Ich glaube, dass der Dorfplatz drei Tage und drei Nächte lang zum Ort des Hexensabbats wurde. Die Alten vögelten mit den Jungen, und die Jungen mit den Jüngsten. Die Alten begehrten die Jungen, und die Jüngsten glaubten, den Himmel zu berühren. Es war ein Scheiterhaufen aus Häuten, die sich langsam im Feuer verzehrten, all ihre Körper wie ein großes Auge, das sich lustvoll auf dem Dorfplatz wälzte. Sie spürten die Kälte der Bodenplatten nicht, weil sie selbst das Feuer waren.

Dann
sah ich den Hund.
Meine Seele
kehrte zurück.

NORDANZEIGER

PANORAMA

Ehemaliger Bürgermeister von Idumea, Hauptdarsteller im berüchtigten Skandal wegen sexueller Gewalt am Arbeitsplatz, in der geschlossenen Psychiatrie

Der streitbare Exbürgermeister von Idumea, bekannt geworden als Verlierer des ersten Prozesses wegen sexueller Gewalt am Arbeitsplatz und bis vor kurzem Dauergast in Talkshows bei Funk und Fernsehen, ist auf Anordnung der 2. Strafkammer des ermittelnden Gerichts von Madrid in die Psychiatrie eingewiesen worden. Die Maßnahme erfolgte nach seinen wirren Erklärungen der letzten Tage, in denen er gegenüber den Medien behauptete, er wäre ein Opfer der Hexerei geworden, er wäre durch die Luft geflogen und hätte den Teufel in Gestalt eines schwarzen Hundes gesehen. Der Bürgermeister, der seine Absicht bekundete, der Klägerin, der berühmten Ainur, deren Aufenthaltsort unbekannt ist, »das zu geben, was sie verdiene«, behauptete desgleichen, sie durch die Luft fliegen gesehen zu haben, als man ihr Haus in Brand steckte. Der Staatsanwalt verzichtete auf Ermittlungen wegen eines möglichen Delikts, weil er die Behauptung als Folge geistiger Verwirrung einstuft. Zum jetzigen Zeitpunkt ist noch nicht geklärt, ob es sich um eine neue Masche des besagten Bürgermeisters und Anführers der »Plattform gegen die Lügen der Frauen« handelt, mit der er Aufmerksamkeit erregen will, oder ob er wirklich wahnsinnig geworden ist. Ein Grüppchen von zehn seiner Anhänger demonstrierte vor der Stiftung Jiménez Díaz mit Rufen wie »Wir sind die Misshandelten« und »Frauen an den Herd«. Die kleine Demonstration wurde ohne Zwischenfälle aufgelöst.

Die kniende Menschenmenge sah einen eisernen Vogel näher kommen, einen riesigen katapultähnlichen Klotz mit sich drehenden Flügeln. Einige behaupteten, er käme aus der Hölle, weil er von infernalischem Getöse begleitet wurde, andere glaubten hingegen, er verkörpere den Zorn Gottes, weil sie eine Heilige verbrannt hatten. Orkanartiger Wind peitschte über den Platz. Er ließ die Hauben der Frauen und das Haar der Jungfrauen hochfliegen. Verängstigt schrie die Menge auf. Als wäre er betrunken, zog der Vogel im Sinkflug wankend Kreise. Alle warfen sich zu Boden. Einige wagten es, durch ihre Finger zu schielen, mit denen sie ihre Gesichter zu schützen versuchten. Die meisten wagten nicht, die Augen zu öffnen, aus Angst, tödlich getroffen zu werden. Nur ein paar wenige, unter ihnen der Inquisitor Samuel de la Llave, blieben stehen und versuchten, dem Tod in die Augen zu sehen.

Nur dass der Tod von nahem keine Augen hatte, sondern Fenster. Sie wurden geöffnet, und die einen meinten, zwei Engel, die anderen, zwei Teufel aussteigen zu sehen. Sie trugen grüne Kleidung mit dunklen Flecken, die nichts ähnelte, was sie bisher gesehen hatten, auch drei venezianische Händler, die auf der Durchreise Halt gemacht hatten, um der Hinrichtung beizuwohnen, kannten die Herkunft dieser seltsamen, eng anliegenden Kleider nicht. Der Vogel hatte am Rand des Platzes aufgesetzt. Fast berührte er den verkohlten Pfahl, an dem die schwarze, reglose Leiche der Hexe hing, der Scheiterhaufen rauchte unbeteiligt, und das Feuer glomm nur noch schwach. Es war kein guter Scheiterhaufen gewesen, aber das schien jetzt niemand zu interessieren. Die Gestalten gingen ein paar Schritte und halfen einer jungen Frau, die niemand beachtet hatte, aufzustehen. Jetzt fielen alle Blicke auf sie, und selbst diejenigen, die die Augen noch geschlossen hielten, öffneten sie, nachdem sie von den Umstehenden angeschubst worden waren. Die Frau trug ebenfalls seltsame Kleidung und hatte zerzaustes rotes Haar. Der Vogel ließ seine Flügel, die wie ein liegendes Kreuz aussahen, weiter kreisen, und das rote Haar flatterte wie eine Fahne. Aber nicht das erregte ihre Aufmerksamkeit, sondern dass die Frau aus dieser Entfernung dieselbe zu sein schien wie die auf dem Scheiterhaufen. Vielleicht war sie dieselbe, denn der verkohlte Körper war nicht mehr zu erkennen. Die beiden Boten aus dem Himmel wechselten ein paar Worte mit der Frau, dann gingen sie mit ihr zu dem Vogel zurück und hoben sie hinein. Ein paar sahen wieder den schwarzen Hund, der mit einem Satz auf das infernalische Gerät sprang: Vogel oder Maschine, all diese Erklärungen wurden später abgegeben. In dem Moment begann die Menge wieder zu brüllen:

»Heilige! Heilige! Heilige!«

Es entfesselte sich ein schrecklicher Sturm, der alles hinwegfegte, die guten Leute kauerten sich zusammen und umklammerten ihre Kinder, sie baten um Vergebung für ihre Sünden und beugten sich diesem Wirbelsturm. Der Lärm war unerträglich. Er ähnelte dem von tausend Mühlsteinen, die zugleich dröhnten, es war wie das Getöse Tausender herabfallender Felsbrocken. Alle glaubten, ihr letztes Stündlein hätte geschlagen. Der Wind ließ nach, und als sie die Augen aufschlugen, erkannten sie, dass sie noch lebten und der Vogel sich hoch oben am Himmel trudelnd entfernte.

Verhör von Casilda Cifuentes

Vor Gott, unserem Herrn, und in diesem Dorf Asturiens, Oviedo, ordneten die Herren Inquisitoren Don Lisardo Lombardía und Don Mauricio Lapuente in ihrer Nachmittagsaudienz an, ihnen die zweiundsechzigjährige Casilda Cifuentes vorzuführen, die aus San Martín del Valledor stammt und ordnungsgemäß schwor, die volle Wahrheit zu sagen.

Befragt nach dem Grund ihrer Anwesenheit auf dem Richtplatz am Nachmittag der zu ermittelnden Ereignisse und nach ihrer Beziehung zu der schuldig gesprochenen Selene Martínez de Córdoba, bekundet die Zeugin, dass Besagte ihr das Leben und den Besitz gerettet habe, weil sie sie von einem Fieber heilte, und dass sie in diesem Leben und im anderen ihre beste Freundin sei. Befragt, ob sie nicht fürchte, auch als Hexe beschuldigt zu werden, sagt sie aus, dass sie die Verhöre des heiligen Inquisitionsgerichts schon erlitten habe, dass sie Witwe und fromm sei und, wie alle wüssten, der heiligen Mutter Kirche ihr ganzes Hab und Gut vermacht habe, weshalb das Hohe Gericht sie für unschuldig erklärt und freigelassen habe. Befragt nach ihrer Meinung über die beschämenden Ereignisse des dreiundzwanzigsten Juni, der Johannisnacht, auf dem Richtplatz, bekräftigt die Zeugin, dass Gott und unsere Heilige Jungfrau ein Wunder bewirkt hätten, das Selenes Heiligkeit offenbarte, die man wegen ihrer Tugendhaftigkeit gequält hatte. Bezüglich der Exzesse, von denen uns berichtet wurde, erklärt sie, dass sie nur die Ehre Gottes gesehen habe und wie Selene mit Körper und Seele in den Himmel aufgestiegen sei. Sie bestreitet, jegliche Ausübung von Fleischeslust gesehen zu haben, und behauptet, derlei lüsterne Träume existierten nur in den Köpfen der Befrager. Zurechtgewiesen von diesem Gericht, sagt sie, sie habe niemanden beleidigen wollen, irren sei menschlich und verzeihen göttlich, und anderen Blödsinn, den dieser Gerichtsschreiber sich weigert niederzuschreiben. Befragt, ob sie den Teufel in Gestalt eines großen schwarzen Hundes gesehen habe, erklärt die Zeugin, dass sie den Hund gesehen habe, es sich bei diesem aber nicht um den Teufel handle, auch wenn er Satán heiße, sondern um einen Hund, den die Schuldiggesprochene in ihrer Jugend hatte und der schon vor langem weggelaufen war, und dass sie, Casilda Cifuentes, glaube, dass er wieder aufgetaucht sei, um der Verurteilten Mut zu machen und an diesem Tag bei ihr zu sein. Erneut befragt über den Grund ihrer Anwesenheit am Pfahl, wo sie ein paar Reste des Rocks der Schuldiggesprochenen eingesammelt hat, leugnet sie, sie als Reliquien an sich genommen zu haben, obwohl sie welche werden könnten, sollte die heilige Mutter Kirche die Heiligkeit der Hingerichteten anerkennen; zurechtgewiesen von diesem Gericht, sagt sie aus, sie hätte vor allem neben dem Pfahl gestanden, um an einem so traurigen Morgen bei ihrer Freundin zu sein, und wenn man ihr erlaubt hätte, an ihrer Stelle zu sterben, wäre sie auch bereit dazu gewesen. Doch der Himmel hätte sich barmherzig gezeigt und ihre Freundin von den Engeln entführen lassen, weswegen sie weder ihre Anwesenheit noch das Feuer wahrgenommen hätte, weil sie – sie meint das Opfer – schon bei Gott weilte.

Befragt, wie es sein könne, dass Gott eine von der heiligen Mutter Kirche verurteilte Hexe begünstige, antwortet die alte

Casilda, dass unser Herrgott sähe, was verborgen ist, und wüsste, was nicht enthüllt wird. Er hält sich nicht mit dem Schein auf, sondern richtet die Herzen, weswegen wir alle seinem Urteil unterworfen sind, welches das einzig wahre ist.

Das Gericht zeigt Barmherzigkeit mit ihr, die kaum laufen und sich nur mühsam bewegen kann, und strengt keinen Prozess oder jegliche Klage an, sondern untersagt ihr, weiterhin die Falschmeldung von der Heiligkeit besagter Selene zu verbreiten, weswegen ihr unter Androhung von Exkommunikation befohlen wird, über alles auf dem Richtplatz Vorgefallene Stillschweigen zu bewahren.

In Anwesenheit von Pablo Álvarez, Gerichtsschreiber.

(Aussage von Casilda Cifuentes, Näherin, im Bericht über die seltsamen Vorfälle, die bei der Hinrichtung der wegen Hexerei und wiederholten Umgangs mit dem Teufel Verurteilten, bekannt als Selene, stattgefunden haben.)

Uns wurde gesagt, es gäbe einen Waldbrand, doch wie sich herausstellte, brannte nur ein Haus. Jemand hatte in der Kommandantur angerufen. Dieses Dorf liegt zu nahe am Naturschutzgebiet.

Der Hubschrauber überflog die nackten oder halbnackten Körper, die sich aus dieser Höhe wie seltsame Pflanzen ausnahmen, Arme, die nicht zu Beinen, und Beine, die nicht zu Rümpfen passten. Alle stöhnten, und der Geruch nach Sex war so unerträglich, dass er selbst auf diese Entfernung eine betäubende Wirkung auf die Passagiere im Hubschrauber hatte.

»Das sieht ganz nach einer Orgie aus. Die haben eine merkwürdige Art, das Fest des Schutzpatrons zu feiern.«

»Das gehört nicht in unsere Zuständigkeit. Wir hätten sie nicht in den Hubschrauber steigen lassen sollen.«

»Aber sie war die Einzige, die angezogen war.«

»Und wach.«

»Sie hat uns so verzweifelt darum gebeten, dass wir ihr helfen mussten. Und sie wirkte so schutzlos … Wir konnten sie nicht zurücklassen.«

»Und der Hund?«

»Den konnten wir auch nicht dort lassen, ich mag Hunde.«

»Was machen wir mit der Frau? Bringen wir sie ins Krankenhaus oder zur Polizei?«

Der Hubschrauber flog noch einmal um die Kirche und entfernte sich schließlich über den Friedhof an den Klippen und das schwarzweiß rauschende Meer. Er ließ das Haus des Herrn der Dunkelheit und das Steinkreuz, das die vier Himmelsrichtungen anzeigt, hinter sich, und flog, ohne seinen Kurs zu ändern, auf die blauen Berge zu ins 21. Jahrhundert.

Ich schlug die Augen auf und sah, dass die Erde unter meinen Füßen verschwunden war. Ich hörte ohrenbetäubenden Lärm. Ich flog. Wir überflogen das Meer, wo ich zum ersten Mal den Leuchtturmbewohner gesehen hatte. Ich wünschte, er wäre der erste Mann am Meeresgrund, der mit seinen roten Handschuhen den Mond berührte. Ich sah die Schieferdächer des Dorfes und die rauchenden Ruinen des Hauses, in das nie Licht gefallen war. Das Dach war eingestürzt, und Sonne und Wolken fluteten hinein. An irgendeiner Stelle unter mir war das, was vom Herrn der Dunkelheit übrig geblieben war. Er hatte das Licht immer gefürchtet, und am Ende hatte sich das Licht in Form eines Blitzes gerächt. Ich sah Wesen, die sich wie Ameisen bewegten. Schließlich hatte ich mich über Consuelo erhoben, die weiter wie eine Spinne oder eine Königin die Fäden im Dorf ziehen würde. Ich flog über Gabo, den unheimlichen Briefträger, hinweg. Und über die blonden Riesen. Über die Guten und die Bösen. In dieser Höhe unterschieden sich das Böse und das Gute kaum noch. Ich flog über den Dorfplatz, über Selenes Scheiterhaufen, über ihren endgültigen Sieg in der Zukunft und ihre schreckliche Niederlage in der Vergangenheit. Wir flogen. Schwer zu sagen, ob alles nur Auswirkung der Zauberkräuter oder der Worte der Hebamme war. Eine Halluzination oder eine Prophezeiung. Oder beides. Jeder dieser Schatten, die sich im Grünen bewegten, könnte das Pferd von Samuel de la Llave sein, der mit meiner Vorfahrin auf dem Schoß an einen Ort flieht, wo wir nicht verdammt wären.

Lange Zeit mochte ich nicht in das Dorf zurückkehren und lebte in der Angst, es könnte mich jemand finden. Jedes Mal, wenn ich hinter mir Schritte hörte, drehte ich mich um. Ich sah das Gesicht des Herrn der Dunkelheit in den Pfützen, im schwarzen Morgenkaffee, im Gesicht eines Unbekannten, dem ich folgte, bis er sich plötzlich als ein anderer herausstellte. In allen glatten Oberflächen, in denen sich Körper spiegeln, erblickte ich immer wieder das Gesicht des Herrn der Dunkelheit, bis ich ihn eines Tages, ohne ersichtlichen Grund, nicht mehr sah, verschwunden wie zuvor die anonymen Briefe und die toten Tiere.

In meinem Bauch wuchs etwas, das mich mit Hoffnung und mit Angst erfüllte. Etwas, das ans Licht kommen wollte. Es war der Anfang von allem. In mir schlug das Herz eines toten Mannes.

Damals wollte ich ins Dorf zurück, ich machte mich immer wieder auf den Weg und konnte es nicht finden. Wenn ich an einem Punkt der Landstraße angelangte, verlor ich die Spur. Ein Dorf kann nicht fliehen. Oder zumindest sagt man das. Das Schild existierte noch, doch immer verlief ich mich und landete bei den Klippen. Einmal konnte ich das Dorf im Nebel ausmachen, fand aber nicht hin. Mein Psychiater erklärte mir, dass mein Unterbewusstsein sich wahrscheinlich fürchtet, zurückzukehren. In dem Fall, antwortete ich, kann ich Ihnen versichern, dass ich mein Unterbewusstsein, sollte ich einmal eines gehabt haben, genau an diesem Ort vergessen habe. Ich habe keine Visionen mehr. Ich habe mich in einen langweiligen normalen Menschen verwandelt. Und deshalb habe ich keine Angst, zurückzukehren. Und ich weiß, dass es das Dorf gibt. Ich bin noch immer Besitzerin eines Hauses, das ich nicht finden kann. Jedes Mal, wenn ich es versuche, verirre ich mich im Nebel.

Ich weiß, dass es das Dorf gibt.

Ich bin nur nicht imstande, zurückzukehren.

Alles beginnt mit der Schöpfung der Welt. Der Anfang dieser Welt ist ein Herzschlag. Ein Herzschlag, der immer stärker wird. Der große Big Bang. Zwei unsichtbare Zellen, dann vier, wenige Stunden später acht. Sie beginnen zu schlagen. Sie beginnen zu leben.

Als Erstes hören wir dieses große Herz.

Wir sind so klein, und es ist so groß …

Und Gott wird geboren. Das kleine Herz spürt Gott, wenn das große schlägt.

Und alles beginnt.

Alles endet.

In neun Monaten werde ich das Kind eines toten Mannes zur Welt bringen.

Sagen Sie, wo wird das noch mal veröffentlicht? Und wo erscheint die Zeitung, für die Sie arbeiten? Sie werden mir schon Bescheid geben, wenn es erscheint, damit ich es meiner Nichte in La Coruña sagen kann. Nein, von dieser Zeitung habe ich noch nie gehört. Ich behaupte ja nicht, dass sie nicht wichtig ist, wie Sie sagen, aber Sie müssen wissen, dass nicht viele Zeitungen den Weg hierher finden. Weder Zeitungen noch anderes. Es kommt nichts und niemand. Wir leben am Ende der Landstraße. Von hier kommt man nirgendwohin. Um hierher zu gelangen, muss man es wollen. Manche verirren sich zu uns. Aber die gehen schon bald wieder. Sie scheinen nicht zu der Sorte zu gehören.

Gehen Sie lieber, es wird dunkel, sonst verirren Sie sich noch bei den ganzen Kreiseln. Und sollten Sie sich verlaufen, ist das auch nicht schlimm. Sie können die Nacht hier verbringen. Es gibt keine Pension, aber jemand wird Ihnen schon Unterkunft gewähren. Ich könnte es auch, obwohl ich nicht weiß, ob ich es tun sollte. Wegen des Geredes der Leute. Ich bin alleinstehend, wissen Sie. Gehen Sie, gehen Sie schon und kommen Sie wieder, wann immer Sie wollen.

Ich werde auf Sie warten.

Danksagung

Es dauert viel länger als neun Monate, bis ein Buch geboren wird, und an seiner Geburt sind viele beteiligt.

Dank an
Ingrid Riesco
Gonzalo Albert
Tania María Ruiz
Samuel de la Llave
Ricardo Virtanen
Aurora Espin
Ángeles Aguilera
Beatriz Ledesma
Luis García
Carmen Garijo
María Santamaría
Emilio Ruiz Granda und María José Anta
Helena Cosano und Daniel Kehlmann